10|18
12, avenue d'Italie — Paris XIIIe

Sur l'auteur

Lauren Haney a été rédactrice technique au sein d'une entreprise californienne d'aéronautique durant quelques années avant de se consacrer à l'écriture. Férue de romans policiers et passionnée par l'Égypte antique, elle publie, en 1997, *La Main droite d'Amon*, la première enquête du lieutenant Bak. *A Place of Darkness*, sixième roman de cette série, a paru aux États-Unis en 2001. Lauren Haney vit aujourd'hui à Santa Fe.

LE VENTRE D'APOPIS

PAR

LAUREN HANEY

Traduit de l'américain
par Corine DERBLUM

10|18

INÉDIT

« Grands Détectives »
dirigé par Jean-Claude Zylberstein

Du même auteur
aux Éditions 10/18

LA MAIN DROITE D'AMON, n° 3386
LE VISAGE DE MAÂT, n° 3387
► LE VENTRE D'APOPIS, n° 3450

Titre original :
A Vile Justice

ISBN 2-264-03063-1

Remerciements

Je tiens à remercier Dennis Forbes, directeur de la rédaction de *KMT : A Modern Journal of Ancient Egypt*, pour m'avoir prodigué si généreusement son temps et son savoir. Lorsqu'il ne connaissait pas la réponse à l'une de mes questions, il savait où la trouver. Lorsque j'avais à évoquer un lieu particulier dont je n'avais jamais foulé le sable, lui s'y était rendu.

Je dois également bien des remerciements à Tavo Serina, qui a lu le manuscrit final avec son regard critique et son bon sens coutumiers, pour ses suggestions pertinentes.

En écrivant ce roman, je me suis documentée dans de multiples ouvrages sur l'Égypte ancienne. Quoique les auteurs soient trop nombreux pour les citer, ils ont tous droit à ma gratitude.

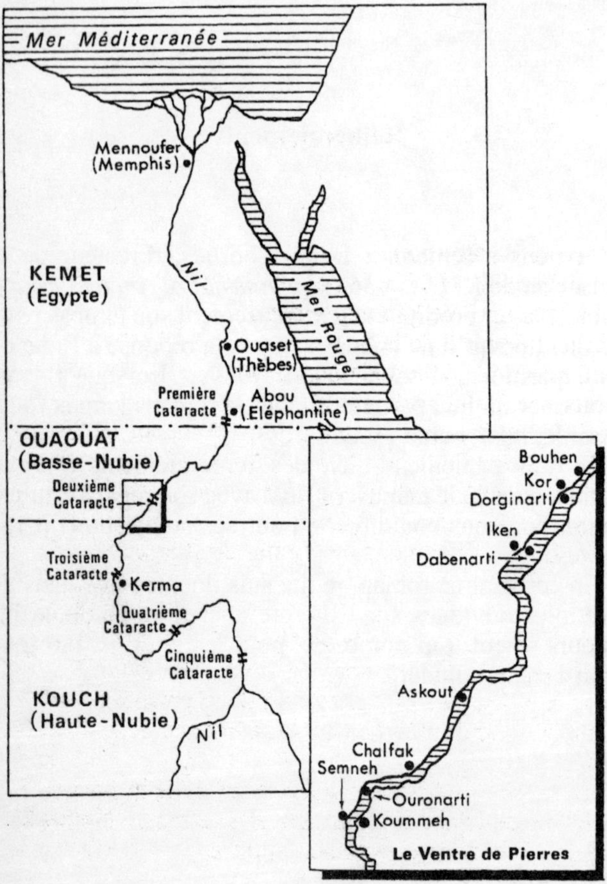
Mer Méditerranée
Mennoufer
(Memphis)
Nil
KEMET
(Egypte)
Mer Rouge
Ouaset
(Thèbes)
Première
Cataracte
Abou
(Eléphantine)
OUAOUAT
(Basse-Nubie)
Deuxième
Cataracte
Troisième
Cataracte
Kerma
Quatrième
Cataracte
Cinquième
Cataracte
KOUCH
(Haute-Nubie)
Nil
Bouhen
Kor
Dorginarti
Iken
Dabenarti
Askout
Chalfak
Semneh
Ouronarti
Koummeh
Le Ventre de Pierres

Personnages

Forteresse de Bouhen

Bak : lieutenant, chef de la police medjai.
Imsiba : sergent medjai, son second.
Hori : jeune scribe de la police.
Thouti : commandant de la garnison.
Neboua : capitaine, son second.
Noferi : propriétaire d'une maison de plaisir, informatrice locale de Bak.
Psouro et Kasaya : policiers medjai.
Souemnout : capitaine de navire.
Neni et Dadou : habitants du Ventre de Pierres.

Abou

Djehouti : gouverneur de la province.
Amonhotep : lieutenant, son conseiller.
Antef : capitaine d'infanterie, chef de la garnison.
Amethou : grand intendant de la résidence et de la province.
Simout : scribe en chef de la résidence et de la province.
Inenii : fils de Djehouti, régisseur des terres de Noubt.
Khaouet : fille de Djehouti, son épouse.
Nakht : petit serviteur.
Montou : garde à la résidence.
Senmout : sergent de la garde.
Dedi : lieutenant.
Hatnofer : gouvernante.

Min : sergent.
Nebmosé : ancien propriétaire de la demeure voisine.
Ouser : ancien lancier, devenu cultivateur.
Kamès et Nenou : gardes à la résidence.
Pahared : marchand.
Inebni : vice-roi de Kouch et de Ouaouat.

Ceux qui marchent dans les couloirs du pouvoir à Kemet

Maakarê Hatchepsout : souveraine de Kemet.
Menkheperrê Touthmosis : neveu de la reine, avec qui il partage officiellement le trône.

Dieux et déesses

Amon : le plus grand des dieux pendant la majeure partie de l'histoire égyptienne, et surtout au début de la XVIIIe dynastie, époque où se situe ce roman. Il revêt une apparence humaine.
Horus de Bouhen : version locale du dieu-faucon Horus.
Maât : déesse de l'ordre et de la vérité, symbolisée par une plume.
Hapy : personnification du Nil.
Hathor : déesse dotée de nombreux attributs, telles la maternité, la joie, la danse et la musique, mais aussi la guerre. Elle est souvent dépeinte sous l'aspect d'une vache.
Khnoum : gardien de la source du Nil, que l'on croyait située près d'Abou, sur la Première cataracte ; représenté avec une tête de bélier.
Satet : son épouse, gardienne de la frontière sud de Kemet.
Anouket : leur fille, déesse de la Première cataracte.
Osiris : dieu du monde souterrain, figuré tel un homme emmailloté de bandelettes comme une momie.
Rê : le dieu-soleil.
Khepré : le soleil levant.
Seth : dieu ambivalent symbolisant en général la vio-

lence, être mythique présenté habituellement avec un corps humain et une tête de chien.

Apopis : démon-serpent du monde souterrain, symbole de chaos et de violence.

Bès : dieu du foyer, protecteur du sommeil.

Thouéris : déesse hippopotame protectrice de la naissance et des enfants.

Montou : dieu de la guerre, souvent représenté avec une tête de taureau.

1

La fureur empourprait les joues du capitaine, petit et trapu, qui toisait d'un regard noir le villageois devant lui.

— Je le tuerai ! Par le dieu Hapy, je vais lui ôter la vie de mes propres mains !

Hapy personnifiait le fleuve qui s'écoulait à leurs pieds, large, calme et prévisible sur une grande partie de son cours. Ici, toutefois, les eaux divisées en d'innombrables rapides se forçaient un passage autour d'îlots de granit noir, où ne poussait qu'une végétation rare.

Le sergent Imsiba raffermit sa prise sur le bras du marin qu'il dominait de toute sa taille. Grand, mince, la peau sombre et luisante, il possédait la grâce du léopard.

— Tu ne tueras personne aujourd'hui, capitaine Souemnout.

— Il a coulé mon navire !

— Par sa faute à lui, je le jure ! lança d'un air méprisant le villageois Neni, auquel le vent et le soleil avaient donné un teint de terre brûlée.

Le lieutenant Bak, chef de la police medjai de Bouhen, observait les deux hommes avec réprobation. Sa garnison, située à deux heures de route au nord, était la plus grande des onze forteresses qui jalonnaient cette partie désolée du fleuve, surnommée le Ventre de Pierres. Bouhen étant le siège administratif de la région, Bak avait été appelé pour trancher cette querelle.

Au dire de tous, une inimitié de longue date opposait

les deux hommes, telle une plaie purulente. Elle s'avivait chaque fois que Souemnout empruntait les rapides, qu'il remontât le courant ou le descendît lors du voyage de retour. C'était regrettable, car chacun avait besoin de l'autre en égale mesure. Les flots n'étaient navigables que durant la crue, et seulement grâce à l'aide des gens de la région. Au moyen d'épais cordages, ceux-ci halaient les navires vers l'amont ou, en sens inverse, manœuvraient de sorte à leur faire éviter les écueils. Neni, le chef le plus influent et le plus expérimenté, pouvait réunir suffisamment d'hommes des villages voisins et utiliser son excellente connaissance des rapides pour assurer la sécurité d'un navire. Cette terre était la plus stérile du Ventre de Pierres, et sans les denrées que des marchands tels que Souemnout troquaient contre de l'aide, la population serait morte de faim.

Sûr qu'il n'obtiendrait de l'un comme de l'autre que des informations faussées par la colère et l'aversion, Bak fit quelques pas vers l'extrémité du promontoire couvert de sable. A l'horizon occidental, le dieu Rê, jaune vif dans le ciel pâle, entamerait bientôt sa descente dans le monde souterrain. L'ombre allongée de Bak projetait sa tête et ses épaules au bout de la petite falaise. Une forte brise venue du nord séchait la sueur sur son torse large au hâle intense, ébouriffait ses cheveux sombres coupés court et soulevait l'ourlet de son pagne blanc, sur ses cuisses. Il passa la langue sur ses lèvres salées et chassa une mouche qui bourdonnait à son oreille. Des cris lointains attirèrent son regard en aval, où un troupeau d'oies se posait parmi les joncs d'un plan d'eau, leur refuge pour la nuit toute proche.

Au-delà de la clameur des rapides, les eaux brunes et écumeuses descendaient un étroit canal encaissé par une multitude de rochers noirs, mornes et nus, luisant d'humidité. Mis à part la vitesse du courant, ce passage semblait aussi sûr qu'une voie pavée conduisant à la demeure d'un dieu. Son apparence était trompeuse. La vase et les brisants dissimulaient bien des obstacles sous la surface :

des récifs, des chutes, des tourbillons capables de pousser un navire vers une destruction certaine contre les blocs de granit. A moins qu'il ne soit guidé par des hommes postés sur les rocs et les îlots de part et d'autre du canal.

Qu'était-il donc arrivé à Souemnout ? Son modeste navire, long d'environ trente coudées, s'était fracassé contre trois récifs déchiquetés qui se dressaient près de la rive la plus proche. L'eau s'engouffrait à travers un trou béant dans la coque. Le bateau prenait une bande dangereuse, néanmoins une quantité surprenante de cargaison restait sur le pont. Des peaux de vache arrimées par des cordes, détrempées par les eaux turbulentes. Bak avait peine à croire que Neni ait détruit un bateau de propos délibéré, même celui de l'homme qu'il haïssait. A coup sûr, les autres maîtres d'équipage auraient usé de représailles en trouvant un nouveau chef d'équipe ; le village de Neni aurait été livré à la famine.

Le policier scruta les affleurements rocheux le long du canal, où plus de cinquante villageois presque nus se reposaient en attendant le signal de Neni pour reprendre leur besogne. Des cordes épaisses gisaient en boucles à leurs pieds. D'autres, attachées à l'épave, étaient enroulées autour de blocs de pierre ou de lourds piquets enfoncés dans les crevasses afin de maintenir l'épave en place jusqu'à ce que des nageurs aillent sauver la cargaison.

— Mon bateau ! gémit Souemnout derrière Bak. Pourquoi, oh ! pourquoi ai-je tant tardé à regagner le Nord ? Que ne suis-je parti au plus fort de la crue, comme je l'aurais dû !

Bak observa le capitaine, dont la détresse était sincère.

— Tu te trouvais à bord quand ton navire a rompu ses attaches ?

— Oui. Seuls les dieux nous ont sauvés de la noyade, mon équipage et moi.

— Raconte-moi ce qui s'est passé.

— Je me trouvais sur le pont, comme toujours, mais le sort de mon navire était en d'autres mains. Je n'aime pas Neni, cependant jamais je n'ai douté de son habileté. Je n'en avais pas davantage de raison cette fois-ci. Ses hommes manœuvraient pour nous aider à passer, en prenant soin de ne pas emmêler les cordes. Ils travaillaient par équipes, en chantant. C'est alors que...

Il secoua la tête, comme s'il refusait d'admettre un fait pourtant irréfutable. Bak se garda de le presser. Il préférait que le marin relate l'histoire à son rythme et à sa manière.

— Je... Je ne sais pas ce qui s'est passé, reprit Souemnout, les sourcils froncés. Je me souviens d'un claquement, puis un cordage a fouetté le pont. Les hommes ont été projetés par-dessus bord, de même que le brasero. Une cage de canards s'est brisée, et les oiseaux se sont envolés dans toutes les directions.

Un sourire amer effleura fugitivement ses lèvres.

— Comme tu le vois, mon navire était chargé de peaux, toutes solidement arrimées. La corde a frappé celles attachées près la poupe. J'ai senti une violente secousse et soudain nous avons heurté les rochers. Le bateau a vibré, j'ai entendu le bois craquer et gémir. Ensuite, je sais seulement que nous avons nagé de toutes nos forces pour avoir la vie sauve.

— D'où provenait cette corde ? interrogea Imsiba.

— Nos grelins étaient entreposés sur le pont. Elle appartenait forcément aux haleurs, accusa Souemnout en regardant le chef d'équipe d'un air furieux. Je ne pourrais expliquer comment elle est arrivée à mon bord, mais Neni se trouvait à proximité sur un rocher, d'où il lançait des ordres.

— Et moi, capitaine, je suis prêt à parier que ton lest a basculé, jeta Neni comme s'il crachait un fruit aigre.

Bak observa l'épave et les hommes postés le long du canal pour la maintenir en place, leurs cordages tendus à l'extrême. Il avait une assez bonne idée de ce qui s'était passé. Un capitaine aussi expérimenté que Souemnout le savait probablement, et Neni aussi, sans nul doute. Mais tous deux fermaient leur cœur à la vérité, préférant attiser leur hostilité. Le lieutenant consulta du regard Imsiba, qui acquiesça d'un hochement de tête. Ils étaient amis depuis trop longtemps pour avoir besoin de se parler.

Les yeux plissés à cause du scintillement éblouissant de l'eau, Bak scruta à nouveau l'épave. Comme la plupart des navires de commerce, elle était dotée d'une cabine fermée peinte de chevrons noirs, blancs et verts, tandis que les châteaux avant et arrière étaient à ciel ouvert. Un long gouvernail était accroché à la poupe, sur la coque d'un brun profond, rendu plus intense par les intempéries. La haute proue recourbée s'ornait d'un motif vert et blanc de lotus entrelacés. Un bon navire, sur lequel on pouvait compter. Du moins, autrefois.

— Je vais m'approcher de l'épave pour juger par moi-même, annonça Bak.

— Tu prendrais un bain forcé, au risque d'y perdre la vie ? s'étonna Neni, dubitatif.

Les lèvres de Bak prirent un pli dur.

— Je vois une bonne cinquantaine d'hommes sur ces rochers, des deux côtés du canal. N'ont-ils pas tous subi un bain forcé, aujourd'hui ?

— Pour la plupart, en effet, néanmoins...

— Me crois-tu moins bon nageur qu'eux ?

— Ils connaissent bien le fleuve et ses périls.

— Appelle un de tes haleurs et dis-lui de me guider jusqu'au navire à travers les rochers. J'aurai besoin d'une corde légère, mais solide.

Malgré le ressentiment causé par son ton péremptoire, le chef d'équipe accepta d'un hochement de tête.

L'attente fut brève. Le jeune garçon désigné, âgé d'environ quatorze ans, était souple comme un roseau et semblait arborer en permanence un sourire timide. Neni lui parla dans un dialecte incompréhensible pour Bak, mais Imsiba pencha la tête et écouta attentivement des mots qu'il avait connus, dans son enfance. A la fin, il sembla satisfait par ces instructions.

Ils se mirent en route. Bak portait le rouleau de corde sur son épaule gauche, et l'adolescent, une outre en peau de chèvre utilisée par la population locale pour flotter. Au lieu de traverser péniblement le chaos minéral, fendu et craquelé, à la base du promontoire, ils suivirent un chemin détourné, mais recelant moins d'embûches. Ils s'enfoncèrent dans le sable porté par le vent, sautèrent de pierre en pierre pour franchir un rapide, foulèrent des herbes hautes puis entrèrent dans l'eau jusqu'à mi-corps. Par-delà une rangée d'îlots escarpés et stériles se trouvait la partie du fleuve nécessitant le halage. Un sentier battu les conduisit vers le nord. Bak se contentait d'esquisser un signe du menton à l'adresse des hommes qu'ils dépassaient. Ceux-ci ne révéleraient rien avant qu'il ait examiné l'épave par lui-même. Mais ensuite, il pourrait les interroger avec l'autorité de celui qui sait.

Ils firent halte sur un grand tertre agrémenté par un tamaris solitaire, où poussait une herbe dure et piquante. L'îlot s'étendait vers l'amont et surplombait l'épave. Un pieu lustré par le frottement des cordes était calé entre deux gros rochers. L'îlot était désert et le pieu nu. En face, au bord du canal, un villageois accroupi mâchait des dattes avec vigueur. Tout près de lui, un épais filin s'enroulait plusieurs fois autour d'un roc, son extrémité solidement attachée à l'épave.

Bak observa le tertre sur lequel il se tenait.

— Ce point de passage semble dangereux. Pourquoi n'y a-t-on placé personne ?

Le jeune garçon répondit avec un haussement d'épaules :

— Dadou était ici. Il a nagé jusqu'au bateau avec une corde, qu'il avait attachée solidement à ce pieu. La dernière fois que je l'ai vu, il était revenu et attendait que son équipe vienne lui prêter main-forte. Alors le bateau a fait naufrage, et je n'ai pas eu l'idée de regarder de ce côté. Je ne sais pas où il est passé.

Bak scruta le canal, les hommes perchés au-dessus de l'étroite chute d'eau et l'anse paisible, un peu en aval de l'épave.

— Où se trouvait Neni quand le navire a heurté les rochers ?

— Là-bas.

L'adolescent se tourna vers l'amont et désigna un grand monolithe en granit qui dominait le paysage, le point idéal pour surveiller l'activité le long du canal et donner des ordres. Un rocher aplati, à côté du monolithe, était occupé par un homme à la chevelure clairsemée, qui avait enroulé sa corde reliée au bateau autour d'une saillie de pierre.

Bak s'adossa contre le pieu et fixa à nouveau son regard sur l'épave. De près, celle-ci ne paraissait guère différente. Elle évoquait assez un agneau attaqué par un chacal, et trop grièvement blessé pour survivre.

La cargaison, probablement un millier de peaux au total, était arrimée sur le pont, devant et derrière la cabine. Celles que les lames avaient balayées étaient gorgées d'eau, mais pourraient sans doute être récupérées puis vendues sans perdre de valeur. Pas étonnant que les hommes de Neni restent à proximité ! Sauver tant de marchandises leur vaudrait une généreuse récompense.

Bak s'en voulut de gâcher les derniers précieux instants de lumière et s'agenouilla au bord de l'eau bouillonnante. S'il voulait apprendre la vérité, il devait traverser le fleuve. Il frissonna à cette idée. Quelque temps plus tôt, il avait frôlé la noyade [1] ; désormais les rapides lui inspiraient une terrible appréhension.

L'adolescent ne tenta pas de l'en dissuader, mais le regarda avec inquiétude resserrer une boucle de corde autour du pieu et emporter le reste du rouleau vers les flots. Tâchant de ne pas voir le reflet de sa propre peur sur le visage du jeune villageois, le policier passa la corde à son épaule et entra dans le fleuve. Il prit son souffle et plongea.

Luttant contre le courant, il examina le monde liquide qui l'entourait dans une lumière filtrée par le limon. Au-

1. Voir *La Main droite d'Amon*, 10/18, n° 3386.

dessous de lui, une couche rocheuse prolongeait le tertre qu'il venait de quitter et s'étendait au loin. Quand les eaux baisseraient, elle formerait une île déserte et stérile. Un banc de petites carpes passa parmi les branches dépouillées d'un buisson englouti. Bak crut sentir le goût du poisson, de la vase, les remugles des siècles.

Il repéra une surélévation à mi-chemin, remonta à la surface pour respirer, puis nagea dans cette direction. La corde s'emmêla autour de son bras gauche, et Bak dut ralentir pour se dégager non sans mal. Il approchait de la saillie, presque à fleur d'eau mais dissimulée par les remous, quand, tout à coup, un bras apparut à la surface et une main lui fit signe.

De saisissement, Bak avala de l'eau et faillit s'étrangler. Le courant l'entraîna vers l'aval, où une écume blanchâtre trahissait la présence de tourbillons. Il se sentait gagné par la panique quand la corde le retint brusquement.

Il nagea de toutes ses forces en résistant à l'envie de tousser, et put s'accrocher à la saillie pour, enfin, remonter respirer. La main avait disparu. Il s'efforça d'adresser au jeune garçon un sourire rassurant. Quand il eut repris son souffle, il progressa en prenant garde à ne pas se couper sur les arêtes effilées comme des lames. Tout au bout, il trouva la main. Et le reste.

L'homme, pâle dans la mort, les yeux exorbités par la peur, montait et descendait dans le courant. Une corde solide, coincée dans une crevasse, s'enroulait autour de ses jambes et le retenait dans l'eau. Bak remarqua l'extrémité effilochée, et une longue blessure pareille à une brûlure sur la cuisse et la jambe droite du corps. Pauvre Dadou... Il était facile de déduire ce qui s'était passé, du moins en partie. Pour découvrir le fin mot de l'histoire, Bak devait nager jusqu'à l'épave. Conscient du peu de temps qu'il lui restait, il remonta et respira à longs traits. Le soleil livrerait bientôt Ouaouat [1] à l'obscurité. Il fallait abandonner Dadou et se hâter.

1. Ouaouat : Basse-Nubie. (*N.d.T.*)

Le policier nagea droit vers le navire, observant du même coup les cordes tendues entre la coque brisée et les îlots, puis les trois récifs où le bateau s'était échoué, rongés par l'eau et par les ans. Il plongea. Sous l'eau, des blocs de grès grossièrement taillés — le lest — se répandaient par la coque béante. Une nuée de poissons minuscules entourait les peaux. Une grosse perche arriva parmi eux, se repaissant de ses congénères qui fuirent dans toutes les directions. L'extrémité d'une corde ondoyait entre les blocs — la même, à coup sûr, qui entravait les jambes de Dadou.

Bak revint à la surface, contourna la cargaison pour s'approcher du gouvernail. Les peaux semblaient bien attachées sur le pont incliné, mais pour combien de temps ? Il déploya la corde qu'il avait emportée sur son épaule et en noua le bout au château arrière, pour établir une sorte de pont entre le navire et l'îlot où l'adolescent s'était assis.

Le lieutenant plongea à nouveau. En quelques secondes, il découvrit sur la coque une corde épaisse que Dadou avait sans doute fixée avant de mourir. Au lieu de monter, comme c'eût été normal, vers l'îlot où attendait le jeune villageois, elle s'incurvait autour des trois récifs et revenait vers le bateau pour disparaître sous une masse de peaux. A tâtons, Bak la suivit à travers la cargaison, puis à nouveau dans l'eau, où elle était bloquée sur toute sa longueur par des blocs de grès. On eût dit qu'un être puissant, un dieu peut-être, avait tranché la corde puis l'avait projetée à sa guise, vouant le navire à la destruction.

Bak, Imsiba, Souemnout et Neni s'étaient réunis sur le promontoire. Le ciel se parait de couleurs flamboyantes. La brise était tombée. Le doux soleil du soir avait réchauffé Bak et séché son pagne. Des passereaux volaient à tire-d'aile, attrapant au passage des insectes invisibles pour l'œil humain. Des effluves d'oignons braisés montaient d'un village niché parmi les rochers, plus loin en aval.

Sur l'épave, une douzaine d'hommes détachaient les balles de peaux et les laissaient tomber dans l'eau. D'autres les tiraient jusqu'à la corde posée par Bak, tandis qu'une troisième équipe les y attachait et les poussait vers l'îlot à travers le courant. D'autres ensuite les entassaient loin de l'eau, pour la nuit. Leurs gestes frénétiques accompagnaient cette course contre le temps.

— On ne le voit pas d'ici, mais la saillie rocheuse où gît Dadou a des arêtes plus coupantes qu'une lame en silex.

Il leur montra une entaille qu'il s'était faite à la main, et dont il n'avait pris conscience qu'au sortir de l'eau.

— Elles ont entamé la corde et le poids du bateau a fait le reste.

— Donc, c'était un accident, souligna Imsiba en lançant un regard appuyé à Souemnout.

— Je veux bien qu'un rocher effilé puisse couper une corde, mais il y en avait d'autres pour maintenir mon navire en place. Comment a-t-il pu virer et se fracasser contre les rochers ?

— Nous sommes passés au-dessus de ces arêtes plus d'une fois, remarqua Neni, sur la défensive.

— La corde était tendue à se rompre, expliqua Bak. Lorsqu'elle a claqué, la partie supérieure est revenue en arrière, s'est dégagée du pieu, puis elle s'est enroulée autour des jambes de Dadou. Elle l'a alors entraîné sur le lit du fleuve, où elle s'est prise dans une fissure. Il se peut que Dadou ait perdu connaissance par suite d'un choc à la tête, ou qu'il se soit affolé. Quoi qu'il en soit, il s'est noyé.

— Et mon navire ? demanda Souemnout.

— Qu'un homme soit mort n'a donc aucune importance pour toi ? s'indigna Neni. Il était marié et père de plusieurs enfants. C'était un homme intègre et courageux.

Bak éprouvait une furieuse envie de les empoigner par

le cou et de cogner leurs têtes l'une contre l'autre. Il avait espéré que, la cause du naufrage innocentant tout le monde, ils mettraient un terme à leur querelle. Malheureusement, ils savouraient leur aversion mutuelle.

— L'autre partie de la corde est revenue avec violence vers le navire. Elle a cinglé le pont en faisant tomber les hommes, le brasero et la cage à l'eau. Un long morceau a été bloqué sous les balles de peaux et le navire, brusquement immobilisé, a viré contre les rochers.

— Regardez ! cria Imsiba en montrant l'épave.

Soulagée du lest et de la cargaison, elle s'était remise d'aplomb et dérivait en travers du canal.

— Coupez tout ! hurla Neni.

Sa voix profonde résonna jusqu'aux hommes postés le long des flots.

— Non ! se lamenta Souemnout. Mon bateau ! Ma vie !

Les hommes qui dégageaient les dernières balles abandonnèrent leur tâche et se jetèrent à l'eau. Les pieux furent arrachés ou débarrassés de leurs cordages. Lorsqu'on ne pouvait y parvenir à temps, les cordes, trop précieuses pour être perdues, furent coupées à la hache au plus près de la coque.

Le navire descendait le courant, alourdi par l'eau qui l'avait envahi. Bak craignait qu'il ne vire encore et ne bloque le canal, ce qui aurait mis un terme au trafic dans le Ventre de Pierres pour le reste de l'année. Mais Neni savait ce qu'il faisait. Le vaisseau poursuivit sa course jusqu'à ce qu'une dernière pente écumeuse l'emporte à l'intérieur de l'anse. La poupe s'enfonça encore et la proue se souleva, tendant vers le ciel son motif de lotus. Sur le promontoire, les hommes attendirent en retenant leur souffle. Le vaisseau se renversa en arrière dans un grand bouillonnement et s'abîma sous la surface.

Hori, le scribe de la police, courait le long du quai, les yeux rivés sur Bak et Imsiba dont l'esquif approchait d'un piquet d'amarrage.

— Chef ! Le commandant désire te voir ! Immédiatement !

Bak marmonna un juron.

— Ne pourrais-je au moins enfiler des vêtements propres ?

— Je m'en dispenserais, à ta place, observa le jeune homme joufflu en attrapant la corde lancée par Imsiba, pour former une boucle qu'il passa autour du piquet. Une sentinelle a aperçu ton embarcation au loin et a signalé ton retour. Le commandant t'attend.

— Vas-y, mon ami, conseilla Imsiba avec bonne humeur. Je m'occupe de la barque et du repas matinal que nous pensions partager.

— Les désirs du commandant Thouti sont des ordres ! soupira Bak en levant les yeux au ciel.

— Il est en compagnie d'un visiteur, chef, indiqua le scribe. Un lieutenant à peine arrivé d'Abou. Le capitaine Neboua est également là-bas.

— Un officier du pays de Kemet ? Un inspecteur, à ton avis ? voulut savoir Bak, les sourcils froncés.

— Un lourd fardeau semble peser sur ses épaules. Il cherche de l'aide, pas des ennuis.

Bak remonta le quai central en compagnie du jeune scribe. Ils passèrent devant un navire similaire à celui de Souemnout, et une grande barge de transport dont la ligne de flottaison était haute, sa coque plate roulant sur la houle légère. Un marin se pencha par-dessus la rambarde pour cracher dans l'eau. Un autre accroupi près d'un brasero remuait le contenu d'une marmite posée sur les charbons ardents. L'odeur d'oignons et de poisson creusa l'estomac de Bak.

Sur le quai sud, un long navire d'agrément était amarré. On voyait qu'il était conçu pour la vitesse et le plaisir, non pour faire la navette chargé de marchandises comme tant de bateaux, à Ouaouat. Une cabine à damier rouge et blanc et les rampes ornées d'un délicat motif de papyrus contrastaient avec la vigueur de ses lignes. La proue arborait l'effigie de Khnoum à tête de bélier, la divinité d'élection des habitants d'Abou. Bak fut impressionné. L'officier que recevait Thouti était arrivé avec style.

Devant eux se dressaient les hautes murailles en brique crue de Bouhen, d'un blanc aveuglant sous le soleil du matin. Du côté du fleuve, les tours s'élevaient jusqu'aux remparts crénelés depuis deux esplanades en pierre bordant le front de l'eau. Au pied du portail à doubles tourelles, une sentinelle bavardait avec trois petits garçons pour passer le temps. Autour d'une porte identique, du côté nord, régnait davantage d'effervescence. Une longue file d'hommes descendaient péniblement le quai, chargés de lourds lingots de cuivre, qu'ils transféraient d'un entrepôt de la citadelle à un navire en partance pour Kemet. Ils avaient entonné un chant d'ouvriers, discordant et sans grande qualité artistique, mais si l'on se fiait à son intensité, il leur montait du fond du cœur. Un vieux prêtre, émacié et le crâne ras, était assis devant la porte du pylône le plus au sud. Souvent, il y venait pour se chauffer au soleil, après avoir accompli les ablutions matinales dans le temple de l'Horus de Bouhen, où régnait une obscurité glacée. Bak salua le soldat, ébouriffa les cheveux d'un des gamins et adressa un signe de la main au prêtre.

Il pénétra dans le passage sombre et sentit un frisson le long de son dos. « Un présage... » pensa-t-il. Peut-être Amon lui-même l'avertissait-il d'agir avec prudence. Il rit tout haut et chassa cette idée de son esprit.

La sentinelle en faction devant la résidence du commandant indiqua à Bak l'escalier de pierre conduisant à l'étage. Il gravit les marches quatre à quatre et parvint dans une cour ensoleillée. L'espace était encombré par des jouets, des gargoulettes, un métier à tisser, une meule et une cuve de natron. Dans la substance blanche et salée, le fils aîné de Thouti, âgé de dix ans, desséchait un chien qui avait été son fidèle compagnon jusqu'à ce qu'il meure de vieillesse. Bak remarqua avec plaisir que l'odeur de décomposition avait disparu. Ainsi, l'enfant pourrait bientôt emmailloter pour l'éternité l'animal qu'il avait aimé.

Il s'arrêta sur le seuil de la salle d'audience privée, où trois hommes attendaient sans un mot, comme s'ils s'étaient déjà tout dit. Le commandant, assis dans son fauteuil, tenait un verre à pied, avec près de lui une petite table chargée de pain, de bière, de pigeons rôtis et de dattes. Il aperçut Bak et lui fit signe. Le capitaine Neboua, installé sur un trépied dans son coin favori, sur le côté, adressa au policier un salut du menton. Le troisième homme, étranger à Bouhen, occupait un tabouret devant le commandant. Lui aussi se tourna vers le nouveau venu.

— Tu m'as convoqué, chef ? s'enquit Bak.

Thouti l'examina de la tête aux pieds. Son regard s'arrêta sur le pagne taché de boue et de sueur, la main bandée, et diverses contusions. Si cette apparence négligée le contraria, il n'en montra rien.

— As-tu mangé, lieutenant ? demanda-t-il en l'encourageant d'un geste à s'approcher de la nourriture.

— A l'aube, dans le village de Neni. Rien d'aussi raffiné, crois-moi.

Un bol rempli de minuscules os d'oiseaux lui apprit que les autres avaient déjà consommé leur repas du matin.

— Approche un tabouret.

Thouti, de petite taille, avait cependant des épaules carrées, et l'huile dont il avait oint sa peau hâlée dessinait des muscles puissants. Ses sourcils étaient épais, sa bouche ferme, sa mâchoire déterminée. Le feu qui brûlait dans ses prunelles sombres laissait entrevoir à quelle force de caractère il devait son haut grade.

Tandis que Bak choisissait un pigeon dans le plat et arrachait une aile, Thouti se chargea des présentations :

— Tu vois devant toi le lieutenant Amonhotep. Il vient d'Abou, envoyé par Djehouti, gouverneur de la province située à l'extrême sud de Kemet. Amonhotep est son conseiller, son bras droit.

Tout en savourant la volaille braisée à la perfection, Bak observa l'officier. Celui-ci ne devait pas avoir encore atteint, comme lui, l'âge de vingt-cinq ans. Il était mince et de taille moyenne, mais musclé. Des boucles rousses et des yeux verts éclairaient son visage fin, à l'expression sérieuse. Des plis d'inquiétude barraient son front.

— J'ai beaucoup entendu parler de toi, lieutenant, commença Amonhotep en lui adressant un sourire si bref que Bak faillit ne pas le voir. Le vizir, qui est un vieil ami de Djehouti, ne tarissait pas d'éloges à ton sujet lorsqu'il est passé à Abou, la semaine dernière.

Bak lança un regard interrogateur à son chef, puis à Neboua. Il n'était pas surpris que le vizir, qui avait récemment inspecté les forteresses de Ouaouat, se soit arrêté à Abou en retournant vers la capitale. Mais qu'un si haut fonctionnaire mentionne un simple lieutenant de Bouhen chargé de la police medjai le stupéfiait.

— Je t'avais bien dit que l'auguste personnage chanterait tes louanges, rappela Neboua, avec un sourire en coin fort différent de la gaieté expansive qui accompagnait généralement ses taquineries. En un rien de temps, ta renommée se répandra par toute la terre de Kemet. L'homme qui traque les prédateurs humains !

Le capitaine d'infanterie, second de Thouti dans la hiérarchie, était âgé de trente ans. Grand et bien découplé, il ne se souciait guère de son apparence. Sa ceinture entortillée remontait trop son pagne d'un côté. Son large collier de perles multicolores avait tourné, de sorte que le fermoir à tête de faucon reposait sur son épaule gauche. Son sourire crispé trahissait un net manque d'enthousiasme pour ce qui leur valait la visite d'Amonhotep.

Thouti demeurait muet, étrangement hésitant à expliquer la mission du visiteur.

A la fois intrigué et méfiant devant la réticence des

deux officiers, Bak jeta un os dans le bol, se lécha les doigts et demanda :

— Et cette convocation, c'est pour un motif particulier, chef ?

— Celui qui connaît les faits de première main est mieux à même de les exposer.

— Mais par où commencer ? s'interrogea Amonhotep en passant ses doigts dans ses boucles rousses. Voici : trois personnes de la résidence ont hélas trouvé la mort en un seul mois. L'une dans le fleuve, les autres à l'intérieur de la propriété. Dans les deux premiers cas, malgré l'étrangeté des circonstances, nous avons cru à des accidents. Qui voudrait songer à l'abomination d'un crime ? Mais la troisième fois, il s'agissait incontestablement d'un meurtre ; l'homme gisait par terre, une dague dans la poitrine. D'après Djehouti — et c'est aussi mon avis —, cette dernière affaire rend les deux premières suspectes.

Il fixa Bak comme s'il attendait un signe d'approbation. Le policier resta impassible. Il disposait de trop peu d'éléments pour parvenir à une conclusion.

— Le dernier événement s'étant produit la veille de l'arrivée du vizir, Djehouti, naturellement contrarié, s'en ouvrit à lui. Le digne fonctionnaire fut aussi troublé que nous qui résidons dans la propriété.

Amonhotep marqua une pause, puis secoua la tête comme pour chasser un mauvais rêve.

— Le vizir songea à toi, lieutenant Bak. Il vanta à Djehouti ta grande habileté à capturer ceux qui méprisent la déesse Maât. Il nous suggéra de requérir ton aide.

« Ma grande habileté ? » s'étonna Bak. Soudain il devina la mission du jeune officier et son cœur se serra. L'histoire était passionnante, l'énigme qu'elle constituait représentait un défi. Mais se rendre à Abou était son seul espoir d'identifier le meurtrier et de plaire à Maât, la déesse de l'ordre et de la justice.

— Djehouti est un homme fier, reprit Amonhotep. Solliciter l'aide de quiconque n'est pas dans ses habitudes. Pourtant, comment aurait-il pu négliger cette suggestion ? Sans ton concours, nous sommes impuissants. Nous n'avons aucun suspect et pas la plus petite preuve qu'un même meurtrier a frappé trois fois. Aussi Djehouti ordonna-t-il d'affréter son navire, et, le jour où le vizir repartit vers le nord, j'embarquai pour le sud. Me voici à Bouhen, après huit longs jours sur le fleuve, pour plaider ma cause devant le chef de la garnison. Et devant toi, ajouta-t-il d'une voix étouffée par l'émotion. Lieutenant Bak, accepteras-tu de m'accompagner à Abou ?

Les pensées de Bak allaient bon train. Il n'aimait rien tant que de traquer un tueur, chercher des traces souvent dissimulées par le temps ou par la ruse, sentir qu'il se rapprochait du gibier puis le prendre au piège. Cela lui était arrivé plusieurs fois à Bouhen, et il avait aimé voyager vers le sud pour enquêter sur le meurtre d'un officier, à la forteresse d'Iken. A la différence de cette garnison, qui tombait sous la juridiction de Thouti, Abou était bien loin de là, dans la sphère d'influence de l'homme qui le réclamait. Serait-il libre d'agir à sa guise ou aurait-il les mains liées ? Recevrait-il l'aide de la garnison en cas de nécessité, ou serait-il forcé de lutter seul contre tous ? Ceux qu'il questionnerait seraient-ils contraints de lui répondre, ou tourneraient-ils le dos en lui riant au nez ?

Mais surtout, il tenait à regagner librement Bouhen après avoir capturé le meurtrier. Si tant est qu'il parvenait à le trouver.

Avant qu'il ait pu exprimer ses interrogations et ses doutes, le commandant se leva, se dirigea vers la porte et contempla la cour. Au bout d'un long silence, il se tourna vers eux.

— Mieux vaut, je crois, débattre de cette affaire en privé. Lieutenant Amonhotep, laisse-nous.

— Oui, mon commandant.

Thouti s'écarta de la porte pour le laisser passer.

— Je t'enverrai chercher d'ici une heure pour te donner ma réponse.

Pendant que les pas du jeune officier s'éloignaient dans l'escalier, Bak s'apprêta à parler, mais Thouti leva la main pour lui imposer silence.

— Comme tu le sais fort bien, lieutenant, le vizir ne tolérera pas de refus. Tu dois te rendre à Abou.

— Mais, chef !...

— J'apprécie mon grade de commandant et l'autorité qu'il me confère sur le Ventre de Pierres, dit-il en se rasseyant. Je rêve de m'élever un jour au rang de général et de me trouver à la tête d'un régiment.

Il prit son verre et le fixa, puis le reposa sans avoir bu.

— Non seulement ce rêve sera brisé si nous passons outre à cette demande du vizir, mais je pourrais être muté à Kouch[1], au pays des Hatti ou dans quelque autre contrée aussi lointaine que déplaisante. Où que j'aille, tu partageras ma disgrâce, cela va de soi. En courrons-nous le risque ?

— Non, chef. Je te demande simplement une promesse.

— Quelle peut-elle bien être ? demanda Thouti en plissant les yeux.

— A Abou, je souhaite dépendre exclusivement de ton autorité.

Neboua, qui avait deviné l'intention de Bak, l'approuva d'un bref hochement de tête et, contenant un sourire, fixa obstinément ses jambes étendues.

Thouti, prenant soin de ne pas regarder son second, pinça les lèvres malgré son évidente satisfaction.

— Tes raisons, lieutenant ?

— D'abord, cela me conférera un statut à part, ce qui me permettra de préserver mon indépendance. Ensuite, si j'échouais dans ma mission ou si je constituais une menace pour les puissants, nul à Abou n'aurait le droit de me punir. Enfin, je désire revenir à Bouhen, près de mes Medjai, une fois cette mission terminée.

1. Kouch, royaume indépendant conquis au Nouvel Empire, devint le terme générique pour désigner la Nubie. (*N.d.T.*)

Thouti planta ses coudes sur les bras de son fauteuil et considéra Bak au-dessus de ses doigts entrecroisés, prolongeant le silence comme s'il soupesait cette idée.

— Je ne vois aucune raison qui m'empêche de te « prêter » à Djehouti pendant quelques semaines. Qu'un scribe vienne donc consigner que tu demeures sous mes ordres.

Sur son banc, Bak allongea ses jambes et s'adossa contre le mur enduit de plâtre blanc. Il savourait ses quelques dernières heures à Bouhen. Dans la cour inondée de soleil, le calme était inhabituel en cette fin de matinée. Il n'y avait aucun client dans la maison de plaisir de Noferi.

Le frottement énergique d'un balai résonnait dans la pièce de devant, la plus publique, tandis qu'un léger ronflement montait d'un passage à l'arrière, où dormaient les jeunes femmes.

— Tu pars demain ?

La question lui parvint d'une troisième porte ouverte, d'où flottait une odeur d'oie rôtie. Sous l'auvent qui ombrageait la moitié de la cour, un lionceau se léchait les pattes. Il dressa l'oreille en entendant la voix de sa maîtresse, sans s'interrompre dans sa toilette.

— Dès le point du jour, répondit Bak, dont les yeux brillèrent d'une lueur espiègle. Trop tôt, je le crains, pour te dire au revoir. Sauf si tu souhaites que je te réveille ?

— Cette seule idée me révulse, déclara la vieille obèse d'un ton renfrogné, en apparaissant sur le seuil.

Pas le moins du monde effarouchées, des souris trottinaient dans la paille et les feuilles de palmier du toit, rivalisant avec les moineaux pour trouver des graines et de quoi construire un nid. Noferi leva un regard réprobateur vers ce tapage, puis elle approcha un tabouret de Bak. Le siège disparut presque sous ses cuisses épaisses et son ample postérieur.

— Si pénible qu'il me soit de l'admettre, Bak, tu me manqueras. Toute cette bière que tu ingurgites, cette ironie que tu exerces trop souvent à mes dépens, le profit que tu tires de mon savoir et de mes amitiés, le...

Bak se pencha pour pincer sa joue rebondie.

— Tais-toi, vieille femme. Tu vas me faire pleurer si tu continues à m'avouer ton affection.

Elle chassa sa main d'une tape.

— De l'affection, vraiment ! Ce sont tes exigences que je regretterai. Autant qu'une rage de dents.

— Comment te débrouillerais-tu, sans moi ?

— Pas très bien, à mon avis, répondit Neboua qui arrivait de la pièce de devant, avec dans chaque main deux cruches de bière débouchées. Si tu n'avais fait d'elle ton espionne dès ton arrivée à Bouhen, elle vivoterait encore dans ce lupanar des faubourgs.

Noferi redressa le menton en reniflant.

— Quand apprendras-tu le tact, capitaine ? Je n'ai pas à rougir de mon passé, mais je n'ai pas envie de l'évoquer.

Riant tout bas, il s'assit par terre à côté d'elle et lui tendit une cruche.

— Bois, ma petite colombe. Noie ton aigreur dans la meilleure bière brassée à Bouhen.

Imsiba entra à son tour, chargé d'un petit panier bordé de feuilles.

— Si la bière ne réjouit pas son cœur, peut-être ce présent de Sitamon lui rendra-t-il le sourire.

La belle Sitamon était la bien-aimée d'Imsiba, qu'il projetait de prendre bientôt pour épouse. Il remit le panier à Noferi et s'assit près de Neboua. Elle déplia les feuilles pour découvrir plus d'une douzaine de petits gâteaux farcis de dattes et de noix écrasées, enrobés de miel. Elle les examina avec gourmandise et se lécha les lèvres. C'étaient ses friandises préférées, et Sitamon le savait bien.

Neboua lança, tout en adressant un clin d'œil à Bak :

— Alors... vas-tu manger toute seule ou partager un peu ?

Elle lui tendit le panier d'un geste dédaigneux. Il prit

une douceur et fit passer. Bak et Imsiba refusèrent. Sitamon les avait préparées pour Noferi, aussi était-il normal qu'elles lui reviennent. La vieille femme se servit et croqua une bouchée avec délectation.

— Si seulement moi aussi je pouvais me rendre à Abou ! dit-elle d'une voix teintée de regret.

— Combien de fois m'as-tu répété que tu préférais Bouhen à tout autre lieu ? s'étonna Bak.

— Ne puis-je, de temps en temps, éprouver la nostalgie de mon pays natal ? répliqua-t-elle sévèrement, comme si elle ne parvenait à croire à tant de stupidité. Ne puis-je rêver de retourner dans une vallée aux grands champs verdoyants, aux villages prospères, aux cités où des hommes et des femmes se promènent vêtus de lin fin et de bijoux exquis ?

Bak savait que, jadis, courtisane dans la capitale, elle avait été d'une grande beauté et avait partagé la couche des plus grands. Elle regrettait rarement le passé, mais parfois les souvenirs pesaient lourd sur son cœur.

— As-tu déjà entendu le nom de Djehouti, né à Abou et actuel gouverneur de la province la plus au sud de Kemet ? lui demanda-t-il.

Absorbée par la question et flattée d'être consultée, elle lécha le miel sur ses doigts avant de prendre machinalement un autre petit gâteau.

— Djehouti... Mmmmm. Oui. De noble extraction. Gouverneur de province comme avant lui son père, et le père de son père. Dans son jeune âge, envoyé à la capitale pour côtoyer les enfants royaux, poursuivit-elle entre deux bouchées. Fils unique, si mes souvenirs sont bons, et gâté autant par son père que par sa mère. Adolescent obstiné, qui ne suivait que son caprice, n'écoutait aucun conseil et s'investissait souvent d'une autorité trop lourde pour ce dont il était capable.

— Un vrai fils de la noblesse ! persifla Neboua. J'espère, dans ton intérêt, Bak, qu'il a dépassé ce comportement infantile et têtu.

— Je le découvrirai bien assez tôt. Nous prenons le fleuve à l'aube, et si les dieux nous sourient, nous arriverons à Abou d'ici neuf ou dix jours.

Imsiba le regarda par-dessus sa cruche de bière.

— J'aimerais y aller avec toi, mon ami.

— Moi aussi, renchérit Neboua. Aucun meurtrier ne nous échapperait longtemps, si nous étions tous les trois sur sa piste...

A l'expression de leur amie, il comprit qu'elle était blessée de cette mise à l'écart. Avec un sourire, il termina :

— ... avec Noferi.

Bak secoua la tête, sachant que c'était impossible.

— Kasaya et Psouro viendront avec moi. Leur faible grade les rend proche de la population ; ils pourront interroger des hommes et des femmes qui m'opposeraient peut-être leur silence, me croyant une menace pour leurs maîtres. En outre, je remets volontiers mon existence entre leurs mains, et vous-mêmes n'avez pas à douter d'eux.

— Tu crois que ta vie pourrait être menacée ?

— Je ne sais pas. Amonhotep n'a ajouté aucune précision à ce qu'il nous a révélé en présence du commandant. Il prétend que Djehouti préfère me relater les faits lui-même. Pour quelle raison ? Amonhotep refuse d'en dire plus.

— Comment peut-il te laisser dans le noir ? s'indigna Imsiba.

— Nous devons trouver un prétexte pour suivre Bak à Abou, dit Neboua, pensif. Marcher en compagnie d'un ami au grand soleil, le long d'une rue familière, est une chose ; s'aventurer avec des étrangers le long d'un chemin sombre et inconnu, voilà qui relève de la témérité.

2

Bak franchit la passerelle et descendit sur le ponton, un replat naturel nivelé pour répondre aux besoins de l'homme. A la suite du lieutenant Amonhotep, il gravit une demi-douzaine de marches polies par l'usure, puis un long escalier taillé à même la pierre. Au sommet, il se retourna pour contempler le navire élancé qui les avait transportés vers le nord. La longue série de rapides juste en amont d'Abou n'avait pas été un obstacle pour le vaisseau agile. Au lieu d'être guidé à l'aide de cordes à travers les passes rocheuses, comme c'était nécessaire dans de nombreuses parties du Ventre de Pierres, il avait été piloté par un nautonier. Celui-ci, monté spécialement à bord, avait manœuvré entre les nombreux petits îlots et les torrents, moins périlleux que du côté de Bouhen, mais toutefois dangereux.

Bak adressa un geste de la main aux deux Medjai debout sur le pont, au milieu des paniers de vivres et des armes qu'ils avaient apportés avec eux. Psouro, courageux et plein de bon sens, allait sur ses trente ans. Il avait un corps massif et conservait au visage les cicatrices d'une maladie infantile. Son cadet, Kasaya, était le plus grand et le plus fort de toute l'unité de Bak. S'il n'était pas doué d'une vive intelligence, il montrait un naturel aimable et joyeux. Ils resteraient à bord le temps qu'on attribue à leur chef des quartiers où tous trois pourraient s'installer.

Le voyage depuis Bouhen avait été agréable — une période de loisirs qu'ils avaient passée à pêcher sur le pont, à nager, manger et dormir. Amonhotep et Bak avaient parlé de tout, sauf de ce qui occupait la place prépondérante dans leurs pensées : la mort de trois membres de la résidence du gouverneur. Le policier ne pouvait imaginer pourquoi Djehouti avait imposé cette consigne de silence à son jeune conseiller. Cela n'avait aucun sens.

La curiosité l'avait tenaillé tout du long, mais maintenant que l'heure était venue d'apprendre ce qui l'attendait au juste, il hésitait à entrer. Il respira un bon coup et s'avança d'un pas décidé vers le portail voûté, percé dans un long mur aveugle. Derrière, la brise faisait ondoyer de grands palmiers et les feuilles bruissantes des sycomores et des acacias. De là, on distinguait à peine la maison, située presque au centre de la propriété. Un premier étage, beaucoup plus petit que le niveau du bas, coiffait les pièces du fond. Un âne poussa un braiment au loin. Deux chiens jaunes, babines retroussées, se disputaient un os incrusté de terre. Des arômes de viande rôtie et de pain frais flottaient par le portail et l'attirèrent à l'intérieur tel un chant de sirène.

— Je n'ai rien à craindre.

Djehouti toisa Bak, le défiant de le contredire.

— De quoi devrais-je avoir peur ? Les deux premières victimes étaient des paysans, que je n'aurais sans doute pas reconnus si je les avais croisés hors de ces murs. La troisième était un soldat que je respectais, que j'admirais à bien des titres, mais pas un homme que j'aurais invité en privé.

Bak ressentit un élan de gratitude envers Amon pour le rouleau qu'il avait en sa possession, et envers le commandant Thouti qui l'avait rédigé. D'après le peu qu'il avait vu du gouverneur, le document ne serait pas superflu. Cet homme-là ne songeait qu'à lui-même.

— Gouverneur Djehouti, en conséquence de ton appel, j'ai passé neuf longs jours à remonter vers le nord depuis Bouhen. On m'a indiqué que trois personnes de cette maison sont mortes, sans me fournir plus de détail. Je sais seulement que deux auraient aussi bien pu être victimes d'un accident que d'une main criminelle. Suis-je venu pour rien, ou à des fins précises ?

Grand, les cheveux blancs, le visage et le corps anguleux, Djehouti se pencha en avant dans son fauteuil. L'onctuosité de ses paroles était aussi menaçante que la lueur dans ses yeux.

— Ton voyage a-t-il été confortable, lieutenant ?

— Je passais le plus clair de mes journées à pêcher ou à dormir.

Bak savait que s'il se laissait intimider dès l'abord, cet homme ne le laisserait jamais mener sa tâche à bien. Il tenterait à tout bout de champ de le manipuler. Il le prendrait pour un faible. Cela, le policier ne pouvait le permettre.

— J'aurais mieux employé mon temps si le lieutenant Amonhotep avait été libre de me parler des défunts et des circonstances de leur mort.

La bouche de Djehouti se crispa.

— Impertinent jeune...

— Gouverneur ! intervint Amonhotep, qui détourna sur lui le courroux de son maître. Le commandant Thouti a beaucoup hésité à se séparer du lieutenant Bak, ne fût-ce que pour quelques semaines. Nous devons tirer le meilleur parti possible de son séjour parmi nous. Qui sait combien de temps il sera à même de rester ?

Saisissant la perche, Bak s'approcha de l'estrade où siégeait Djehouti et lui tendit le papyrus.

— Voici un document pour toi, de la part de mon commandant.

Le gouverneur posa sur le rouleau et sur l'homme qui le tenait un regard ulcéré. Bak devinait ce qu'il pensait. En théorie, un gouverneur jouissait de plus de pouvoir qu'un commandant, mais nul n'ignorait que Thouti était un ami personnel du vice-roi de Ouaouat et de Kouch, dont le rôle essentiel dans le commerce et le paiement des tributs lui valait la confiance du vizir et, mieux encore, de la reine, Maakarê Hatchepsout.

Djehouti se carra contre son siège avec un sourire glacial, les mains sur les accoudoirs, forçant son secrétaire à prendre la missive. Celui-ci brisa le cachet, défit la ficelle et passa le document à son destinataire. Pendant que le gouverneur le déroulait et commençait à lire, Amonhotep jeta un regard désabusé à Bak.

Pour cacher son dédain envers ce vain étalage d'autorité, Bak se détourna à demi et examina la salle d'audience. La lumière tombant de hautes fenêtres frappait quatre colonnes en forme de palmier et un sol pavé. Presque vide à présent, la salle grouillait de monde quand Amonhotep et lui étaient entrés. Plus de vingt personnes, pour la plupart des cultivateurs et des artisans auxquels se mêlaient quelques marchands, se pressaient autour des colonnes. Les gens parlaient à voix basse en attendant leur tour de présenter une supplique, d'exposer un grief ou de requérir un jugement entre deux plaideurs. Un groupe de scribes chuchotait au fond, et des soldats au garde-à-vous bloquaient toutes les portes.

Comme à cet instant, Djehouti occupait son grand fauteuil rembourré par d'épais coussins, sur l'estrade qui dominait une extrémité de la salle. Près de lui, une coupe de fleurs de lotus bleus exhalait un parfum capiteux, épargnant à ses narines l'odeur de sueur de ses sujets. Un cultivateur en guenilles, à genoux devant l'estrade, implorait une diminution de l'impôt pendant qu'un scribe assis en tailleur consignait le déroulement de la séance.

Sitôt qu'il aperçut Amonhotep et Bak, le gouverneur se leva à demi et l'homme agenouillé réprima un cri de consternation. Djehouti, reprenant place sur ses coussins, ordonna au scribe d'examiner cette affaire et annonça que l'audience était terminée. Les solliciteurs se dispersèrent, pleins de rancœur devant ce renvoi sommaire, mais résignés à revenir un autre jour. Les scribes hésitèrent à partir, intrigués par le nouveau venu. D'un geste sec du poignet, Djehouti les congédia. Tous les gardes furent renvoyés, sauf celui posté devant les doubles portes, comme si l'on redoutait par-dessus tout un solliciteur importun.

Un grognement d'irritation attira l'attention de Bak vers l'estrade. Le gouverneur fixait le papyrus avec répugnance, mais se soumettait aux conditions indiquées.

Malgré sa curiosité exacerbée par le silence d'Amonhotep, Bak préféra ne pas montrer d'impatience. En partie parce qu'il craignait que Djehouti ne cesse jamais de lui créer des difficultés, et surtout parce qu'il pénétrait dans un monde inconnu où les risques d'échec étaient grands. Pourtant, il ne devait pas faillir dans sa mission, car le vizir l'apprendrait à coup sûr. Écartant cette idée déplaisante, il demanda :

— Et maintenant, gouverneur, me parleras-tu des trois meurtres que tu désires me voir élucider ?

Djehouti s'agita sur son siège, jeta un coup d'œil à son conseiller et s'éclaircit la gorge.

— Le premier à mourir fut le serviteur Nakht. Ce n'était qu'un enfant, m'a-t-on dit.

— Il avait onze ans, expliqua Amonhotep. Menu pour son âge, et tranquille. Il travaillait du matin au soir sans se plaindre.

— Je ne le connaissais pas, maugréa Djehouti, irrité par des détails qu'il jugeait insignifiants. Sa place était sur la berge, où les pêcheurs apportent leur prise quotidienne, ou bien dans la cuisine. Il nettoyait les nombreux poissons nécessaires pour alimenter une demeure aussi importante que celle-ci.

Il se souleva légèrement afin d'ajuster un coussin sous son séant.

— Tôt un matin, il descendit au bord du fleuve. Ne le voyant pas revenir, ma gouvernante, Hatnofer, envoya un serviteur le chercher. Trois pêcheurs se souvinrent de l'avoir vu au point du jour, sur le rivage au nord du ponton. Le serviteur découvrit uniquement des empreintes d'enfant dans le limon. Plus tard dans la journée, un agriculteur repêcha son cadavre un peu en aval d'Abou, où le courant l'avait emporté. Nous avons tous cru qu'il était tombé à l'eau, s'était fracassé le crâne sur un rocher et s'était noyé.

— Savait-il nager ? demanda Bak.

— Comme une anguille, indiqua Amonhotep. Et d'après les pêcheurs, il connaissait trop bien le fleuve pour se noyer. Superstitieux comme ils sont, ils croient qu'un esprit l'a attiré dans les profondeurs. Ils affirment que seule une créature surnaturelle pouvait lui ôter la faculté de nager.

D'un geste de la main, Djehouti montra le peu de cas qu'il faisait de leur avis.

— Le deuxième fut le garde Montou. Un vieil homme, à ce que j'ai entendu. Un lancier venu de la garnison, ayant dépassé depuis longtemps l'âge d'affronter l'ennemi sur le champ de bataille. Sa tâche consistait à surveiller les jardins, à chasser les gamins de la ville qui sautent souvent par-dessus le mur pour voler un melon succulent ou une brassée de fruits. Hatnofer se plaignait de son manque de vigilance et songeait à le remplacer.

— Les enfants l'aimaient, précisa Amonhotep malgré l'air pincé de Djehouti. Ils venaient dans les jardins non pour chaparder, mais pour écouter ses souvenirs de bataille pleins de bravoure, des récits d'un passé où nos souverains s'en allaient à la guerre et menaient nos armées à la victoire.

— Pour une raison quelconque, reprit Djehouti en élevant le ton afin de couvrir la voix de son conseiller, il monta sur le toit de l'étable. Sans doute pour prendre son repas du soir tranquillement.

— Il passait souvent son temps là-bas, ajouta Amonhotep. Il pouvait surveiller les jardins et, quand il souffrait de ses articulations, il n'avait pas besoin de parcourir les sentiers.

Djehouti s'éclaircit la gorge bruyamment et le fixa avec insistance. Amonhotep baissa les yeux, mais Bak aurait juré y voir briller une lueur d'amusement. Le jeune lieutenant taquinait-il souvent son maître ? Jusqu'où osait-il aller ?

— On l'avait vu sur le toit au crépuscule, poursuivit le gouverneur, et le lendemain matin, on découvrit son corps au pied de l'escalier, le bois de sa lance brisé, la pointe dans sa poitrine. Les marches sont raides, et le sergent de faction remarqua une traînée d'huile près du sommet, provenant, supposa-t-il, du repas du soir de Montou.

— Vous avez donc cru qu'il avait glissé, brisant la lance dans sa chute, conclut Bak, levant un sourcil sceptique. A-t-il touché terre en premier, et la pointe se serait-elle ensuite enfoncée profondément dans son sein ? Ou le manche brisé s'est-il planté dans le sol avant que Montou ne tombe sur la pointe ?

Djehouti parut mal à l'aise sur ses coussins ; il consulta des yeux Amonhotep, en quête d'une riposte à ces sarcasmes. Le jeune homme haussa les épaules.

— Comme je te l'ai dit lors de notre première rencontre, lieutenant, qui peut envisager pareille abomination ?

Bak avait connu bien des hommes experts dans l'art de s'aveugler. Il n'aimait guère l'admettre, mais quelquefois il faisait partie du lot, aussi avide de croire ce qui lui convenait que le pire d'entre eux. Toutefois, avec le temps, il fallait regarder la vérité en face, si pénible soit-elle.

— Parle-moi de l'homme poignardé, celui dont la mort vous a convaincus qu'un meurtrier marchait parmi vous.

— Il se nommait Senmout, déclara Djehouti. C'était ce même sergent qui avait découvert le cadavre de Montou. Un homme dans la force de l'âge, proche de moi par le nombre des années. Il mettait dans ses entreprises la vigueur d'un adolescent et la force d'un taureau.

« Des trois qui sont morts, remarqua Bak, c'est le premier auquel le gouverneur décerne des louanges. »

— Le connaissais-tu bien ?

— Il avait grandi à Abou, tout comme moi. Enfants,

nous jouions ensemble ; adultes, nous servîmes ensemble comme soldats. Nous pariions sur tout et sur n'importe quoi, partagions les mêmes jarres de bière, couchions avec les mêmes prostituées, ici comme dans des pays lointains. C'était un homme parmi les hommes, conclut-il d'une voix ferme où perçait la fierté.

« Senmout aurait-il été pris pour cible en raison de son amitié avec Djehouti ? se demanda Bak. Ou le meurtrier ignorait-il qu'ils étaient aussi proches ? »

— De quelle manière est-il mort ?

— Un matin, on l'a trouvé gisant sous le portail de derrière, une dague dans la poitrine.

— L'arme était la sienne, précisa Amonhotep, remarquant le désarroi de son supérieur. Nous aurions voulu croire que le meurtre était le fait de quelqu'un de l'extérieur — la cité d'Abou est toute proche —, mais la porte était fermée de l'intérieur. On a vu Senmout la veille pour la dernière fois, à la tombée du soir. Il passait en revue les gardes désignés pour la faction de nuit. La sentinelle à la porte principale assure que personne n'est sorti après que Senmout a fait sa ronde, et comme le portail de derrière était fermé...

L'officier ouvrit les mains pour souligner l'évidence.

— L'assassin a passé la nuit dans cette propriété.

Bak siffla tout bas.

« Pas étonnant que Djehouti ait pris peur ! Pas étonnant qu'il ait consulté le vizir et qu'il ait suivi ses recommandations ! »

Bak allait et venait sur le sentier couvert de gravier, près du bassin. Ses pensées s'égaillaient dans toutes les directions, sondant les possibilités, imaginant une raison susceptible d'expliquer les trois décès, cherchant tout ce qui pouvait constituer une piste.

Las de rester dans la salle d'audience, Djehouti avait proposé de poursuivre la discussion dans le jardin, où une douce brise froissait les feuilles d'une petite plantation de grenadiers, de palmiers-dattiers et de sycomores.

Amonhotep et lui étaient assis l'un en face de l'autre sur deux bancs de bois, ombragés par une charmille de vigne vierge exubérante. L'odeur forte de la terre retournée montait de plusieurs plates-bandes récentes. D'autres petits lopins délimités par des canaux d'irrigation et des murets de boue séchée contenaient des laitues, des oignons, des radis, des haricots et des pois chiches, ainsi que des melons. Des bleuets, des coquelicots et des marguerites poussaient parmi les arbres, tandis que des nénuphars au parfum enchanteur flottaient sur le bassin.

— A quand remonte le meurtre du petit Nakht ? demanda Bak en s'arrêtant devant la charmille.

D'un regard, Djehouti laissa à Amonhotep le soin de répondre.

— Je me souviens d'avoir pensé, en me levant ce matin, que Montou a été tué voici un mois jour pour jour. Quant à l'enfant...

Le jeune lieutenant fixa machinalement le bassin, cherchant dans sa mémoire.

— Oui, il est mort dix jours avant le garde, une semaine plus tôt.

Une idée subite lui fit regarder Bak d'un air étrange.

— Tous deux furent assassinés le dernier jour de la semaine. Senmout aussi, dix jours après Montou.

— Aujourd'hui est également le dernier jour de cette semaine, déclara Bak, impassible.

— Tu ne penses pas que... ?

Amonhotep était atterré. Il s'était absenté d'Abou pendant dix-huit jours, presque deux semaines.

— Quelqu'un a-t-il péri dans cette propriété, il y a dix jours ? interrogea Bak en se tournant vers le gouverneur.

Djehouti secoua machinalement la tête, puis blêmit et poussa un gémissement.

— C'était un accident, sans l'ombre d'un doute. Il n'y avait personne d'autre là-bas.

— Que dis-tu ? demanda Amonhotep, qui parut tout près de le secouer par les épaules. Quelqu'un aurait été frappé de mort violente en mon absence ?

— Le lieutenant Dedi, murmura Djehouti, les épaules soudain voûtées. C'est arrivé dans les écuries. On l'a retrouvé dans une stalle, piétiné à mort par un cheval fou.

— Que s'est-il passé exactement ? demanda Bak d'un ton si impérieux qu'il effraya une cane approchant avec sa couvée, les faisant fuir vers un canal d'irrigation. Un cheval ne devient pas fou sans raison. Et qui aurait l'imprudence d'entrer dans la stalle d'un animal furieux ?

Ancien conducteur de char, Bak parlait en connaissance de cause.

— Ce cheval est devenu fou, persista Djehouti en se frottant le front comme s'il pouvait ainsi effacer le problème. Peut-être a-t-il mangé des aliments avariés. Peut-être a-t-il été effrayé par un rat, par une souris. Peut-être détestait-il l'odeur du lieutenant Dedi.

Il secoua la tête, incapable de fournir une explication satisfaisante.

— Il est possible que Dedi n'ait pas décelé les symptômes de la folie. Il était jeune et peu habitué aux chevaux.

— Je doute que sa mort soit un accident, remarqua Bak. Elle suit trop bien le fil conducteur.

— Quel fil conducteur ? railla Djehouti. Une simple coïncidence, plus vraisemblablement.

Bak eut envie de l'étrangler. Chaque fois que Djehouti était confronté à une vérité effrayante, il se retranchait plus loin dans son aveuglement.

— Tu comprends pourtant bien que si le lieutenant Dedi a été tué il y a exactement dix jours, et le sergent dix jours avant lui, et le lancier dix jours plus tôt, et le serviteur... Par la barbe d'Amon ! s'écria-t-il, frappé par ce qu'il venait de discerner.

— Qu'y a-t-il ? demanda Amonhotep.

— Un second fil conducteur.

Voyant la perplexité des deux hommes, Bak se hâta d'expliquer :

— Considérez le rang de chacune des victimes.

D'abord un humble domestique, puis un simple garde, ensuite un sergent et...

— Et finalement, un lieutenant. Chacun occupait une position plus élevée que le précédent, conclut Amonhotep, lançant un coup d'œil furtif au gouverneur.

— Non ! s'écria celui-ci en cachant son visage dans ses mains. C'est impossible ! Ce n'est qu'une autre coïncidence !

Amonhotep croisa le regard de Bak et secoua la tête, atterré.

— J'ai connu des hommes qui avaient tué dans l'ardeur de la colère, ou parce qu'ils affrontaient un ennemi sur le champ de bataille. Mais cela, je ne le comprends pas.

— Moi non plus.

La remarque du jeune homme ne manquait pas d'intérêt, néanmoins un problème plus immédiat se posait à Bak.

— Nous sommes le dixième jour de la semaine. Si je n'ai pas fait fausse route, quelqu'un périra aujourd'hui, quelqu'un qui a un statut plus élevé que celui de lieutenant, et qui n'est pas nécessairement dans la carrière des armes.

Amonhotep souligna avec circonspection :

— Cela concerne l'entourage immédiat du gouverneur, tous ceux qui sont directement placés sous ses ordres. Les personnages les plus éminents de la province.

— Il faut les avertir.

Bak jeta un coup d'œil vers le ciel bleu vif. Le soleil, pareil à une boule de feu, atteindrait le milieu de sa course dans une heure. Il pria pour qu'il ne soit pas déjà trop tard.

Le fauteuil de Djehouti était vide, dans la salle d'audience. Les hommes convoqués sur la requête de Bak entrèrent l'un après l'autre. Tous étaient de hauts fonctionnaires. D'eux dépendait la gestion harmonieuse de la province, de la résidence du gouverneur et de la petite garnison située sur l'île d'Abou. Ils étaient quatre, debout devant l'estrade, à discuter entre eux du motif de cette convocation. Amonhotep, resté avec Bak de l'autre côté d'une porte près de l'estrade, les lui avait présentés à mesure qu'ils arrivaient : le capitaine d'infanterie Antef, le grand intendant Amethou, le scribe en chef Simout, et le fils de Djehouti, Inenii.

— Par la grâce de Khnoum, ils sont tous là ! dit Amonhotep. Je craignais que l'un d'entre eux ne soit empêché.

Bak remarqua que le jeune officier évitait de prononcer le mot « mort ». Sans doute avait-il conscience des risques que lui-même courait.

— As-tu songé, Amonhotep, que tu es le bras droit de Djehouti, aussi essentiel à l'organisation de la province que ces quatre hommes que nous voyons ?

— Je ne suis pas comme mon maître, Bak, répondit le jeune homme avec un sourire crispé. Je sais parfaitement que, moi aussi, je risque de voir bientôt la mort en face.

Djehouti surgit d'une pièce à l'arrière, dépassa les deux officiers sans un mot et monta rapidement sur l'estrade. Il s'assit sur le monceau de coussins agrémentant son siège, pâle et tendu, et se força à parler d'une voix calme. Son état-major, silencieux et curieux, formait une haie irrégulière devant lui.

— Vous savez aussi bien que moi que le malheur a endeuillé ma maisonnée, commença le gouverneur. Et vous savez que le vizir a suggéré de faire appel à un officier de la forteresse de Bouhen, un certain lieutenant Bak.

Il marqua une pause le temps de s'éclaircir la gorge et poursuivit très vite :

— Il est venu, nous nous sommes longuement entretenus et il est parvenu à une conclusion à laquelle j'hésite à adhérer.

Bak étouffa un juron. Le gouverneur, qui avait promis de le soutenir sans réserve, se dérobait.

— Je cède la parole au lieutenant Bak, afin que vous puissiez juger par vous-mêmes.

Contenant son irritation, Bak franchit la porte et s'approcha de l'estrade. Après s'être présenté en quelques mots, il revint brièvement sur les quatre morts et conclut :

— J'ai la certitude qu'avant la fin de cette journée, on tentera de supprimer l'un d'entre vous.

— Bah ! s'exclama un petit homme bedonnant, dont les cheveux blancs bouclés retombaient en frange sur son front — Simout, le scribe en chef. Désolé, lieutenant, mais je suis très pris. Je ne peux courir me cacher simplement parce que tu as élaboré une théorie hâtive. Dans une ou deux semaines, lorsque tu connaîtras cette île et ceux qui l'habitent, tu auras peut-être assez de recul pour présenter des arguments convaincants. A présent, c'est trop tôt. Beaucoup trop tôt.

« Se pourrait-il qu'il ait raison ? s'interrogea Bak. Mes succès passés me rendraient-ils trop sûr de moi ? »

Dissimulant ses doutes sous un mince sourire, il répondit :

— Si j'usais de pondération, comme tu le suggères, je serais surpris que ton gouverneur soit encore de ce monde dans une semaine.

Djehouti réprima un cri comme s'il avait reçu un coup de poing dans le ventre. Bak n'éprouvait pas la moindre compassion à son égard. S'il n'avait pas encore admis que son nom se trouvait au sommet de la liste, il ne pouvait s'en prendre qu'à lui-même.

— Je ne vois pas qui voudrait assassiner mon père.

Celui qui venait de parler était aussi grand que le gouverneur, mais doté d'une musculature plus puissante. Ses cheveux bruns coupés court brillaient de bonne santé et son teint était bruni par le soleil. Il devait avoir environ le même âge que Bak.

— Tu es sûrement Inenii, lui dit le policier. Le lieutenant Amonhotep m'a appris que tu gères le domaine du gouverneur.

Inenii inclina la tête pour le confirmer.

— Alors que le lieutenant est le bras droit de mon père, je suis, en quelque sorte, son bras gauche.

Bak esquissa un sourire.

— Tu ne prends pas au sérieux la possibilité d'un nouveau meurtre, qui toucherait les tiens de plus près ?

— Sur les quatre victimes, trois étaient des militaires. Cela ne fait-il pas du capitaine Antef la prochaine cible la plus probable ?

— Il se peut que je me trompe, mais...

Simout laissa échapper un rire narquois devant cet aveu.

— Mais je crois que le petit Nakht est mort non seulement à cause de son statut modeste, mais pour transmettre le message qu'aucun civil n'était à l'abri.

— Il faut être un véritable porc pour assassiner un enfant ! s'indigna Antef. Et ce ne serait qu'à seule fin de transmettre un message ?

Il pouvait avoir un peu plus de trente ans. Lourd et imposant, il portait le court pagne blanc du soldat, mais la ceinture et la dague dans sa gaine étaient celles de l'officier.

— Tu penses que je m'abuse ? lui demanda Bak.

— Je prie pour qu'il en soit ainsi, répondit Antef, les mâchoires crispées. Car si tes déductions sont justes, celui que tu cherches n'est pas un homme ordinaire. Il agit à sa guise, au mépris des lois humaines et de la volonté des dieux.

— Qui en ce monde aurait cette témérité ? remarqua le grand intendant Amethou.

C'était un homme entre deux âges. Il avait les épaules larges et les hanches étroites de la jeunesse, mais son ventre saillait et son crâne était aussi chauve qu'un œuf. Il portait le pagne des scribes, long jusqu'à la cheville, et, sur une chaîne de bronze à son cou, une dizaine de petites amulettes en pierres colorées représentant Khnoum à tête de bélier.

Antef posa sur l'intendant un regard dédaigneux.

— Certains ne partagent pas ta crainte des divinités, Amethou. Ils s'estiment supérieurs à toute créature, mortelle ou non.

— Devrais-je avoir honte de vénérer les dieux ? répliqua Amethou en relevant le menton. Cela ne te ferait pas de mal de t'agenouiller devant un autel ou dans la cour d'un temple.

— J'ai accompli mon service de prêtre-ouêb[1] il y a moins d'un mois au temple de...

— Assez !

Bak leva les mains pour réclamer le silence et leur parla à tous comme s'ils ne faisaient qu'un.

— Chacun d'entre vous a des obligations à remplir, je le sais bien. Vous ne pouvez vous en dispenser uniquement parce que je crois que l'un d'entre vous court un danger. Poursuivez donc vos occupations, mais toujours en compagnie des autres. Fuyez la solitude. Ne...

— Maître !

Une jeune servante fit irruption par la porte du fond. Ses joues rondes étaient plus blanches que le lin brut de sa robe, et ses yeux exprimaient l'horreur.

— Oh ! Gouverneur Djehouti ! gémit-elle. C'est terrible !

Bak bondit vers elle, alarmé par ses paroles, par son affolement. Tous les hommes dont la vie était en jeu se trouvaient devant lui. Se pouvait-il qu'un autre crime ait eu lieu ? Sa théorie soigneusement échafaudée était-elle sans fondement ?

Amonhotep attrapa la servante par les épaules.

— Qu'y a-t-il, Nefer ? Que s'est-il passé ?

Elle se mit à trembler et ses larmes coulèrent comme si elles devaient ne jamais se tarir.

— Oh, maître ! Oh !...

— Parleras-tu, femme ? insista Amonhotep en la secouant sans ménagement.

— Dame Hatnofer... hoqueta la jeune fille entre deux sanglots. Elle est morte. Sa tête... écrasée. Tout ce sang ! Oh, tout ce sang !

1. Les prêtres-ouêb veillaient au transport des objets sacrés et étaient tenus à des règles d'hygiène très strictes. (*N.d.T.*)

« Hatnofer... La gouvernante ! » songea Bak. Il jura entre ses dents, encore et encore. D'après le peu que le gouverneur avait dit à son sujet, elle importait autant pour lui que les cinq hommes réunis devant l'estrade. Pourtant, le policier n'avait pas pensé à la convoquer, et maintenant elle était morte. Si on l'avait assassinée au moment où lui-même avertissait les autres, l'éternité ne suffirait pas pour qu'il se le pardonne.

3

Blême, les mains crispées sur les accoudoirs de son fauteuil, Djehouti semblait pétrifié par les dieux.

— Non ! souffla quelqu'un — Inenii, sembla-t-il à Bak.

Le scribe en chef Simout fixait la servante en battant des paupières, comme incapable de comprendre. Le capitaine Antef invoqua la puissance de Khnoum et tâta le manche de sa dague pour se rassurer. Le grand intendant Amethou remuait les lèvres en une prière silencieuse.

— Il faut que je la voie, dit Bak d'une voix forte, pour couvrir les sanglots de la jeune fille.

Amonhotep, qui la tenait toujours par les épaules, secoua la tête comme s'il s'éveillait d'un rêve, ou d'un cauchemar.

— Où est-elle, Nefer ? Tu dois nous conduire à elle.

— Je ne veux pas ! Oh, s'il te plaît, ne m'oblige pas à ça !

Elle tenta de reculer, de se libérer. Bak posa la main sur son bras avec douceur, et la sentit se crisper.

— Nous te demandons seulement de nous montrer où tu l'as trouvée, Nefer. Rien de plus.

Elle le regarda comme s'il venait de lui tendre une planche de salut, mais ses larmes continuèrent à couler.

— Nous sommes entrées dans les appartements du maître, dans la demeure de Nebmosé. Nous allions tout préparer pour toi. C'est alors que nous l'avons trouvée, ma maîtresse et moi.

— La demeure de Nebmosé ? répéta Bak, perplexe. Elle n'a donc pas été tuée à l'intérieur de cette propriété, comme les autres ?

— Nos murs entourent les deux domaines, expliqua Amonhotep, tâchant de calmer Nefer en évoquant son univers familier. Cette maison-ci est depuis longtemps la résidence du gouverneur. La famille de Djehouti l'a occupée durant maintes générations, depuis qu'un lointain ancêtre fut nommé gouverneur du Sud par Kheperkarê Senousret[1]. L'autre résidence et ses dépendances appartenaient à une famille tout aussi ancienne, qui descendait probablement du même ancêtre. Quand Nebmosé, dernier de la lignée, vint à mourir et qu'il ne resta personne pour hériter, Djehouti confisqua la propriété au nom de notre souveraine, et en fit une annexe de la sienne. Nous utilisons aujourd'hui les appartements du maître pour héberger les dignitaires en visite, le reste nous sert de réserve.

D'ordinaire, les biens confisqués pour la maison royale étaient alloués à un temple afin d'accroître ses revenus, ou récompensaient des services rendus. Djehouti s'était-il approprié la maison sans vergogne, comme si c'était son dû ? Ou avait-il agi dans une intention louable ?

— Hatnofer est dans la pièce d'eau, sanglota Nefer. Je n'ai pas osé la toucher, mais Khaouet, ma maîtresse, s'est agenouillée près d'elle pour chercher le pouls vital sur son cou.

— Qui est Khaouet ? interrogea Bak.

— Ma fille, répondit Djehouti d'une voix rauque.

— Mon épouse, dit Inenii en même temps. Elle veille aux intérêts de son père, ajouta-t-il d'un ton caustique, en regardant le gouverneur du coin de l'œil.

Bak l'observa attentivement, mais Inenii arborait une

1. Sésostris Ier. (*N.d.T.*)

expression impénétrable. S'il avait émis une insinuation, c'était pour le bénéfice de Djehouti, et non à l'intention d'un officier de police inconnu.

Bak se tourna vers la servante en souriant.

— Il faut y aller, Nefer.

Il attendit qu'elle acquiesce, puis indiqua à Amon-hotep :

— J'aurai également besoin de toi, lieutenant.

— Bien sûr.

Le conseiller lâcha la jeune femme et recula, sans trop s'écarter afin de pouvoir la rattraper si elle tentait de fuir.

— Et nous, que devenons-nous, lieutenant ? voulut savoir Simout. Cette malheureuse était une gouvernante, importante dans cette maison, certes, mais sans influence notable sur les affaires de la province. Sa mort paraît vérifier ta théorie, mais est-ce vraiment le cas ?

« Le scribe est-il toujours si irascible ? se demanda Bak. Ou n'est-ce qu'une carapace, pour se protéger contre la souffrance et la peur ? »

Simout n'ignorait sans doute pas qu'une gouvernante possédait un immense pouvoir. Bak, en tout cas, en avait acquis la certitude. Son père, un médecin tenu en haute estime pour sa compétence, avait été impuissant à sauver sa mère, qui était morte en couches. Dès l'âge le plus tendre, Bak avait été confié aux soins d'une femme qui dirigeait les serviteurs d'une poigne de fer — tandis qu'envers son père et lui, elle montrait un tact et une habileté dignes d'un émissaire royal.

— Dans les grands domaines comme celui-ci, la maîtresse de maison se borne souvent à recevoir, laissant la gouvernante diriger les domestiques et veiller à la bonne exécution des tâches. Était-ce le cas ici ?

— En effet.

Amethou, qui avait terminé sa prière, intervint :

— De temps en temps, quand Hatnofer se plaignait d'être débordée, Khaouet lui apportait son aide.

— Le tueur veut nuire à Djehouti, pas à la province, remarqua Bak, se tournant à nouveau vers Simout. A cet égard, Hatnofer était votre égale et vous n'avez plus rien à craindre.

— Mais si tu te trompais ? répliqua Simout.

Prenant soin de dissimuler son embarras et priant pour qu'un second meurtre ne survienne pas avant le coucher du soleil, Bak recommanda aux hommes devant lui :

— Retournez tous vaquer à vos occupations. Mais usez d'une extrême prudence, en restant toujours entourés, afin que le tueur n'ait aucune chance de vous approcher.

Ils se hâtèrent de quitter la salle d'audience. Amonhotep ouvrait la marche, Nefer et Bak à quelques pas derrière. Ils traversèrent une succession de pièces, toutes confortablement meublées de petites tables basses, de tabourets, de coffres. Des nattes en jonc tapissaient le sol et des peintures florales ornaient de nombreux murs. Les pièces principales embaumaient grâce à des brassées de fleurs de toutes les couleurs imaginables, disposées dans des jarres en terre cuite. Une suite de couloirs vers le fond les fit passer devant des pièces plus modestes, où étaient entreposés des nattes pour dormir et des coffres de rangement.

Ils sortirent par une porte de service, parcoururent rapidement une étendue sablonneuse, passèrent devant quatre greniers coniques construits derrière la maison. Une barrière leur permit d'accéder à une autre cour, face au bâtiment tout en longueur qui abritait les cuisines et les quartiers des domestiques. Une odeur de pain frais rivalisait avec le fumet des viandes rôties, et rappela à Bak qu'il n'avait pas pris son repas de midi. Les relents âcres du crottin montaient d'un édifice masqué par un mur : un hennissement en identifia les occupants.

Dans un autre enclos plus étroit se trouvait le puits, un large orifice entouré par un muret, dans lequel on descendait grâce à une volée de marches. Au-delà d'un mur plus élevé, des palmiers-dattiers murmuraient sous la brise et des oiseaux voletaient parmi les feuilles d'un sycomore : c'était là le jardin aperçu à son arrivée.

Quand ils franchirent un autre portail encore, dans un mur beaucoup trop haut pour qu'on voie par-dessus, Nefer commença à traîner des pieds et Bak comprit qu'ils venaient de pénétrer sur la propriété voisine. Ce passage avait été aménagé entre les deux domaines, sur l'ordre de Djehouti ou peut-être à une époque plus lointaine. Sans ce raccourci, il aurait fallu faire le tour jusqu'à l'imposante entrée en façade. La demeure occupait deux fois moins de superficie que la résidence, mais c'était un palais au regard d'une ville provinciale telle qu'Abou.

Après avoir dépassé quatre greniers et une écurie vide, ils entrèrent par une porte que Nefer avait laissée ouverte, dans sa hâte à chercher de l'aide. Au-delà de trois petites pièces emplies d'amphores à provisions scellées, ils débouchèrent dans une salle dont le haut plafond était soutenu par deux colonnes en forme de papyrus. Claire et gaie, elle ne pouvait que plaire aux augustes visiteurs. L'odeur de renfermé propre aux maisons abandonnées perçait sous celle de peinture fraîche.

Une autre porte conduisait à une pièce spacieuse, meublée de coffres et de tabourets en bois — on y voyait même une chaise. D'épaisses nattes de jonc garnissaient le sol. Sur les murs blancs, une simple frise de lis courait près du plafond. Ç'avait été jadis la salle d'audience privée du maître de maison. Cette demeure était trop raffinée au goût de Bak et pour l'usage qu'il comptait en faire, beaucoup trop luxueuse pour ses Medjai et, vu la proximité de la résidence, pas assez intime. Mais la mort d'Hatnofer avait réglé ce problème pour lui.

Une femme mince, dont les cheveux bouclés retombaient sur les épaules, était assise sur la chaise, les yeux dans le vide. Une pile de draps en désordre gisait à ses pieds, qu'elle ou Nefer avait laissé tomber, puis oubliés. Elle avait un peu plus de vingt ans, et Bak retrouva en elle les mêmes pommettes saillantes que celles de Djehouti, le même corps longiligne, mais adoucis par la féminité. Nul n'aurait pu prétendre qu'elle était belle, pas plus qu'elle n'était laide.

A l'entrée des deux hommes, elle sursauta comme au sortir d'une sieste.

— Enfin ! dit-elle, se levant pour s'avancer à leur rencontre, les yeux sur le nouveau venu. Tu es sans doute l'officier de Bouhen.

— Lieutenant Bak, indiqua-t-il en hochant la tête. Et toi, tu es dame Khaouet.

— Tu n'aurais pu venir à un moment plus opportun.

Elle esquissa un sourire, mais sa voix tremblante gâchait ses efforts pour faire bonne contenance.

— Désolée. Je ne suis plus moi-même.

Bak jeta un coup d'œil rapide à l'intérieur. Deux portes ouvertes révélaient de petites chambres renfermant des nattes pliées, quelques tabourets et des coffres en jonc tressé. Une troisième donnait sur une chambre de plus belle taille ; Bak y aperçut un lit où l'on avait mis des draps frais, quelques coffres de bois et plusieurs tabourets sur un tapis de jonc.

Toujours depuis le seuil, il avisa un passage dans le mur d'en face.

— D'après Nefer, vous avez trouvé Hatnofer dans la pièce d'eau.

Elle regarda dans cette direction avec horreur et hocha la tête, visiblement aussi bouleversée que la servante.

Bien que n'ayant guère envie de vivre à son tour cette expérience, il traversa la chambre et se glissa dans le passage. Il dépassa les lieux d'aisances, un siège en terre cuite sur un socle en brique empli de sable, et franchit une seconde ouverture formant une alcôve. Une femme gisait sur une dalle de grès creusée d'une dépression pour contenir de l'eau. Agée d'environ quarante ans, elle était petite et sèche, le teint pâle, les cheveux d'un noir artificiel. Des mèches folles s'échappaient d'une coiffe en lin, qui s'était déchirée dans sa chute ou lorsqu'on l'avait frappée. Ses traits aigus comme ceux d'un oiseau conservaient un air rusé jusque dans la mort.

Les parois à l'angle du bassin avaient été dallées afin de protéger les murs en brique crue. L'une était éclaboussée de sang, l'autre à peine constellée de petites gouttes. La tête d'Hatnofer était tombée tout près d'un mince cylindre en poterie, placé à travers le mur de sorte à évacuer l'eau à l'extérieur. Pendant qu'elle vivait encore — peu de temps, à voir sa tempe droite fracassée —, un filet de sang avait ruisselé dans le conduit. Un lourd parfum douceâtre flottait, comme si son corps avait déjà été préparé pour l'éternité.

— Puisse Osiris l'accueillir dans le monde souterrain, murmura Amonhotep, livide.

Refoulant la bile qui montait dans sa gorge, Bak s'agenouilla auprès du corps pour chercher le pouls vital. Rien, comme il s'y attendait. Nul n'aurait pu survivre à une blessure aussi épouvantable. Le poignet était froid sous les doigts, de même que l'épaule nue. Elle avait expiré quelques heures plus tôt, peu après l'aube, subodora Bak, bien avant qu'il ait réuni l'entourage de Djehouti. Il adressa une brève prière de gratitude à Amon qu'elle ne soit pas morte à cause de sa propre négligence.

Il se releva et examina les lieux. Des serviettes de lin étaient pliées sur une étagère. Trois flacons à parfums en albâtre et une boîte à fards en faïence bleu foncé encadraient un bol de natron destiné à nettoyer la peau. Quatre grosses gargoulettes, toutes remplies d'eau tiède, s'alignaient sous l'étagère. Hatnofer était venue préparer la chambre. Après avoir fait le lit, elle était entrée dans la pièce d'eau, un petit espace clos, idéal pour attaquer une femme aussi frêle.

Bak ne voyait pas d'objet qui ait pu servir à l'assommer ni même la moindre trace de lutte. Elle avait laissé son agresseur l'approcher sans crainte, tout comme les précédentes victimes, pour la simple raison qu'elle le connaissait.

Quand il se tourna pour partir, il trouva Amonhotep, apparemment incommodé, devant les lieux d'aisances.

— C'est plus fort que moi : je m'imagine à sa place, la tête fracassée, mon souffle de vie arraché à mon corps.

— Le tueur aurait aussi bien pu choisir Antef, Inenii, Amethou ou Simout, raisonna Bak, le poussant doucement vers la chambre.

Amonhotep poursuivit comme s'il n'avait rien entendu :

— Je sais, je ne devrais pas me réjouir de sa mort, et d'ailleurs, ce n'est pas exactement ce que je ressens, mais plutôt...

Il sourit tristement et secoua la tête, incapable d'exprimer le fond de son cœur.

« Un soulagement, pensa Bak. Le soulagement qu'Hatnofer gise sur le sol, alors que, lui, il est encore vivant. Et qui pourrait l'en blâmer ? »

— C'est ma faute ! Je suis la seule responsable, déclara Khaouet, qui contemplait le fleuve en frottant ses bras, comme transie. Si seulement j'y étais allée plus tôt ! Je le lui avais promis.

— Tu n'as aucun reproche à te faire.

Bak avait suggéré à Amonhotep d'aller rendre son rapport à Djehouti, plus pour échapper au sentiment de culpabilité du jeune homme que par nécessité urgente, et voici qu'une autre lui confiait ses remords.

— Le meurtrier aurait trouvé une nouvelle occasion.

— C'est elle qui m'a élevée ! Elle était une mère pour moi !

Bak s'approcha de la haute terrasse naturelle qui suivait le cours du fleuve, couverte d'herbes inégales et de buissons sauvages en fleurs. Elle était coupée par un chemin de sable, qui commençait devant l'escalier du débarcadère, passait près d'une profonde excavation où l'on mesurait la crue annuelle, et, plus loin, à côté d'un puits public, pour se terminer sous le pylône du temple de Khnoum. Des saules ombrageaient ceux qui venaient tirer de l'eau ou parler au dieu. Un immense sycomore dominait le puits de mesure, ceint d'un mur couvert de vigne vierge. Un singe babillait dans l'arbre, trop farouche pour se montrer.

En bas, le fleuve s'écoulait dans le large canal entre l'île d'Abou et la rive est. Des rochers noirs massifs surgissaient des profondeurs de part et d'autre, indifférents à l'assaut continuel des flots. Avec un peu d'imagination, ils faisaient songer à des éléphants, ces énormes bêtes vivant à l'extrême sud, plus mythiques que réelles pour qui ne les avait jamais vues. D'elles provenait l'essentiel de l'ivoire, et Abou leur devait son nom.

Des voix sonores attirèrent l'attention de Bak vers quatre barques de pêche, qui rentraient chargées de la prise du jour. Plus loin, une petite barge de transport progressait lentement à contre-courant, chargée d'un lourd approvisionnement de jarres en terre cuite. Sa voile rouge rapiécée était orientée dans le sens de la brise pour réduire la vitesse, car elle atteindrait bientôt le village de Soucnet, sur la rive opposée, où la marchandise serait échangée contre d'autres denrées.

Des éclats de rire résonnèrent près du navire de Djehouti, encore amarré contre le ponton au pied de la résidence. Kasaya s'était assis sur un rocher et bavardait avec des lavandières, à genoux au bord de la berge. Bak ne put s'empêcher de sourire. Le jeune Medjai, bien bâti et rieur, savait s'y prendre avec les femmes. Les plus âgées avaient envie de le choyer comme un enfant, les autres d'obtenir une caresse — sinon davantage. Les informations coulaient de leurs lèvres comme l'eau d'une amphore renversée.

Psouro, plus mûr et prosaïque, marchandait avec une vieille qui tenait un canard plumé et un panier débordant de fruits et de légumes. Il prévoyait un festin dont la seule idée fit saliver Bak.

Il se retourna vers Khaouet, qui s'était assise sur un banc moucheté par l'ombre d'un saule.

— Quand as-tu vu Hatnofer pour la dernière fois ?

— Ce matin, peu après l'aube, dans la buanderie. Elle comptait les draps. Tant de gens sont morts dans cette maison, en peu de temps, que notre réserve habituelle a beaucoup baissé. Et maintenant...

Elle se mordit les lèvres et se détourna afin qu'il ne puisse voir son visage. Elle termina d'une voix tremblante :

— Maintenant, nous devrons en envoyer encore à la Maison des Morts. Mais ce sera pour elle !

Bak résista à l'envie de lui marquer de la compassion, par peur de déclencher un torrent de larmes.

— De quoi avez-vous parlé ?

— De toi.

Elle sécha ses yeux et lui fit face.

— Nous avons discuté de ton arrivée. Nous pensions que tu viendrais aujourd'hui, si les dieux avaient souri à Amonhotep et si son voyage avait été aussi rapide qu'il l'espérait.

— C'est elle qui avait décidé de me loger dans la résidence des hôtes de marque ? Ou était-ce ton idée ?

— Non, la décision émanait de mon père.

Bak ne dissimula pas sa surprise.

— Cette demeure convient mieux à un vizir qu'à un officier de police fraîchement débarqué de la frontière. J'aurais cru que Djehouti préférerait m'installer dans les baraquements.

La jeune femme répondit avec un sourire tremblant :

— Il voulait que tu sois à proximité en cas de besoin, mais pas au point de lui rappeler à chaque instant les morts qu'il préférait oublier.

— Je vois, dit Bak d'un ton sec. Tu parlais donc de mon arrivée avec Hatnofer, et puis... ?

Khaouet fixa ses pieds, protégés par des sandales de cuir rudimentaires, guère plus qu'une semelle et deux étroites lanières.

— Elle mit des draps de côté pour les porter à la résidence de Nebmosé et tout préparer à ton intention. Elle était prête à y aller, les bras chargés de tout le nécessaire, quand Amethou envoya un message. Il vérifiait les comptes de la maison et avait besoin de son assistance sur-le-champ.

Elle cueillit une fleur dans un buisson et tordit la tige entre ses doigts, faisant frissonner les fragiles pétales rouges.

— Elle semblait tellement affolée par ce surcroît de travail que je pris les draps, en promettant de m'en occuper.

— Mais quelque chose t'en empêcha.

— Oui.

Elle continuait à contempler la fleur et parlait d'une voix crispée, presque cassante.

— Mon père me convoqua. Il était mécontent de son porteur d'éventail et voulait le faire fouetter. J'eus grand-peine à le convaincre que l'enfant était beaucoup trop petit pour lever longtemps un manche aussi lourd. Le temps de le raisonner, j'avais oublié ma promesse à Hatnofer. Ensuite... Beaucoup plus tard, je m'en suis souvenue. J'ai appelé Nefer et...

La gorge nouée, elle se détourna.

— Je ne me sens pas bien. Pourrais-tu me laisser seule, à présent ?

Bak aurait voulu la sonder davantage, mais, en toute humanité, il ne le pouvait pas. Il venait de commencer son enquête et n'avait aucune idée des éléments vraiment essentiels. Or, Khaouet était trop bouleversée pour supporter des questions posées à l'aveuglette.

— « Comment vais-je annoncer la chose à Djehouti ? dit Bak, contrefaisant de son mieux l'expression et la voix excédées d'Amethou. Il voulait te savoir tout près, dans l'enceinte de cette propriété, pas dans quelque bâtisse vide de la cité. »

Psouro modifia d'un quart de tour la position du canard sur la broche improvisée. La graisse coulait sur le foyer en brique crue, enfumant l'atmosphère. Les volutes s'échappaient à travers le toit léger de branches et de paille, laissant dans leur sillage un arôme appétissant.

— Comment l'as-tu convaincu, chef ?

— J'ai prétendu que les Medjai sont des gens superstitieux, et que vous ne pourriez pas dormir dans une maison où un meurtre avait été commis.

— Il y a cru ? demanda Psouro, dubitatif.

— Je ne sais pas, avoua Bak. Il était si stupéfait que je vous garde avec moi qu'il s'est borné à bredouiller.

— Je rends grâce à Amon que tu aies tenu bon, commenta Kasaya, en plaçant une natte sur son épaule. C'est une chose d'entrer dans une maison à la recherche d'un assassin, et une tout autre d'y dormir.

L'intendant leur avait trouvé une habitation minuscule dans un étroit passage, à quelques rues de la résidence. Par-dessus le mur du fond, les enfants du quartier laissaient résonner leurs rires.

— Nous ne courons pas le moindre danger, déclara Bak. Ou du moins, pas encore ! Si l'on interprète bien les indices, le meurtrier vise plus haut que nous.

— Le gouverneur Djehouti... dit pensivement Psouro, remuant un mélange de lentilles et d'oignons qui mijotait au bord des braises, dans une marmite fumante. D'après ce que tu as raconté, chef, il m'a tout l'air d'un faible, trop préoccupé par son petit monde étriqué pour marcher sur les pieds de quiconque.

— Il faudrait qu'il les ait rudement écrasés pour pousser un homme à commettre plusieurs meurtres, observa Kasaya.

— Ça oui !

Les yeux larmoyant à cause de la fumée, Bak rejoignit le jeune Medjai près de la porte.

— Mais, ajouta-t-il, peut-être Djehouti n'est-il pas ce qu'il paraît. Nous en savons trop peu sur lui, et sur ceux qui sont morts jusqu'à présent. Il nous faut découvrir quel lien les unissait, hormis le simple fait qu'ils gagnaient tous leur pain à la résidence.

— Par où on commence, chef ? demanda Kasaya.

— Commence donc par installer nos nattes et, ensuite, déballe le reste, bougonna Psouro. A moins qu'un autre meurtre soit commis cette nuit, j'ai l'intention de manger tout mon soûl et de dormir comme un bébé sur le sein maternel.

Bak attira Kasaya vers l'avant de la maison, qui consistait en une seule pièce. Un escalier découvert conduisait au toit où une fragile armature de bois était l'ultime vestige d'un auvent. Deux tabourets, une petite table et un coffre en jonc, tous fournis par Amethou, étaient restés près d'une porte donnant sur le dehors. Les paniers et les ballots apportés de Bouhen étaient éparpillés autour d'eux, ainsi que des amphores de céréales que les Medjai avaient prises à la garnison d'Abou. Des lances, des boucliers, des arcs et des flèches, outre des armes de poing plus petites, étaient empilés contre le mur. Sur la partie surélevée, qui servait d'espace pour dormir, étaient posés les draps que l'intendant leur avait procurés. Une niche murale, dépouillée de la statuette du dieu domestiquc qu'elle abritait jadis, brisait la monotonie du mur opposé.

Bak souleva l'une des quatre lourdes jarres d'eau, la porta dans la cuisine et l'appuya contre le mur, à côté d'un four rond inutilisé depuis longtemps, à en juger par son état. Dès qu'il rentra dans la pièce principale, il donna ses ordres.

— Demain, Kasaya, tu iras jusqu'à la résidence du gouverneur. Familiarise-toi avec les terres et les bâtiments, rends-toi utile aux serviteurs. Plus vite ils t'accepteront parmi eux, plus vite ils te feront des confidences.

— Oui, chef.

Kasaya secoua la natte qu'il avait transportée sur son épaule avant de l'étaler par terre.

— Ça te conviendrait, chef, si je liais connaissance avec les gardes ? Nous aurons peut-être besoin d'hommes de confiance.

— Bonne idée.

Bak le félicita d'une claque sur l'épaule et s'en fut chercher une autre jarre, qui alla rejoindre la première.

— Et moi, chef, que dois-je faire ? demanda Psouro, toujours à son repas.

— Je ne connais aucun meilleur moyen pour jauger un homme que de savoir ce que ses gens pensent de lui. D'abord, promène-toi dans Abou et découvre la ville. Sois amical envers les militaires et les civils qui y résident. Quand tu auras glané tout ce que tu peux — d'ici demain soir, je l'espère —, prends la barque que nous a prêtée Amethou et traverse le canal jusqu'à Souenet. Là-bas aussi, il te faudra repérer les lieux et nouer des liens avec la population.

Psouro eut l'air sceptique.

— Je sais que cette ville est petite et Souenet plus encore, mais devenir l'ami de tous me prendrait des mois.

— Fais ton possible, Psouro, c'est tout ce que je demande. La mort d'Hatnofer étant survenue aujourd'hui, nous n'avons qu'une semaine avant que le meurtrier frappe à nouveau.

— Bien, chef.

Bak résista à l'envie de sourire devant la morosité du Medjai.

— En même temps, enquiers-toi d'un nommé Pahared, qui était autrefois marchand à Ouaouat. Il voyageait de village en village et vendait les petits ustensiles nécessaires à ceux qui n'ont presque rien. Je l'ai connu chez Noferi. Il venait d'épouser une femme de Kouch et abandonnait sa vie d'errance pour regagner Kemet. Aux dernières nouvelles, ils se sont installés par ici, mais je ne sais si c'est à Souenet ou à Abou.

— Est-il digne de confiance ? demanda Psouro, voyant poindre une lueur d'espoir au cœur des ténèbres.

— Chez Noferi, où nous avons discuté et bu bien avant dans la nuit, il m'a donné l'impression d'un homme de bon sens et d'honneur.

Pas vraiment satisfait par cette réponse, le Medjai hocha la tête.

— S'il est ici, je le trouverai.

Bak alla chercher une troisième jarre d'eau.

Kasaya, plongé dans ses pensées, restait immobile près de la deuxième natte qu'il venait de dérouler, un drap plié dans les mains.

— Je sais qu'on n'est pas loin de la résidence, chef, mais tu crois que c'est bien sage de passer la nuit ici ? Et si quelqu'un d'autre était assassiné ? Djehouti le premier t'en rendrait responsable — pour peu qu'il soit encore en vie.

Bak adressa au jeune Medjai un bref sourire.

— Dès que nous aurons pris notre repas du soir, je retournerai chez le gouverneur. Inutile d'ouvrir la porte au désastre.

4

Devant la demeure de Nebmosé, Bak étouffa un bâillement et laissa la brise froide du matin l'éveiller tout à fait. Il avait pu prendre du repos, grâce à Psouro et Kasaya, mais pas assez. La nuit avait passé sans incident ; les occupants de la résidence avaient dormi en paix. Il doutait que la présence de la police ait fait la différence.

Un jardinet bien entretenu entourait l'autel familial, à l'entrée principale de la propriété. Des arbres vénérables, des buissons épais et des fleurs luxuriantes emplissaient l'espace de couleurs. Des canetons duveteux nageaient avec leur mère sur un petit bassin où flottaient des nénuphars. Les abeilles bourdonnaient de leur chant éternel tout en récoltant de suaves nectars à l'intérieur des fleurs. Bak imaginait combien un visiteur distingué devait être impressionné, après les fatigues d'un long voyage. Le jardin était pareil au Champ des Joncs, où les morts justifiés [1] savouraient l'éternité.

Il suivit le sentier jusqu'à l'autel, un petit édifice blanc orné d'unc corniche rouge et vert. Quatre marches étroites le menèrent à une entrée flanquée de colonnes. Bak s'attendait à trouver l'intérieur vide, toutefois le buste d'un ancêtre trônait sur un socle en grès. Une offrande de fleurs fraîches reposait au pied de l'effigie

1. Morts reconnus innocents de toute mauvaise action durant leur vie. (*N.d.T.*)

peinte en rouge. Bien que le dernier membre de la famille ait disparu, il restait quelqu'un pour entretenir sa mémoire.

Bak explora le jardin jusqu'au portail, presque aussi haut que l'enceinte de la résidence et solidement barré de l'intérieur. Il l'ouvrit et se retrouva dans une des nombreuses ruelles qui traversaient Abou. Les portes des voisins, en face de la rue, avaient été aménagées dans des murs tout aussi élevés et massifs. Les rares fenêtres, étroites et très hautes, laissaient entrer l'air et la lumière sans rien révéler du monde extérieur. Tout au bout, le passage disparaissait au milieu d'un fouillis de petites maisons sordides. Comme toujours à Kemet, les pauvres coudoyaient les riches, mais les rencontraient rarement face à face.

Rebroussant chemin, le lieutenant replaça la barre sur le portail derrière lui et contourna rapidement la demeure de Nebmosé. Derrière les écuries et les greniers abandonnés, il découvrit une cour poussiéreuse où un bouquet de palmiers rivalisait avec des tamaris pour capter les rayons du soleil. Un puits était placé devant un bâtiment presque cubique contenant quatre entrepôts longs et étroits, auxquels on accédait par un portique. Trois d'entre eux étaient vides ; le quatrième renfermait un char à l'essieu brisé. Bak s'approcha d'une petite porte ombragée par les arbres et souleva le pieu qui en bloquait l'entrée. La ruelle au-dehors était si étroite que l'on ne pouvait y passer qu'à pied. Vers le sud, elle s'enfonçait entre les maisons. Dans la direction opposée, elle passait devant la résidence du gouverneur et disparaissait dans les champs bigarrés qui couvraient le nord de l'île.

Déçu malgré lui, il remit le pieu en place et se dirigea vers la maison. Le meurtrier d'Hatnofer avait pu entrer et sortir sans être vu aussi bien par l'entrée principale que par-derrière, voire par la propriété de Djehouti. Hormis la salle d'audience et les principaux appartements, toutes les pièces servaient de réserves. La gouvernante s'était crue seule dans la demeure. N'importe qui avait pu l'assassiner.

— Quel dommage, n'est-ce pas ?

Bak, qui contemplait une longue rangée de stalles vides depuis le seuil de l'écurie, sursauta et se retourna. Derrière lui, le fils du gouverneur scrutait également le bâtiment plein d'ombres. Le lieutenant confia à celui-ci, avec un amusement mêlé de nostalgie :

— Autrefois, quand j'étais pilote de char dans le régiment d'Amon, je rêvais d'une telle écurie à chacune de mes permissions. Mes chevaux, de nobles animaux mais totalement dépourvus de discernement, se satisfaisaient de la cabane où mon père abritait son âne.

Le visage d'Inenii s'illumina d'un bref sourire. Il invita Bak à le suivre dans le couloir mal éclairé. Chaque stalle, construite en briques et surmontée d'une voûte, pouvait contenir deux chevaux, mais les vantaux de bois avaient disparu, de même que les harnachements de cuir jadis suspendus aux murs et les chars alignés dans la cour. On avait tout débarrassé, tout nettoyé. Sur le sol en terre battue d'où montait encore un faible relent de fumier, il ne restait que quelques fétus de paille, des traces de grain et des taches sombres. « Oui, c'est bien dommage, songea Bak. Quelle tristesse de laisser à l'abandon une si belle écurie ! »

— Enfant, je venais souvent ici, se souvint Inenii. Les chevaux comptaient parmi les plus beaux de Kemet, et l'étalon provenait du lointain pays des Hatti. Ils étaient vifs et fougueux, des animaux de rêve. J'aspirais à devenir conducteur de char.

Il se pencha pour ramasser un brin de paille, qu'il mit au coin de ses lèvres, avant de poursuivre avec un petit rire de dérision :

— Les dieux s'en sont mêlés, et me voilà cultivateur. Ne te méprends pas. Cette vie-là me convient. Je m'occupe des terres de mon père avec une compétence dont peu d'hommes peuvent se targuer.

Bak fut surpris. Non de ce que la famille d'Inenii possède un domaine, et peut-être plusieurs, à quelque distance d'Abou. La plupart des nobles vivaient grâce au labeur de ceux qui travaillaient la terre, loin des villes où eux-mêmes passaient le plus clair de leur existence. Pas un sur mille ne se serait défini comme un cultivateur.

— Que sont devenus les chevaux ? s'enquit Bak.

— Quand mon père a confisqué cette résidence, on les a installés dans notre domaine de Noubt, à une demi-journée au nord par le fleuve. Ils y sont toujours, avec leurs descendants.

Bak s'arrêta devant une stalle vide, redoutant le pire.

— Qu'a-t-on fait du cheval qui a causé la mort du lieutenant Dedi ?

— Mon père a ordonné qu'on l'abatte, éluda Inenii, après une hésitation.

— As-tu obéi ?

Bak observa attentivement le jeune homme, qui baissait les yeux. N'obtenant pas de réponse et devinant sa méfiance, il ajouta :

— Les chevaux ont été toute ma vie pendant plus de huit ans, Inenii. J'adorais ceux de mon attelage, et si l'on m'avait demandé de les abattre, je me serais d'abord coupé la main, celle que j'utilise pour projeter ma lance.

Inenii chercha à déceler le mensonge sur son visage. Satisfait, il jeta un coup d'œil vers l'entrée et dit à voix basse :

— Dès que j'ai sorti cette pauvre bête terrifiée de l'écurie, loin de l'odeur de la mort, elle s'est calmée. Mon père soutenait que le cheval était fou, alors qu'il avait peur, tout simplement. Cette nuit-là, je l'ai fait conduire à notre domaine de Noubt, où il vit désormais en sécurité. Mon père n'a pas à le savoir.

Bak l'approuva d'un signe de tête.

— Il ne l'apprendra pas par moi.

Ils arrivèrent au bout du couloir et se retournèrent, imaginant tous deux l'écurie telle qu'elle était autrefois.

— Pourquoi, à ton avis, Hatnofer a-t-elle été assassinée ? demanda Bak, rompant leur silence mutuel.

Le petit rire sec d'Inenii brisa leur brève camaraderie.

— Tu me surprends, lieutenant. Hier, tu affirmais devant nous que la prochaine victime appartiendrait à l'entourage de mon père. Aurais-tu jugé depuis que tu te fourvoyais ?

Bak préféra ignorer le sarcasme.

— Elle est morte en raison du rôle essentiel qu'elle joue dans cette demeure, quant à cela, aucun doute, mais tu es tout aussi important. Tout comme Antef, Simout et Amethou. Pourquoi l'a-t-on choisie, elle, de préférence à vous ?

— Je ne vois là aucun mystère. Elle était petite et avait perdu la vigueur de la jeunesse. De plus, elle était seule dans une maison vide. Une proie facile.

Bak ouvrit la porte menant à la propriété du gouverneur. Dans la cour, deux jeunes femmes, des servantes qu'il avait vues dans les cuisines à l'aube, bavardaient près des marches du puits. L'une portait une lourde jarre en équilibre sur sa tête, l'autre tenait un récipient vide par le col. Dès qu'elles aperçurent Inenii, la première courut vers la maison, et la seconde se hâta de descendre l'escalier pour puiser de l'eau.

Bak ne dit mot jusqu'à ce qu'ils aient parcouru la moitié de la rangée de greniers. Les serviteurs étaient trop loin pour les entendre.

— Le sergent Senmout était-il petit et âgé ?

— Il était aussi grand que toi et se flattait de sa force physique, répondit Inenii.

— Pourtant, on n'a pas trouvé de trace de lutte ?

— Non.

Bak s'arrêta à l'ombre, près de la porte de service, et regarda son compagnon avec curiosité.

— Tu sembles peu ému par la mort d'Hatnofer. N'était-elle pas une mère pour toi, comme pour Khaouet ?

Inenii eut un rire dur et ironique.

— Ma mère, lieutenant, était une servante. Elle était jeune et belle, dit-on, et Djehouti la prit pour sienne le jour où elle posa le pied dans cette résidence. Dès lors, Hatnofer ne cessa jamais de la haïr. Elle n'avait que faire de moi. Quand ma mère succomba en donnant le jour à une fille mort-née, je fus envoyé sur nos terres de Noubt. J'y fus élevé par les serviteurs de la maison, que je considère tous comme mes parents.

Ce récit n'était pas inhabituel mais n'en émut pas moins Bak.

— Te rends-tu souvent à Noubt ?

— J'y serais en ce moment même, si mon père ne m'avait appelé. Quelquefois, on dirait qu'il a peur de son ombre.

Bak le considéra, intrigué.

— Tu n'es pas encore convaincu qu'il a de bonnes raisons d'avoir peur ? Cinq personnes sont mortes jusqu'à présent.

Inenii souleva le loquet de la porte.

— Si je l'avais voulu, j'aurais tué Hatnofer il y a bien des années. Le sergent Senmout était un vantard, sûr de sa supériorité dans toutes ses entreprises. Quant au garde Montou... Eh bien, il semblait avoir un bon fond, mais il buvait trop, et parlait interminablement des sujets les plus insignifiants.

— Et le lieutenant Dedi ? Et le petit Nakht ?

— Dedi était jeune et imbu de lui-même. Je ne le prenais pas trop au sérieux. Mais qui sait ? Peut-être quelqu'un s'est-il irrité de son... enthousiasme. La mort de Nakht est pour moi un mystère. Il était petit et malingre, très doux. Pourquoi fallait-il que cet innocent meure ? Je n'en ai pas la plus petite idée.

Bak pouvait en dire autant. Si Hatnofer avait été assassinée parce qu'elle était menue et vulnérable, la mort de l'enfant pouvait s'expliquer de même. Cependant, cela ne valait ni pour Senmout ni pour Montou. Cinq meurtres, sans que ces hommes, cette femme et cet enfant aient opposé la moindre résistance. Pour accomplir un tel exploit, le tueur avait dû les aveugler par magie. Ou, plus vraisemblablement, par la confiance que procure une longue familiarité.

— Certes, j'ai appris avec soulagement que le meurtrier avait choisi quelqu'un d'autre pour victime, admit Amethou, qui rassembla les plis de son long pagne blanc contre son ventre rebondi pour s'asseoir sur un tabouret pliant. Trouves-tu que je manque de cœur, lieutenant ?

— Tu n'es pas le premier à exprimer cette pensée, et je doute que tu sois le dernier.

L'intendant lui adressa un sourire fugitif, concentré sur la tâche qui l'occupait : la distribution hebdomadaire de grain à ceux qui travaillaient aux cuisines.

Bak s'agenouilla auprès de lui à l'ombre de la demeure de Nebmosé — comme il s'était vite habitué au nom que lui donnaient les gens de la ville ! Il regarda les serviteurs vider l'un des greniers. Un homme était accroupi devant une ouverture à la base de la grande tour conique. Un autre, qui avait descendu une échelle intérieure, remplissait un panier de blé et déversait un ruisseau doré à travers l'orifice, emplissant peu à peu la grande corbeille que tenait son compagnon. La poussière montait de la cascade de grains, faisant tousser l'homme à l'extérieur. Amethou inscrivit la quantité sur un fragment de poterie. Plus tard, il additionnerait les divers montants et les consignerait sur un rouleau.

— Hatnofer me manquera, confia l'intendant. Dans cette maison, elle était l'une des rares personnes à savoir l'importance de comptes rigoureux. Les autres s'en moquent éperdument, remarqua-t-il avec un long soupir douloureux. Ils prennent un article dans un entrepôt sans se donner la peine de le noter ou de le signaler à quiconque, et ensuite, quand ils reviennent chercher la même chose, ils se plaignent de ne plus en trouver.

— Montrait-elle le même zèle en dirigeant la maison et sa nombreuse domesticité ?

— A l'excès, selon certains. Je ne veux pas la critiquer, mais tu découvriras vite qu'elle n'était pas très aimée. Trop rigide et sévère. Trop exigeante. Mais tout fonctionnait sans heurt, comme une roue de char bien huilée. Son absence se fera grandement sentir.

— Dame Khaouet ne sait-elle pas se faire obéir des serviteurs ?

— Assez !

Amethou bondit vers l'homme accroupi au pied du grenier. Il prit une poignée de blé dans le panier et la fit couler d'une main dans l'autre. Il pinça les lèvres avec réprobation.

— On ne peut pas distribuer cela. C'est plein de sable ! Nous aurions une rébellion sur les bras.

Il jeta le grain par terre et en prit une nouvelle poignée qu'il filtra entre ses doigts, puis secoua la tête.

— Inacceptable. Écarte ce panier et passez au grenier suivant. Quand vous aurez réuni assez de blé pour les besoins de la journée, revenez balayer et versez tout le grain sale dans le dépôt destiné aux plantations.

— Oui, maître, répondit l'homme accroupi, une autre voix lui faisant écho à l'intérieur.

Amethou revint sur son tabouret et ferma les yeux comme pour prier. Quand enfin il les rouvrit, il secoua la tête d'un air contrarié.

— Ils n'apprennent jamais. Jamais. Ce n'est pas à moi de les surveiller, mais à un contremaître. Hélas, la dernière fois que j'ai délégué cette besogne, nous avons mangé du pain plein de sable pendant une semaine.

Bak ne dit mot. Ce problème-là était continuel à l'armée.

— Nous parlions de dame Khaouet, de son aptitude à assumer les devoirs d'Hatnofer.

— Khaouet est charmante. Je l'ai connue lorsqu'elle n'était encore qu'un bébé. La question qui se pose, c'est de savoir si elle parviendra à concilier la charge d'une vaste maisonnée avec les maintes exigences de son père. Sans mentionner son époux.

— Elle n'a pas d'enfant.

— Et c'est fort dommage.

Amethou s'interrompit pour observer le serviteur qui sortait du grenier et se laissait tomber sur une plate-forme reliant celui-ci au suivant. Il descendit rapidement l'escalier jusqu'au sol et s'agenouilla à côté de son compagnon, qui venait de briser le sceau sur le grenier plein.

— Je pensais depuis longtemps que le problème d'Hatnofer venait de son échec à concevoir. C'était une femme douce et joyeuse, dans sa jeunesse. Il y a quelques années, à force de passer à côté de la vie, elle s'est aigrie. Maintenant, voici que Khaouet s'engage sur la même voie, et je m'inquiète pour elle.

D'après ce que Bak savait de Djehouti, le materner aurait amplement suffi à n'importe quelle femme. Mais peut-être était-il injuste.

— Tu exerces chez Djehouti depuis longtemps, je vois.

— Mon père était l'intendant de son père. J'ai atteint l'âge adulte dans cette province, j'ai appris à lire et à écrire dans la résidence du gouverneur. Quand mon père a quitté ce monde, celui de Djehouti m'a nommé à sa place, selon ce qui était juste et approprié.

— Pour quelle raison pourrait-on souhaiter sa mort ? Pourquoi tuer encore et encore à seule fin d'instiller la peur dans son cœur ?

Amethou répondit d'un air embarrassé :

— Il a froissé certaines susceptibilités. Qui n'a pas commis cette erreur ?

— Au point de mériter la mort ?

— Foncièrement, ce n'est pas un méchant homme, lieutenant.

Amethou s'éclaircit la gorge comme si ce qu'il s'apprêtait à dire y était bloqué.

— Oh, il lui arrive parfois d'agir sans réfléchir ! De se montrer égoïste et mesquin. En un mot, insupportable. Mais comme il n'a pas de mauvaises intentions, tous ceux qui le connaissent lui pardonnent.

« En particulier ses proches, pensa Bak. Ceux qui

détiennent un certain pouvoir et jouissent d'un plus grand confort que leurs voisins. Ceux qui doivent leur haute position à Djehouti et n'osent élever la voix, de peur d'être remplacés par d'autres, plus complaisants. »

— Si tu crois vraiment qu'un assassin rôde dans les couloirs de la résidence, pourquoi ne loges-tu pas ici ?

La voix de Simout frémissait d'indignation. Il tenta de tempérer sa véhémence pour que ses étudiants ne l'entendent pas.

— Pourquoi ne fais-tu pas venir des Medjai, non de Bouhen, car le voyage serait trop long, mais de la capitale ? Des renforts pourvus de chiens, qui patrouilleraient ici nuit et jour ?

— Si je réclamais des renforts, Djehouti périrait avant leur arrivée, répondit Bak à voix basse, répugnant autant que le scribe en chef à distraire les jeunes garçons. N'as-tu jamais vu une bête acculée, qui passe à l'attaque au lieu d'attendre son heure ?

Un garçon joufflu d'une dizaine d'années releva la tête du fragment de poterie sur lequel il écrivait et leur lança un coup d'œil furtif. Lui et une douzaine d'autres âgés de dix à quatorze ans étaient assis en tailleur dans la cour, des palettes de scribe auprès d'eux, des ostraca de terre cuite ou de grès sur les genoux. Un de leurs camarades, assis devant eux, leur dictait à partir d'un rouleau les maximes d'un sage mort depuis longtemps. Sous un portique, un groupe plus jeune copiait une liste d'objets quotidiens. Une chienne noire, allongée dans un coin d'ombre, allaitait quatre chiots tachetés.

— Pas si fort ! souffla Simout.

Sa voix porta à travers la cour, attirant l'attention de tous ses étudiants.

— Là ! Regarde ce que tu as fait !

— Les garçons sont curieux par nature, répondit Bak, s'astreignant à la patience. Pour éviter de les déranger, viens avec moi. Il y a une salle inoccupée à quelques pas d'ici.

— As-tu la moindre idée de ce qui arriverait, si je laissais ces enfants seuls ? répliqua le scribe horrifié. Ils s'abandonneraient au chahut !

En se souvenant de sa propre jeunesse, Bak ne pouvait qu'en convenir. Des garçons forcés à étudier jour après jour, à copier des textes arides d'époques révolues, avaient beaucoup trop d'énergie pour rester assis bien sages lorsqu'ils étaient sans surveillance.

— Je serai donc bref.

— Je t'en prie.

L'attitude du scribe incita Bak à poser sa question de but en blanc, alors qu'en temps normal il l'aurait amenée en douceur. C'était celle-là même qui avait mis Amethou sur la défensive.

— Sais-tu pourquoi quelqu'un voudrait la mort de Djehouti ?

— Pourquoi me demandes-tu cela à moi ?

— Depuis combien de temps es-tu scribe à Abou ? riposta le policier.

Cette question de pure rhétorique était censée souligner que Simout était depuis longtemps en poste chez le gouverneur, cependant le scribe choisit de la prendre au sens littéral.

— J'ai appris mon métier ici même, dans cette cour. C'est pourquoi tu m'y vois à présent. Je ressens un plaisir infini à transmettre le savoir que j'ai reçu autrefois. Quand leur maître habituel est souffrant, ou se trouve accaparé par quelque autre tâche, je donne de mon temps sans compter.

Il hocha la tête, très satisfait — et surtout de lui-même, jugea Bak.

— Depuis lors, je n'ai jamais cessé de travailler à la résidence. J'ai débuté en tant que simple apprenti : je rédigeais les lettres des agriculteurs, comme les enfants que tu vois devant toi le feront probablement. La vie m'a comblé de ses bienfaits. Je ne peux m'élever plus haut.

— Des positions beaucoup plus éminentes s'offrent aux scribes dans la capitale, souligna Bak.

Simout redressa le menton pour mieux toiser un être si totalement dénué de discernement.

— Abou est mon foyer, celui de mon épouse, de mes enfants et petits-enfants. Ce fut celui de mon père, et de son père avant lui.

Le scribe commençait à s'exprimer plus librement. Il se plaisait à parler de lui-même.

— Pendant toutes ces années à la résidence, tu as sûrement entendu des plaintes au sujet de Djehouti, certaines assez graves.

Simout se raidit, puis renifla.

— Si tu t'intéresses aux ragots, jeune homme, je te suggère de te rendre dans quelques-unes des maisons de plaisir locales.

— Je veux la vérité, pas les divagations d'hommes abrutis par la bière. Ai-je besoin de te rappeler que je suis ici sur la requête du vizir ? riposta Bak de son ton le plus solennel.

— Il a conseillé à Djehouti de t'appeler, rectifia triomphalement le scribe, haussant la voix. C'est tout à fait différent.

— Quand un personnage aussi éminent que le vizir...

Bak eut conscience de parler trop fort et tourna les yeux vers les étudiants. Tous les regardaient fixement, y compris le garçon qui était supposé dicter. Bak attrapa le scribe par le bras et l'entraîna vers la porte la plus proche, qui donnait sur un petit passage.

— Simout ! Dans neuf jours, le meurtrier frappera à nouveau, et sa prochaine victime sera Djehouti. Veux-tu garder la mort du gouverneur à tout jamais sur la conscience ?

— J'ai la ferme conviction que tu apprendras bientôt ce que tu veux savoir, lieutenant. Néanmoins, tu ne l'entendras pas de ma bouche.

Simout dégagea son bras et regagna la cour d'un pas digne.

Bak passa sous la porte du modeste pylône en brique crue à l'entrée du temple de Khnoum et suivit un sentier inégal qui le mena au bord du fleuve. Là, une trentaine d'hommes à demi nus rénovaient un petit sanctuaire délabré. La moitié d'entre eux maniaient avec peine les lourdes dalles qui recouvriraient l'ancien pavage. D'autres dressaient d'épaisses colonnes de pierre à la place de supports en bois pourri, tandis que le reste de l'équipe réparait les murs en ruine. Leurs plaisanteries enjouées, leurs sifflotements et le battement rythmé d'un maillet sur la pierre ne pouvaient imposer silence à la multitude de moineaux perchés dans les arbres.

Le policier s'approcha du bord de la pente rocailleuse et escarpée. Plusieurs petites barques oscillaient sur l'onde, leurs voiles déployées telles des ailes, évoquant la liberté. Il eut envie d'être à bord, de sentir la brise dans ses cheveux, d'entendre le murmure de l'eau contre la coque. Il résista à la tentation et se concentra sur l'énigme qu'il était venu de si loin pour résoudre.

Djehouti avait porté atteinte à quelqu'un — cela, du moins, était implicite dans les paroles de Simout ; tôt ou tard, Bak percerait ce secret dont la gravité ne faisait aucun doute. Peu d'hommes auraient préféré contempler le visage de la mort plutôt que d'avouer une faute.

Bak avait laissé le scribe à ses étudiants, bien décidé à apprendre ce dont Djehouti s'était rendu coupable. Alors seulement, il saurait si ce méfait avait pu aboutir à cinq morts, et faire peser la menace d'un sixième meurtre sur la résidence. Dans l'affirmative, il disposerait d'un point de départ. Sinon, il lui faudrait chercher le mobile ailleurs. Bak ne put s'empêcher de sourire. Cela semblait si facile ! Néanmoins, il savait d'expérience qu'une voie simple et directe au premier abord s'avérait le plus souvent semée d'embûches.

Après avoir déjeuné à la hâte, il s'était rendu à la garnison, située au sud d'Abou. Les vieux baraquements, maintes fois réparés et modifiés, se fondaient dans la ville. Contrairement à ceux de Bouhen, aucune muraille fortifiée ne les entourait. D'évidence, à une époque reculée, on voyait dans le fleuve une protection suffisante contre l'ennemi.

Le sergent de garde avait expliqué que le capitaine Antef était parti pour les carrières de granit. Nul ne pouvait dire quand il reviendrait.

Aussitôt, Bak avait rebroussé chemin dans les ruelles populeuses jusqu'au temple de Khnoum. Il espérait que le grand prêtre serait de même qu'Amethou et Simout un résident de longue date à Abou — mais un homme de vérité, à qui sa fonction interdisait d'enfouir un secret dans le silence. A nouveau, le policier fut déçu. Le prêtre qui l'avait accueilli était jeune, nouveau dans le temple et dans la ville. Son vénérable prédécesseur avait quitté ce monde moins de six mois plus tôt pour le Champ des Joncs. Le prêtre n'avait donc rien d'utile à lui offrir.

Bak aperçut un esquif filant vers le nord. La voile était baissée et deux hommes ramaient, unissant leurs forces à celle du courant. L'un d'eux n'était autre que le capitaine Antef, précisément celui qu'il désirait voir.

Depuis combien de temps vivait-il à Abou ? Peu de soldats de métier demeuraient au même endroit longtemps. Le neveu de la reine, Menkheperrê Touthmosis[1], qui partageait le trône avec elle à défaut du pouvoir, avait entrepris de reconstruire une armée longtemps négligée par la maison royale. Les officiers incompétents se voyaient destituer de leurs fonctions, et les postes de commandement n'étaient plus transmissibles de père en fils. Les régiments réorganisés étaient dirigés par des hommes qui passaient d'un lieu à l'autre, démontrant leur sens de l'adaptation et leur efficacité.

Ainsi, même si Antef rendait son rapport au gouverneur, son véritable commandant se trouvait sans doute ailleurs, probablement dans la capitale. N'ayant pas grand-chose à craindre, il divulguerait peut-être le secret de Djehouti — s'il le connaissait.

1. Touthmosis III. (*N.d.T.*)

Bak suivit donc le chemin au-dessus du fleuve, sous le regard curieux de plusieurs femmes qui s'étaient réunies autour du puits pour échanger des potins. Il atteignit l'escalier du débarcadère au moment où l'esquif d'Antef heurtait le quai de pierre. Le capitaine bondit sur la terre ferme et repoussa le bateau dans le courant, tandis que son compagnon se remettait à ramer vers l'aval. Dès qu'il aperçut Bak au sommet des marches, Antef les gravit quatre à quatre à sa rencontre.

— Lieutenant ! s'exclama-t-il en assenant une claque vigoureuse sur le dos du policier. Viens-tu m'accueillir en ami, ou pour me mettre les fers et m'escorter vers les mines du désert ?

Bak s'écarta et demanda avec un sourire forcé :

— As-tu commis un délit qui mérite une peine d'une telle sévérité ?

Le capitaine perdit sa belle humeur et répliqua en contenant son irritation :

— J'ai fait travailler mes hommes si longtemps dans les carrières de granit qu'ils ne savent plus se conduire en soldats. Sur un champ de bataille, ils ne tiendraient pas une demi-heure. Ce n'est pas un délit ; c'est une infamie.

Ils franchirent le portail, adressèrent un signe du menton à la sentinelle qui avait redressé sa lance pour saluer, et remontèrent le sentier vers la résidence. Antef marchait vite, poussé par la colère.

— Tu ne mérites pas d'être puni pour cela, remarqua Bak. Si je ne m'abuse, les carrières sont sous la responsabilité de Djehouti.

— Tout comme la garnison. Les blocs de granit remontent sur une barge vers la capitale, alors que nos troupes restent ici. D'après toi, lieutenant, lesquels ont le plus de chance de retenir l'attention des puissants ?

Bak connaissait bien le problème. L'unique préoccupation de leur reine était que rien n'entrave l'afflux régulier de produits du Sud vers la maison royale. A l'instar des soldats d'Antef, les hommes cantonnés sur la frontière, qui veillaient à ce que les denrées précieuses soient convoyées vers le nord, ne représentaient rien à ses yeux. Sauf au cas où le trafic se trouvait interrompu. Alors ils attiraient l'attention — et des messages courroucés de la capitale.

— Tu n'aimes pas Djehouti, constata Bak.

— Il a le crâne plus dur que le granit que nous taillons dans ces carrières.

Antef ouvrit la porte de la résidence et pénétra dans l'antichambre claire et lumineuse, où deux colonnes en forme de lotus soutenaient un plafond haut.

— Au fond, je ne peux m'en prendre qu'à moi-même. Si j'avais eu un grain de bon sens à mon arrivée à Abou...

Il s'arrêta, eut un rire sourd et amer.

— Amonhotep parvient d'ordinaire à le raisonner, mais je suis allé trop loin ; j'ai parlé, quand j'aurais dû me taire. Ce porc ne me le pardonnera jamais, et il n'est pas près d'oublier. Malheureusement, ce sont mes hommes qui en souffrent.

« Cela pourrait-il être le crime de Djehouti ? se demanda Bak. La raison pour laquelle tant de malheureux ont été tués ? Sûrement pas. Imposer à l'armée un service permanent dans les carrières est une décision qui se justifie, car ces pierres contribueront aux projets de construction les plus ambitieux de Kemet. »

En soldat qu'il était, Bak compatissait avec Antef et sa troupe, mais ne voyait pas d'issue possible.

— Cinq personnes sont mortes et la prochaine, j'en suis certain, sera Djehouti. As-tu idée du lien qui pourrait unir les différentes victimes ? Qu'a pu commettre Djehouti qui leur ait valu de mourir ?

Antef hésita longuement, puis finit par répondre :

— Tu ferais mieux de poser la question à Amonhotep.

Bak le dévisagea, pensif. Si le militaire se montrait moins fuyant qu'Amethou et Simout, sa réponse revenait au même : il avait son idée quant au motif des meurtres, mais ne voulait pas livrer l'information le premier.

— S'il refuse de m'apprendre ce que j'ai besoin de

savoir, je reviendrai te voir, capitaine. Et j'attendrai de toi la vérité.

— Il paraît que toi et tes Medjai, vous avez emménagé loin de la résidence. Te sens-tu davantage en sécurité, lieutenant ? lança Antef sur un ton de dérision.

— A propos de Medjai, on m'a suggéré de réclamer des renforts à la capitale pour patrouiller dans toute la propriété. Qu'en penses-tu ?

Bak avait parlé d'un ton aimable, comme s'il n'avait pas conscience du désaveu qu'impliquait cette proposition. L'expression d'Antef se durcit.

— Si ce sont des hommes qu'il te faut, fais appel à moi. J'en ai plus qu'en suffisance. Des hommes braves, d'une loyauté indéfectible, qui aspirent à être des soldats et non des bêtes de somme dans la carrière. Je peux les armer et leur assigner une mission en moins d'une heure. Organiser une garde dans chaque pièce et dans chaque couloir, si besoin est.

Bak fut tenté d'accepter l'offre, du moins en partie, mais avant qu'il ait commencé à en préciser les termes, la voix d'Inenii retentit, cinglante :

— Pas question de voir ma maison envahie par la soldatesque !

Le jeune noble, qui les avait écoutés à leur insu d'un passage au fond de l'antichambre, s'approcha des deux officiers :

— Nous avons bien assez de gardes, qui sont à notre service depuis des années. J'ai l'absolue certitude qu'avec eux, je ne crains rien.

« Hatnofer se fiait sans doute tout autant à eux, songea Bak. De même que les quatre autres qui ont été assassinés. »

Pour s'assurer que les gardes montreraient une vigilance sans faille, il résolut de s'entretenir avec Amonhotep, qui était leur commandant.

— Ce ne sont que des petits paysans, jugea Antef avec mépris. Ils savent manier le soc, non une lance.

— Rangeons dix de mes hommes contre dix des tiens,

et nous verrons lesquels sont les plus aptes à remporter une bataille.

— Pourquoi les mettre à l'épreuve ? Affrontons-nous plutôt d'homme à homme. Je te laisse le choix des armes.

— Silence ! s'interposa Bak. Vous n'avez pas eu assez de morts ces dernières semaines ?

— Cet homme n'est qu'un imbécile, marmonna Antef, s'attirant un regard noir de la part d'Inenii.

Bak avait perçu une animosité entre eux dès la première fois qu'il les avait rencontrés. Il ignorait la cause de cette aversion mutuelle, et visiblement ancienne.

— Je vous suggère d'aller chacun votre chemin en vous évitant soigneusement l'un l'autre. Comment puis-je mettre la main sur le tueur si vous détournez sans cesse mon attention ?

— Je vais rendre mon rapport à Djehouti, grommela Antef.

Il tourna les talons mais, alors qu'il approchait du passage du fond, Khaouet ouvrit brusquement la porte. Il l'aurait reçue en plein visage s'il n'avait reculé de justesse.

— Oh, capitaine Antef, je suis tellement désolée !

Elle faillit toucher le bras du soldat, puis retira vivement sa main.

— Tu n'as pas de mal ?

— Bien sûr que non, répondit-il d'un ton bourru, en rougissant.

Il fallait être aveugle pour ne pas voir l'admiration qu'elle lui inspirait. Ne sachant plus que dire, il lui adressa un petit signe du menton.

— Je dois partir.

Quand il fut sorti, elle remarqua les deux hommes et s'avança aussitôt entre les colonnes pour se planter devant son époux.

— Père te cherche depuis une éternité, lui lança-t-elle d'une voix qui avait perdu toute chaleur. Il veut savoir pourquoi tu n'as pas amené un autre jeune étalon à Abou pour qu'on l'abatte.

— Père ne connaît rien à l'élevage, dit-il à l'adresse de Bak, en faisant la grimace.

— Tu sais assez bien labourer et planter, je te l'accorde, répliqua Khaouet avec un sourire trop doux. Mais père possède dix fois plus que toi l'expérience du monde.

Rouge de colère, Inenii tourna les talons et se dirigea vers la porte du fond, imitant Antef sans même s'en rendre compte. Khaouet le regarda partir comme si elle ressentait presque de la tristesse. « L'aime-t-elle, en réalité ? se demanda Bak. Ou regrette-t-elle simplement qu'il ne soit pas un autre, le capitaine, peut-être ? »

Le sourire qu'elle accorda à Bak était doux et amical, sans rien d'aguichant.

— Hier, j'étais trop bouleversée pour te remercier convenablement de ta venue, lieutenant, mais aujourd'hui... En fait, je ne saurais t'exprimer tout mon soulagement que tu sois ici. Mon père m'a parlé du fil conducteur que tu discernes dans les assassinats. Que toi, étranger à Abou, tu aies remarqué ce que personne d'autre n'a pu imaginer me rend confiance, quand je n'y croyais plus. Tu captureras le meurtrier avant qu'il puisse... mener ses plans à bien, termina-t-elle après une hésitation.

Bak aimait son sourire et ses manières agréables, toutefois il s'exhorta à la prudence. Il ne savait si elle avait remarqué la présence de son mari dans la pièce au premier abord, mais elle avait assurément témoigné à Antef plus de chaleur et de considération. Si elle avait agi de propos délibéré, si elle avait coutume de se servir d'un homme pour exaspérer l'autre, il ne fallait pas s'étonner que le couple ne s'entende pas.

Bak attendit dans l'antichambre que Djehouti finisse d'écouter les derniers rapports de son entourage et les doléances des solliciteurs. Il nc pouvait arracher la vérité au gouverneur dans une salle d'audience à moitié pleine.

Pour passer le temps, il se remémora ce qu'il avait appris ce jour-là, en terminant par la confrontation entre

Inenii et Antef, deux fortes personnalités qui se détestaient assez pour se battre, et pourtant, au fond, très semblables. Tous deux en voulaient à Djehouti de les détourner d'une carrière à laquelle ils consacraient leur vie. Bak les avait considérés, de même que tous les proches du gouverneur, comme des victimes potentielles. Mais l'un ou l'autre nourrissait-il dans son cœur une haine violente au point de vouloir tuer Djehouti ?

5

Djehouti était assis sur l'estrade, les mains sur les accoudoirs de son fauteuil, le dos très droit. Il toisa l'homme agenouillé devant lui.

— Parle, Ipi. Quelle faveur requiers-tu cette fois ?

Le solliciteur, dont les épaules larges et les bras musclés étaient maculés par de la fumée ou par des cendres, s'approcha d'un demi-pas. La sueur qui luisait sur sa peau emplissait la salle d'une odeur âcre.

— Oh, je t'en prie, très noble seigneur ! Si tu trouves juste et approprié de m'accorder un jugement favorable, par Khnoum, je t'honorerai encore plus que notre souveraine.

— Bien évidemment, murmura Djehouti au lieutenant Amonhotep, debout près de lui.

Bak était resté près des doubles portes massives par où arrivaient les solliciteurs. Son amusement se teintait de compassion. Ipi et ses pareils étaient légion dans le Ventre de Pierres, et sa longue expérience lui avait appris qu'avec eux, il fallait allier une infinie patience à une poigne de fer.

La plupart de ceux qui étaient venus chercher un jugement ou un sage conseil s'en étaient allés. Les scribes dont les services n'étaient plus requis étaient retournés aux archives pour consigner la séance du jour. Antef avait rendu un rapport succinct puis était parti un peu plus tôt, ainsi que plusieurs autres adjoints du gouverneur. Le garde posté devant les portes, impatient d'en finir, battait sur sa jambe un rythme silencieux.

Ipi s'avança encore un peu.

— J'irai chaque jour devant l'autel de l'« Oreille qui entend[1] », au temple de Khnoum, et je prierai à genoux pour ta santé éternelle. J'y apporterai des offrandes de nourriture et de boisson, de fleurs et d'encens. Et j'irai dans tous les temples d'Abou, tous, jusqu'au dernier, afin d'implorer pour toi et les tiens santé, joie et prospérité...

— Nous le savons, Ipi, l'interrompit Amonhotep. Tu as fait vœu de prier pour le gouverneur chaque fois que tu t'es présenté devant lui. Tu n'as nul besoin de le répéter.

S'approchant encore un peu, Ipi avoua en baissant la tête :

— De temps en temps, seigneur, j'oublie de prier comme je l'avais promis. Mais cette fois-ci, je tiendrai parole. Je jetterai mes outils et quitterai mon atelier. Mes clients n'auront qu'à attendre leurs pots de terre cuite. Je laisserai ma femme aller en haillons et mes petits enfants endurer la faim, pour passer la moitié de chaque jour à genoux.

Djehouti parcourut la pièce des yeux, comme s'il s'accordait un répit. Il remarqua Bak, grimaça, et reporta son attention sur le solliciteur, auquel il dit avec irritation :

— Que veux-tu ?

— Tu es sage et noble au-delà de ton âge. J'ai foi en toi pour rendre toujours un jugement juste et approprié, pour aider tous ceux qui ont besoin d'aide, pour...

— Finissons-en, Ipi, coupa Amonhotep. Présente ta requête ou va-t'en.

— Mais j'essayais seulement de...

— Garde ! lança Djehouti en se levant. Qu'on emmène cet homme. Je n'ai plus la patience d'écouter ses sottises. Quelques jours de prison devraient lui apprendre que mon temps est précieux.

1. Représentation permettant au fidèle d'entrer en contact direct avec la divinité, sans l'intermédiaire de prêtre ou d'ancêtre. (*N.d.T.*)

Un garde accourut, saisit Ipi par le bras et le releva brutalement. Le sourire matois de l'artisan s'évanouit. Son regard affolé allait du garde à Djehouti et à Amonhotep.

— Gouverneur, intercéda ce dernier, Ipi s'est présenté devant toi plus d'une fois. Tu sais qu'aucune mauvaise intention ne l'anime. Si tu le permets, je suis sûr qu'il m'expliquera en quelques mots le motif de sa présence. Pourquoi l'emprisonner ?

La bouche crispée, Djehouti ordonna d'un geste de la main qu'on emmène l'artisan. Le garde hésita, regardant tour à tour le gouverneur et son conseiller. Bak comprit que la colère subite de Djehouti et la tentative conciliatrice d'Amonhotep n'avaient rien de nouveau pour ceux qui suivaient les audiences jour après jour.

Djehouti considéra avec hauteur son secrétaire, le garde et enfin l'artisan qui gémissait, puis céda en reprenant place sur son siège :

— C'est bon, lieutenant. Si tu tiens à perdre ton temps avec ce chien, libre à toi.

Le garde lâcha Ipi et pivota sur lui-même, en adressant un clin d'œil à son collègue posté devant les doubles portes. Bak eut ainsi confirmation qu'Amonhotep tempérait souvent les décisions hâtives du gouverneur.

— Ils mettent ma patience à bout, soupira Djehouti, qui passa les doigts sur ses paupières closes, comme accablé par le poids de ses devoirs. Si je m'asseyais sur cette estrade pour juger des affaires importantes soumises par des notables, je me sentirais utile. Mais trop souvent, un mois entier s'écoule sans que nul ne me présente une requête plus sérieuse que celles de cet idiot d'Ipi.

« Cet homme croit-il que la justice n'existe que pour les puissants ? » s'interrogea Bak.

— Mon père a occupé ce fauteuil, comme son père et son grand-père avant lui. Je me demande souvent s'ils avaient une méthode particulière pour conserver leur patience.

Bak ne sut que répondre. D'ailleurs, peut-être le gouverneur n'attendait-il aucun commentaire. Il ouvrit les yeux et fixa le policier tel un maître soupçonnant un élève de chuchoter derrière son dos.

— Sais-tu bien que ma famille remonte à Sarenpout, qui fut gouverneur du Sud et prince héréditaire sous le règne de Kheperkarê Senousret ? Oui, jeune homme, dit-il sur un ton plein de morgue, du sang royal coule dans mes veines ! Le sang de ces hommes nobles et valeureux dont les demeures d'éternité contemplent Abou depuis leur colline, sur la rive occidentale du fleuve.

— Je les ai vues de loin.

Bak avait hâte d'en venir à son enquête, mais toute marque d'indifférence envers les aïeux de Djehouti risquait de sceller ses lèvres à jamais. Bak regrettait qu'Amonhotep, si habile à manœuvrer son maître, soit parti si vite avec Ipi.

Carré dans son fauteuil, Djehouti souriait à l'idée d'une longue filiation royale, si improbable fût-elle.

— Par bonheur, cet héritage exceptionnel me confère une force de caractère dont peu d'hommes peuvent se targuer, et la ténacité nécessaire pour accomplir mon devoir, quelque déplaisant qu'il soit.

— C'est bien pourquoi je m'adresse à toi, gouverneur, dit Bak, s'engouffrant par la porte que son interlocuteur venait de lui ouvrir à son insu.

— Ah oui ?

— Pour trouver l'auteur de ces cinq meurtres, j'ai absolument besoin de ton aide.

Il était essentiel de ménager la susceptibilité de Djehouti, comme l'avait admis Antef qui, par son impudence, avait condamné ses troupes à une besogne sans fin dans les carrières. C'était cela que Bak avait à l'esprit en employant le langage mielleux d'un noble qui aurait passé sa jeunesse à la maison royale.

— J'ai conscience des multiples tâches dont tu dois t'acquitter et dont, dans ta grande modestie, tu minimises l'importance. Mais si tu daignais m'accorder un peu de ton précieux temps, me faire profiter de ton savoir et de ton intuition, peut-être me mettrais-tu sur la voie, que, jusqu'à présent, je n'ai pas réussi à trouver.

Le gouverneur le fixa sans un mot. Bak craignit d'avoir manqué de mesure.

— Quand je t'ai vu tout à l'heure au fond de la salle, lieutenant, j'ai cherché près de toi un homme aux poignets entravés, sûr qu'un officier aussi prompt à distinguer une logique dans ces crimes le serait également pour arrêter le coupable.

Djehouti eut un bon rire, paternel et protecteur, avant d'ajouter :

— Mais tu ne traînes pas de prisonnier derrière toi, et ta confiance première semble bien diminuée.

Ravalant une repartie cinglante qui lui resta en travers de la gorge, Bak fit de son mieux pour s'exprimer en officier consciencieux, et non en humble serviteur.

— J'admets que j'en sais à peine plus qu'hier à la même heure, quand la servante Nefer est venue nous avertir de la mort d'Hatnofer.

— Je t'ai dit tout ce que je sais dès notre première conversation. Je n'ai rien d'autre à ajouter.

Djehouti se leva, saisit son bâton et descendit de l'estrade, forçant Bak à reculer.

— Maintenant, comme tu l'as toi-même souligné, mon temps est précieux. Ma fille Khaouet a sûrement déjà ordonné aux serviteurs de tout préparer pour me baigner.

Il traversa la salle avec la même détermination que s'il se rendait à une cérémonie officielle. Bak ne le lâcha pas d'une semelle.

— Gouverneur, me diras-tu quel acte de ta part aurait pu provoquer cette série de meurtres ? Un incident, peut-être insignifiant à tes yeux mais capital pour quelqu'un d'autre ?

Djehouti marqua une hésitation et ralentit, mais seulement un instant.

— Je n'ai rien à me reprocher. Rien !

— On dit que tu as un secret que n'osent évoquer ceux qui te connaissent.

— Les inférieurs aspirent toujours à détruire les puissants, lieutenant. Leurs calomnies ne reflètent que leur propre faiblesse. Toi qui es un homme d'expérience, tu sais sans doute séparer le bon grain de l'ivraie.

Bak s'arrêta et demanda d'un ton grave :

— As-tu envie de mourir, gouverneur ?

Le feu aux joues, Djehouti se tourna vers lui et leva son bâton, prêt à frapper. Il se rappela que le policier n'était pas placé sous ses ordres et se contenta de fouetter l'air.

— Tu veux que je te révèle un secret, lieutenant ? lança-t-il, la bouche déformée par un rictus. Je ne t'aime pas. Pas plus que je n'apprécie tes insinuations. Si je n'avais adressé un message au vizir pour lui annoncer ton arrivée, je te renverrais à Bouhen avant la nuit.

Bak plongea son regard dans les yeux du gouverneur, qui essaya en vain de le soutenir. Il détourna la tête et se dirigea rapidement vers la porte.

« Non, pensa Bak, ce n'est pas ton message à la capitale qui te retient. Tu as peur de mourir, or tu ne connais personne, à part moi, qui puisse démasquer l'assassin avant qu'il vienne te tuer. Pour ce qui est de mes chances de succès... Elles sont nulles, si je ne parviens pas à briser très vite ce mur de silence. »

Bak franchit la porte derrière Djehouti, mais tourna à gauche dans le premier petit couloir. Il déboucha dans une vaste salle au plafond soutenu par deux colonnes peintes de couleurs vives, où de grandes fenêtres laissaient entrer la lumière à flots. Dix scribes étaient assis par terre en tailleur, chacun entouré par les instruments de son métier. Les calames traçaient sur les rouleaux des colonnes régulières, et leur bruit évoquait des oiseaux grattant du grain.

Installé sur un épais coussin de lin devant les scribes subalternes, Simout se rembrunit à la vue de Bak.

— Puis-je te renseigner, lieutenant ?

Le léger grattement des calames ralentit et dix paires d'yeux se tournèrent vers Bak.

— Je cherche le lieutenant Amonhotep. On m'a dit qu'il était venu ici après en avoir terminé avec l'artisan Ipi.

Le soulagement apparut sur les traits du scribe en chef, vite dissimulé.

— Il est reparti aussitôt, à cause d'un problème dans le port, au nord de Souenet. C'est là-bas que les navires déchargent leurs cargaisons, qui sont ensuite transportées par voie terrestre, pour contourner les rapides. Il s'agirait d'une rixe entre deux chefs de caravanes.

Bak brûlait de l'interroger à propos de Djehouti, mais il savait qu'il n'obtiendrait rien, devant tant d'oreilles indiscrètes.

— Lui as-tu parlé des questions que je t'ai posées ?

— Vos discussions ne regardent que vous deux, le gouverneur et les dieux. Elles ne sont pas mon affaire.

De ces circonlocutions, Bak conclut que Simout n'avait rien dit. Dans le cas improbable où nul autre ne l'avait averti, le jeune officier ne serait pas préparé aux questions difficiles que Bak voulait lui poser, et aux choix encore plus durs qu'il aurait à faire. Cela ne signifiait pas pour autant qu'il se montrerait coopératif. Bak avait appris au cours du voyage qu'on ne pouvait faire dire à Amonhotep ce qu'il était décidé à taire.

— Ton Medjai Psouro t'attend sur le débarcadère, lieutenant. Il a des nouvelles qui t'intéresseront.

Le petit serviteur, un garçon d'environ huit ans, s'efforçait de paraître solennel et digne de confiance, mais ses yeux brillaient d'animation tandis qu'il délivrait l'important message qu'on lui avait confié.

Bak le remercia d'un sourire et sortit rapidement. Il trouva le Medjai près du fleuve, en grande conversation avec une vieille édentée, aux mains tachées et au ventre déformé commun à celles qui ont eu de nombreuses grossesses. Pendant qu'ils parlaient, elle ôtait des draps et des vêtements des buissons et des rochers sur lesquels elle les avait mis à sécher, puis elle les pliait et les posait dans un panier. Psouro n'avait sans doute pas le talent inné de Kasaya pour éveiller l'instinct maternel de celles qu'il approchait. Néanmoins, il savait s'y prendre avec les femmes qui gagnaient chichement leur vie en vendant de la nourriture et en offrant leurs services pour des besognes mineures, mais nécessaires.

Bak se garda d'intervenir jusqu'à ce que la vieille s'en aille.

— Cette femme lavera notre linge ?

— Elle a un faible pour le pigeon, dit Psouro en souriant. Bien qu'elle prétende avoir beaucoup trop de clients, elle trouvera un peu de temps pour nos maigres affaires. Cela vaut aussi pour le raccommodage. Chaque fois, je lui donnerai un pigeon.

Bak jugea le prix un peu exagéré, mais ne protesta pas. Jamais il n'avait traqué un tueur sans se retrouver couvert de plaies et de bosses, le pagne sale et déchiré. Si le meurtrier de la résidence s'avérait aussi difficile à capturer, il craignait que la vieille ne mérite tout un vol de pigeons.

Ils marchèrent vers l'amont, longeant la berge, enjambant les rochers, contournant les buissons, glissant sur des poches de limon. Le ciel à l'occident était pâle tel de l'or dilué dans de l'argent. A l'est, de minuscules têtes d'épingle promettaient une nuit scintillante d'étoiles.

— Tu as donc des nouvelles ? dit Bak, en venant au sujet qui l'intéressait.

Psouro, visiblement satisfait de lui-même, hocha la tête. Il afficha ensuite un grand sérieux qui ne pouvait tout à fait dissimuler son sourire.

— Le marchand Pahared t'envoie ses amitiés. Il se souvient de l'après-midi qu'il passa avec toi et le capitaine Neboua chez Noferi. Des heures à festoyer, au terme desquelles vous étiez fin soûls.

Souriant à ce souvenir, heureux du succès de Psouro,

Bak enjamba une tortue qui progressait patiemment vers l'eau.

— Grâce à Amon, tu as eu plus de chance à Souenet que moi à Abou.

— Tu veux dire grâce à ma ténacité, rectifia Psouro en riant. Il m'a fallu déployer bien du zèle pour le trouver.

— Il ne réside donc pas à Souenet ?

— Son épouse tient une maison de plaisir près du marché, et ils vivent à proximité. Toutefois, c'est au port que je l'ai rencontré. Pahared sera bientôt très riche. Il commande un navire de commerce comme du temps où tu l'as connu à Bouhen et il ne fait pas étalage de sa fortune. Cependant, il achète du foin en aval, le transporte jusqu'à Souenet, et le vend aux caravaniers pour nourrir les ânes, sans nul concurrent.

— J'avais bien vu en lui un homme de ressource.

Bak monta sur le ponton de pierre, réfléchit à la meilleure stratégie, puis s'approcha de la barque.

— Je dois m'entretenir avec lui, Psouro. Peut-être un résident de Souenet, ce lieu de passage où nul ne doit de loyauté à Djehouti, pourra-t-il débloquer la porte que je n'ai pas pu ouvrir.

Pahared était conforme au souvenir de Bak : un physique imposant, des muscles puissants et des tempes teintées de quelques fils gris. Son pagne long jusqu'aux genoux dégageait une bedaine naissante, et de larges bracelets de perles accentuaient l'épaisseur de ses poignets et de ses bras. Il était de bonne composition dans des circonstances normales, mais redoutable si on le poussait à bout. Ils s'étaient retrouvés comme de vieux amis, et non tels des hommes ayant passé un seul après-midi à boire et à jouer.

Pahared, sur un tabouret bas, regardait sa femme briser les bouchons de terre séchée qui obturaient deux jarres de bière. Elle était presque aussi grande que lui, mais fine comme un roseau, et elle avait la peau sombre et les cheveux crépus des peuples vivant loin au sud de Kouch.

— Il n'y a pas un homme ou une femme dans cette province qui n'ait entendu parler des meurtres à la résidence, indiqua-t-il. On murmure qu'un démon de la nuit est venu semer la désolation sur cette province. Tout le monde a peur, à dire vrai. Peur que les récoltes ne donnent rien, que les animaux tombent malades, que les familles meurent de faim.

Bak accepta une jarre avec un bref sourire et approcha un tabouret pour s'asseoir à côté du marchand.

— Si, comme je le crois, Djehouti est la cible ultime, le démon serait simplement un homme décidé à venger un acte ignominieux.

— Cela, je n'en sais rien.

Pahared observa cinq marins qui entraient, leur démarche vacillante révélant qu'ils avaient déjà visité d'autres maisons de bière.

— Le plus effrayant pour ces gens, c'est qu'ils ne savent vers qui se tourner, quel démon, quel génie ou quel dieu implorer.

Impatienté par tout ce qui relevait de la superstition, Bak examina la pièce où ils étaient assis : claire et spacieuse, elle avait un plafond haut soutenu par une seule colonne carrée, en brique crue. La lumière du soir filtrait en longs rais par de hautes fenêtres, et retombait sur les trépieds et les tables basses disposés çà et là. Des cuves de bière, des jarres de vin et des paniers où l'on rangeait les bols étaient alignés contre les murs. Aux relents de bière et de vomi se mêlait l'odeur des marins, une odeur de sueur, d'ail et de poisson.

L'endroit lui faisait songer à Noferi, même s'il ne ressemblait ni au vieux bouge où elle gagnait autrefois sa vie, ni à sa nouvelle maison de plaisir, autrement plus somptueuse. « C'est sans doute l'odeur, pensa-t-il, cette odeur toujours présente de fermentation et de débauche. »

— Tu n'as entendu aucune histoire qui jette le discrédit sur Djehouti ?

— J'ai connu des gouverneurs plus aimés, à coup sûr,

mais je n'ai rien appris qui puisse attirer sur lui le courroux des dieux.

— Tu me déçois, mon ami, répliqua Bak avec un sourire en coin. Quand j'ai vu cette maison de bière, sur l'artère principale de Souenet, à deux pas du marché et à faible distance du camp où les marchands déchargent leurs caravanes, je me suis dit : c'est l'emplacement idéal pour attirer des clients de toutes sortes, y compris ceux qui boivent souvent avec excès et ont la langue bien déliée. Et quand j'ai vu ton épouse...

Du menton, il désigna la femme qui surveillait les clients et les servantes, appuyée contre l'embrasure de la porte.

— Elle a accru ma confiance en toi. Je n'aurais jamais pensé que la superstition régnerait ici.

Pahared rit tout bas.

— Des histoires, j'admets que j'en entends beaucoup, certaines moins invraisemblables que d'autres. On se plaint des défauts de Djehouti. Mais il n'est pas le seul à les posséder.

— Dis-m'en plus. Je n'ai pas d'autre piste.

— On lui reproche son indolence, la vie facile et luxueuse à laquelle il s'adonne. Si, dans sa jeunesse, il adorait chasser et pêcher, il préfère désormais passer son temps dans sa résidence à manger des douceurs et à boire du vin. Lui qui est responsable d'administrer la justice connaît à peine les lois du pays. Grâce aux dieux, il est entouré d'hommes efficaces et compétents, qui pourvoient à sa place aux besoins de cette province.

La description parut plutôt honnête à Bak. Le peu de temps qu'il avait passé dans la salle d'audience ne montrait pas Djehouti sous un jour plus flatteur.

— Un membre de son entourage aurait-il commis un méfait susceptible d'être imputé au gouverneur ?

Pahared avala quelques gorgées de bière, passa sa langue sur ses lèvres et haussa les épaules.

— Non, j'en aurais entendu parler si c'était le cas. La plupart de ces hommes ont grandi ici ; leur vie s'offre aux yeux de tous, tel l'orbe de Rê qui parcourt le ciel jour après jour.

Bak ne put retenir un soupir de frustration.

— Quand je réclame de l'aide à Djehouti, il se conduit comme un coupable, et pourtant il prétend qu'il n'a rien à se reprocher. Trois de ses subordonnés ont fait allusion à un secret sans vouloir m'éclairer davantage.

— En tout cas, ce n'est pas arrivé à Souenet, répondit Pahared, les sourcils froncés.

Deux hommes d'âge mûr, des marchands d'après leur apparence, entrèrent et traversèrent la salle pour s'installer dans la cour. L'épouse se hâta d'aller les servir.

— Il était dans l'armée, tu sais, reprit Pahared. En fait, il a passé quelques années sur la frontière orientale, lorsqu'il était jeune officier. Je me demande comment il s'est conduit là-bas.

Bak savait que la vie dans une garnison faisait parfois ressortir le pire chez un homme, mais l'époque paraissait trop ancienne, le lieu trop reculé. Surtout quand on cherchait à élucider la mort de cinq personnes dont deux, la gouvernante Hatnofer et le petit Nakht, n'avaient jamais quitté Abou.

Une nouvelle idée le frappa :

— Quand il a fini son temps sur la frontière, est-il resté dans l'armée ?

— Mais oui.

Pahared jeta un coup d'œil à sa femme, qui reprenait sa surveillance près de la porte. S'il avait remarqué la voix tendue de Bak, il n'en montra rien.

— D'abord, il a accompagné un ambassadeur royal lors d'un voyage vers le nord, au pays d'Amourrou[1]. Puis, quand le chef de la garnison d'Abou a été rappelé à Kemet, le père de Djehouti a sollicité auprès de notre souveraine le poste pour son fils. C'était il y a une dizaine d'années, quand elle venait d'accéder au trône et tenait à

1. Amourrou : la Phénicie. (*N.d.T.*)

s'assurer la loyauté des gouverneurs de province. Aussi, elle y consentit.

Bak sourit, satisfait d'avoir deviné juste : Djehouti était revenu à Abou en tant qu'officier de haut rang, et avait pu contrarier bien des ambitions.

— Pour l'essentiel, la garnison était-elle composée de soldats nés dans cette province ?

— Oui, il n'en va plus de même aujourd'hui. Quand Menkheperrê Touthmosis a pris le commandement de l'armée, il y a affecté des hommes venus des quatre coins de Kemet.

Bak hocha la tête, montrant qu'il comprenait. Par ces changements radicaux, le jeune pharaon avait voulu s'attacher la fidélité des régiments et des garnisons, en rompant tout attachement envers les nobles ou les gouverneurs de province.

Bak regarda sans le voir un chien blanc estropié, qui entra en clopinant et se coucha aux pieds de Pahared. Malgré sa déception, il se refusait à renoncer et lui-même eut conscience de l'obstination qui perçait dans sa voix :

— Après le retour de Djehouti, s'est-il passé quoi que ce soit qui puisse lui être reproché ?

Pahared secoua la tête, le regard plein de regret.

— J'aimerais t'aider, mon jeune ami, mais rien ne me vient à l'esprit.

Sa femme s'approcha alors et lui dit quelques mots dans sa langue maternelle. Il claqua des doigts, l'écouta encore, puis lui sourit en la remerciant. Elle retourna à la porte, satisfaite d'elle-même et de la réaction de son époux.

— Ma femme comprend la langue de Kemet mais hésite à l'employer, de crainte d'être ridicule, expliqua le marchand avec tendresse. Elle a meilleure mémoire que moi. Elle m'a rappelé la tempête qui a emporté tant de jeunes soldats. Mais c'était il y a longtemps. Il se peut que cela n'ait rien à voir avec ton affaire.

— Raconte.

— Une violente tempête éclata dans le désert. Tu n'en

as jamais entendu parler ? demanda Pahared, surpris de l'ignorance de Bak. Cela fait cinq ans, déjà. Plus de cent hommes se perdirent dans les sables et le vent, pour ne jamais revenir.

Bak chercha dans ses souvenirs. Il était cantonné à Mennoufer, à l'époque, et venait d'être placé à la tête d'une compagnie de chars. Il était trop imbu de sa propre importance pour prêter vraiment attention aux bruits qui circulaient, à propos d'une armée disparue dans le désert.

— J'ai entendu des rumeurs au sujet d'une compagnie de lanciers, presque entièrement perdue, et...

Il sursauta et scruta le marchand.

— ... Et de son commandant, revenu sain et sauf. C'était Djehouti ?

— Il est revenu, oui. Lui et une poignée d'autres.

Pahared fixa ses grosses mains calleuses qu'il serrait entre ses genoux, attristé par l'histoire, par tant de vies gâchées. Bak hocha lentement la tête en réfléchissant à ce nouvel élément.

— Je suppose que Djehouti fut tenu pour responsable de ces lourdes pertes.

— Depuis une année entière que je vis à Souenet, je n'ai entendu personne l'en blâmer. Comment en vouloir à un simple mortel, confronté à la fureur des dieux ?

— Ne t'attends pas à ce que Djehouti évoque ce jour-là ! déclara Amonhotep en passant les doigts sous son large collier en perles comme s'il se sentait le cou serré. Maintenant encore, ce souvenir lui pèse, bien que nul n'ait pu prévoir qu'une tempête éclaterait aussi tard dans l'année.

Le lieutenant avait été conduit par Psouro à la maison de bière de Pahared, s'attendant à passer une agréable soirée en compagnie de Bak. Au lieu de cela, on l'avait fait entrer dans la cour éclairée par une torche, et on tentait de lui arracher des informations. Assis sur un tabouret, son bol à la main, il n'admettait que le strict minimum.

Bak se pencha pour caresser le chien estropié, couché à ses pieds. Un rire joyeux et le roulement des osselets lui rappelèrent que d'autres se donnaient du bon temps derrière la porte, et il regretta doublement de ne pouvoir en faire autant.

— On dit que, accablé de honte, il démissionna et tourna le dos à l'armée pour toujours.

Nul n'avait rien prétendu de tel, mais l'exagération libérerait peut-être Amonhotep de sa réserve.

— J'imagine que certains ont eu cette impression, répondit le jeune homme, très raide et la voix tendue. En réalité, il a quitté l'armée pour remplacer son père à la tête de la province — c'était son droit, en tant qu'unique héritier.

— As-tu servi sous ses ordres, lorsqu'il était encore officier ?

— Depuis le jour de mon treizième anniversaire, répondit Amonhotep, qui ne paraissait guère apprécier ce changement de sujet.

— Comme bien des membres de la résidence, tu es né et tu as grandi à Abou ?

— J'ai atteint l'âge d'homme à Noubt, sur les terres de Djehouti.

— Et il t'a incorporé dans sa garnison il y a dix ans, à son retour dans la province.

— Oui, il a fait de moi son héraut.

« Ce qui explique qu'Amonhotep lui voue une loyauté à toute épreuve, pensa Bak. C'est à lui qu'il doit son rang, sa situation. Et peut-être sa vie. Car il a sans doute accompagné Djehouti, lors de cette expédition fatale dans le désert. »

— Qu'était-il à son retour ? Capitaine d'infanterie, comme Antef ? Ou lui a-t-on accordé le grade élevé de commandant ? interrogea Bak d'un ton cynique.

Les yeux d'Amonhotep brillèrent d'indignation.

— Djehouti a peut-être des défauts, lieutenant, cependant il s'est toujours conduit en homme d'honneur. Cette petite garnison ne nécessite qu'un capitaine à sa tête. Tel était son grade quand son père mourut et qu'il le remplaça comme gouverneur. Lorsqu'il servait encore dans l'armée, je lui ai fait remarquer plus d'une fois que certains se rendaient dans la capitale pour obtenir des privilèges. Il s'y est toujours refusé.

Ce refus ne ressemblait pas au Djehouti qui avait fait venir Bak de Bouhen mais refusait de l'aider, ni à celui qu'il devinait derrière les louanges et les critiques des hommes du gouverneur.

— Il ne fut jamais mal noté en tant qu'officier ?

— Non.

Bak haussa un sourcil.

— On ne lui infligea pas de blâme pour avoir perdu plus de cent hommes dans une tempête de sable ?

— Ses états de service sont irréprochables.

A nouveau, Bak changea de sujet, espérant troubler le jeune lieutenant.

— Pourquoi un chef de garnison conduirait-il une compagnie dans le désert ? Cette mission n'incombait-elle pas à un officier subalterne ? A un lieutenant, comme toi et moi ?

— En temps normal, assurément. Mais Djehouti voulait marcher fièrement à la tête de ses troupes.

— Au lieu de quoi, la tourmente décima la colonne et ne laissa que peu de survivants.

Bak avait prononcé ces mots d'un ton froid et délibéré. Furieux, Amonhotep but d'un trait le reste de sa bière, reposa le bol et se leva.

— Ce fut un terrible malheur. Une catastrophe. Un caprice cruel des dieux.

Bak se leva également et lui barra le chemin.

— Dans neuf jours, lieutenant, il se pourrait que Djehouti meure parce qu'aucun de ses proches n'aura voulu me parler avec franchise.

— Toutes ces morts, on ne peut les lui reprocher ! Il a failli perdre la vie !

— Convaincs-moi.

Des hommes apparurent, attirés par les éclats de voix. Le policier leur fit signe de partir, puis baissa le ton.

— Dis-moi, Amonhotep : que s'est-il passé ?

L'adjoint retomba sur son tabouret, saisit son bol, qu'il trouva vide. Bak s'approcha de la porte pour réclamer deux nouvelles cruches, puis retourna s'asseoir. Le chien posa la tête sur sa sandale. Il vit une souris trotter dans l'ombre, et concentra toute son attention vers les jarres à provisions derrière lesquelles elle s'était faufilée.

Amonhotep baissa la tête et passa sa main sur ses yeux avec lassitude avant d'entamer son récit.

— Je n'aime pas parler de cette tempête ni même m'en souvenir. Il faut avoir vécu cela pour le comprendre.

Bak acquiesça mais, en effet, ne sut trouver aucune parole de réconfort faute d'avoir connu la même épreuve — lacune qu'il ne souhaitait absolument pas combler.

Le lieutenant se redressa, les traits crispés, mais résolu.

— Les tribus du désert — trente, peut-être quarante nomades de l'oasis de Ouahtrest — avaient mené des raids contre les caravanes, du côté des rapides, et attaqué des terres agricoles dans la province. La garnison comptait un faible effectif. Détacher des escortes suffisantes pour protéger les caravanes nous aurait laissés démunis ; garder les terres était impossible.

— N'avez-vous pas envoyé de message à la police d'Ouahtrest ?

Amonhotep rit avec amertume.

— Par deux fois, et aucun des messagers ne revint. Ils furent victimes d'un guet-apens dans le désert, à moins que les hommes censés faire régner la justice à Ouahtrest ne les aient livrés aux tribus.

Il jeta un coup d'œil vers la porte, où la femme de Pahared était apparue, une cruche dans chaque main. Il attendit qu'elle eût servi la bière et fût retournée à ses autres clients pour continuer.

— Djehouti et son état-major tombèrent d'accord : il fallait mettre fin à ces raids, et eux-mêmes s'en chargeraient. La meilleure tactique consistait à marcher sur Ouahtrest avec tous les lanciers disponibles, à tendre une embuscade aux coupables, puis à les éliminer.

— En faisant un exemple, ils espéraient dissuader les autres tribus de les imiter.

— C'est bien cela.

Amonhotep remplit son bol et but de longues gorgées pour affermir sa volonté.

— Une compagnie de lanciers forte de cent hommes se mit en route, avec les officiers et une demi-douzaine d'éclaireurs. Chaque soldat menait un âne, les uns chargés de nourriture, les autres de réserves d'eau, tous portant des armes. Djehouti allait en tête.

— Et toi avec lui, devina Bak.

Amonhotep eut un étrange petit rire étranglé et hocha la tête.

— Nous étions partis depuis quatre jours quand la brise fraîchit et l'air s'emplit de poussière. Le monde devint noir. Je ne voyais plus rien, pas plus Djehouti devant moi que l'âne dont je tenais la corde. Dans le mugissement du vent, j'entendais des cris, des ordres contradictoires couverts par des braiments affolés. Le sable me bouchait les narines, il s'infiltrait sous mes paupières et mes vêtements, il me râpait la peau. J'attachai la corde autour de mon poignet, agrippai la bride et m'y accrochai comme si ma vie même dépendait de mon âne. C'était bien le cas.

Le lieutenant but à nouveau. Bak vit combien il lui était pénible de poursuivre, d'évoquer ce terrible souvenir. Il aurait voulu lui permettre d'arrêter, lui épargner cette torture, mais cela pouvait coûter la vie à Djehouti.

— L'âne tourna le dos au vent, reprit Amonhotep, laissant les bourrasques nous pousser où elles voulaient. J'avançais à côté de lui en titubant. C'est moi qui tombai, pas lui, et je l'entraînai dans ma chute. Il se débattit pour se relever, mais je m'accrochais à lui, j'enfonçais mon visage dans son cou... Le sable s'accumula autour de nous et... j'étais sûr que nous allions mourir ensemble, l'âne et moi.

« Le vent s'arrêta de souffler. Dans un monde aussi silencieux qu'un tombeau, je me redressai, et mon compagnon en fit autant. Son dos était nu ; il ne portait plus les jarres d'eau avec lesquelles nous étions partis au matin. Nous regardions sans cesse autour de nous, pensant que d'autres hommes, d'autres bêtes se montreraient. En vain.

La respiration lourde et saccadée d'Amonhotep trahissait son tourment.

— Pris de panique, je courus dans une direction, puis dans une autre, je creusai chaque petit monticule à m'en faire saigner les mains, cherchant désespérément d'autres survivants. Enfin, épuisé et taraudé par la soif, je regardai la vérité en face : nous étions seuls, mon âne et moi. Nous passâmes le reste de la journée à nous cacher du soleil dans l'ombre d'une arête. Au crépuscule, nous reprîmes la marche, guidés par les étoiles. Il faisait froid ; nous avions le ventre vide et la bouche sèche. Oh, tellement sèche !

« A l'aube, mon âne se mit à braire. Au loin, nous en entendîmes un autre lui répondre, puis un second, au-delà d'une arête de pierre. Quand enfin je compris que ce n'était pas une illusion, nous courûmes vers eux, pensant trouver le reste de nos troupes.

Son rire, cette fois, fut bref et désabusé.

— Nous découvrîmes à la place une douzaine d'ânes. La plupart, comme le mien, avaient perdu leur charge, mais deux portaient de l'eau et un autre des vivres. Après cela, il nous suffit de nous rationner, d'éviter le soleil autant que possible et de marcher vers l'est, la nuit, en nous orientant d'après les étoiles. Nous trouvâmes d'autres ânes en chemin, qui ne portaient plus ni eau ni nourriture. Nous ne rencontrâmes pas un seul homme.

Bak imaginait bien les sables brûlants, les ânes abandonnés pour retrouver seuls le chemin du fleuve ou pour mourir, l'absence de toute présence humaine. Une terre stérile et désolée, irréelle à force de vide et de silence.

— En réduisant de plus en plus les rations d'eau, je réussis à nous ramener, mes vingt-huit ânes et moi, au pays de Kemet. Je croyais ne jamais revoir un paysage aussi magnifique : des champs fertiles et verdoyants, le fleuve dispensateur de vie, et puis des hommes, qui nous emportèrent, nous donnèrent à manger et soignèrent nos blessures. D'autres rescapés sortirent du désert un ou deux jours plus tard, brûlés par le soleil, tombant d'inanition. J'appris par la suite que Djehouti était arrivé avant moi. Lui aussi avait trouvé un âne chargé d'eau.

Le chien aux pieds de Bak geignit dans son sommeil. Le policier se pencha pour lui gratter l'oreille. Pahared avait raison : Djehouti n'était pour rien dans cette tragédie. Pourquoi, alors, tout son instinct lui disait-il de se méfier des apparences ? Amonhotep avait relaté la vérité telle qu'il la connaissait, mais que pouvait-il savoir au juste ? Il s'était trouvé coupé de Djehouti et des autres dès le début de la tourmente.

Bak suivait la ruelle sombre et étroite, moins certain qu'il l'aurait voulu que cette route peu familière le conduise à son logis. La torche que l'épouse de Pahared l'avait forcé à emporter tremblait et crachotait. Chaque fois qu'il l'abaissait vers une ombre suspecte ou la levait pour éclairer le fond de la ruelle, la flamme menaçait de s'éteindre. Bak s'en voulait de ne pas avoir cherché la patrouille de nuit pour demander une meilleure lumière, mais il préférait ne pas s'attarder, d'autant qu'il avait déjà dû soutenir Amonhotep jusqu'à la résidence.

Il tourna à l'angle, compta les portes tout en marchant, priant pour se trouver dans la bonne rue. Comme toutes les plus vieilles cités de Kemet, Abou avait poussé selon la fantaisie de ceux qui y vivaient. On avait bâti des maisons, puis on en avait coincé de plus petites entre les premières. Désormais, les vieilles habitations de plain-pied, comme celle qu'on leur avait attribuée, étaient agrandies vers le haut et comptaient deux, voire trois niveaux, pour utiliser au mieux le peu d'espace. Chaque bâtisse, chaque passage était différent, pourtant ils se ressemblaient beaucoup aux yeux d'un étranger. Surtout dans le noir.

A l'approche de la sixième porte, placée à un coin de rues, il entendit la voix grave de Kasaya et le rire de Psouro, sur le toit. Il se détendit et sourit. Avec de la chance, les effluves d'agneau et d'oignons braisés qui lui chatouillaient les narines provenaient de chez eux, non d'une maison voisine, et ils avaient gardé un peu de leur festin pour lui. Il avait ingurgité beaucoup de bière toute la soirée, mais n'avait rien avalé de consistant depuis le déjeuner.

Il écarta la natte qui couvrait la porte et entra en abaissant la torche sur le côté, afin de ne pas risquer d'enflammer les joncs tressés. Lorsqu'il la releva, elle produisit une pluie d'étincelles et, avant qu'elle ne s'éteigne, il eut juste le temps d'entrevoir une forme oblongue et luisante à ses pieds.

— Il y a une lampe ? cria-t-il.

— Ici, en haut.

La silhouette noire de Psouro, encadrée par le ciel étoilé, apparut au sommet de l'escalier.

— Je vais l'allumer au brasero.

Il disparut pour revenir bien vite. La lampe dans une main, l'autre protégeant la flamme, il dévala les marches. Bak resta où il était et scruta le sol, devant lui.

— On t'a gardé de l'agneau et des légumes, chef. J'espère que tu as faim ! lança la voix de Kasaya.

Psouro se laissa tomber souplement par terre et écarta sa paume. La flamme monta sans fumer, haute et droite, et illumina les quelques meubles, les paniers de provisions, rejetant les ombres vers les murs et les recoins. Un gros poisson, aux écailles irisées sous l'éclairage vacillant, était posé à deux pas du seuil, souligné par son ombre. Une perche, longue d'une coudée de la gueule à la queue. Elle était morte, à n'en pas douter. Sa tête était écrasée. L'arme, un morceau de granit noir que l'on pouvait tenir bien en main, gisait à côté, des écailles collées sur ses aspérités.

— Par Amon, qu'est-ce que... ? bredouilla Psouro, ébahi.

— Sûrement une plaisanterie, dit Kasaya, qui regardait d'en haut.

Bak était aussi perplexe qu'eux, aussi déconcerté.

— Qui est entré dans la maison cette nuit ? Avez-vous remarqué quelqu'un ?

— Non, dit Psouro. Nous sommes sur le toit depuis la tombée du soir. Nous avons mangé, puis joué au *senet*[1]. Nous n'avons pas prêté attention à la rue.

Bak s'agenouilla près de la perche. L'absence de sang sur le sol lui permit de déduire que le poisson avait été tué ailleurs, probablement après avoir été pêché. S'il avait constitué un présent, on l'aurait vidé et nettoyé avant de l'apporter, et on l'aurait placé hors de portée des chiens et des chats errants. Cela n'était pas le cas. Mais alors, pourquoi l'avait-on déposé là ? Pouvait-il y avoir un rapport avec la mission qui amenait Bak à Abou ? Avec les meurtres à la résidence ?

Une pensée l'effleura, qui lui fit froid dans le dos. Cela pouvait fort bien rappeler la première victime, le petit Nakht, qui nageait comme un poisson... Il avait eu la tête écrasée. L'assassin leur lançait-il un défi, ou plutôt un avertissement ?

— Nous n'en parlerons à personne, décida Bak. Ni à Djehouti ni à Amonhotep, ni à quiconque dans la maison du gouverneur. Avec un peu de chance, la curiosité tourmentera celui qui nous a laissé cela, et il finira par se trahir.

1. *Senet* : jeu composé d'une tablette de trente cases, de pions noirs et blancs, et d'osselets. (*N.d.T.*)

6

— Nakht était tout ce qui me restait.

La femme prit par les pattes le canard dont elle venait de tordre le cou et s'assit sur un tabouret bas pour plonger la volaille dans une grande marmite grise. Une odeur nauséabonde de plumes mouillées monta de l'eau bouillante.

— Maintenant je suis seule, sans mari pour partager mes vieux jours, sans enfant pour faciliter mon voyage vers le monde souterrain.

De taille moyenne et toute en os, elle paraissait avoir dépassé depuis longtemps l'âge de la maturité, mais comptait probablement dix ans de moins. Une existence de labeur et de privations, de déceptions et de souffrances, avait courbé son dos, ridé son visage et ses bras, creusé un pli amer aux coins de ses lèvres.

— Était-il ton seul enfant ? demanda Bak.

— J'ai perdu une fille quelques jours après sa naissance, deux autres avant terme, et deux grands garçons, emportés par une fièvre qui a ravagé cette cité avant que Nakht ait vu le jour.

Elle souleva le canard et, le tenant au-dessus de la marmite, arracha une poignée de plumes grisâtres gorgées d'eau. Celles-ci tombèrent en masse, et la puanteur redoubla.

— Il était arrivé tard dans ma vie, comme un présent des dieux, avant que je ne puisse plus enfanter.

Bak restait debout devant l'auvent rudimentaire sous lequel elle était assise, et réchauffait son dos au soleil du matin. Le toit en feuilles de palmier, étalées en travers de longs roseaux, jouxtait une étable qui abritait sept ânes et leurs nouveau-nés aux jambes encore flageolantes, outre trois autres près de mettre bas. La paille était propre, l'odeur de fumier ténue. Bak espéra que le marchand qui avait accueilli la femme en échange de son travail traitait aussi bien ses serviteurs que ses bêtes.

— Parlait-il de sa vie à la maison du gouverneur ?

— Souvent, répondit-elle en souriant avec fierté, oubliant son amertume. Dame Hatnofer le faisait trimer dur, et elle avait la langue aussi coupante qu'une faux, mais le reste le compensait largement pour sa peine. Il dormait sur une paillasse moelleuse et mangeait les restes de la table du maître — autant qu'il pouvait en avaler. Il trouvait la maison, avec toutes ses pièces et sa riche décoration, plus belle que le Champ des Joncs, et à ses yeux dame Khaouet était une déesse.

— Et le gouverneur ?

— Qu'est-ce qu'un gamin des cuisines pouvait savoir d'un homme haut placé comme ça ?

Il hocha la tête, feignant de reconnaître l'évidence. En fait, il avait obtenu ce qu'il voulait : la confirmation que Djehouti ne connaissait pas le jeune garçon.

Bak était resté éveillé une bonne moitié de la nuit, cherchant en vain une explication plus satisfaisante à ce présent inattendu. Il avait ensuite songé à l'enfant, dont la mort semblait dépourvue de sens. Nakht avait eu six ans à l'époque de la tempête, à supposer que ce tragique événement fût la clef de l'énigme. En ce temps-là, il était trop jeune pour s'enfoncer dans le désert avec les soldats, ou même pour rendre de menus services à la garnison. Mais d'autres possibilités, d'autres liens existaient, qui méritaient d'être explorés. Aussi Bak était-il venu voir la mère de l'enfant.

— Comment ton époux gagnait-il son pain ? s'enquit-il.

Elle retourna le canard pour plumer le fin duvet blanc de la poitrine. Quelques touffes, sèches et délicates, furent emportées par la brise.

— Il était au service de notre souveraine, en tant qu'éclaireur à la garnison d'Abou.

Sa voix exprimait de la fierté, mais pas seulement. Elle était sur la défensive. Plusieurs éclaireurs avaient accompagné l'expédition dans le désert. Son époux devait figurer parmi ceux qui n'étaient pas revenus.

— Depuis combien de temps est-il mort ?

— Quatre ans.

— Il n'a donc pas disparu dans la... ?

Saisissant son erreur, il se mordit les lèvres. Le père de Nakht n'avait pas marché vers la mort, comme les autres. Ou avait-il survécu ?

Elle releva la tête, sombre et la voix farouche.

— Tu ne comprends pas, hein ? Tu ne sais pas qu'un homme peut revenir vivant, et pourtant à demi mort, brisé dans le corps et dans l'esprit. L'ombre de ce qu'il était avant. Tu crois que parce qu'il a survécu, lui qui était éclaireur, tu peux le montrer du doigt, le rendre responsable de toutes ces morts ? Eh bien, laisse-moi te dire une bonne chose, lieutenant ! Il n'y était pour rien !

Il la dévisagea, surpris par sa virulence. Il n'avait même pas songé à porter une accusation. Pourquoi était-elle si prompte à s'offenser, à nier ?

— D'abord mon époux et maintenant mon fils.

Elle plongea le canard dans l'eau pour le nettoyer. L'amertume et la frustration des petites gens marquaient à nouveau ses traits.

— Cette cité d'Abou, cette province sont maudites. Le jour où nos hommes ont pénétré dans le désert, les dieux ont cessé de sourire à tous ceux qui vivent ici.

Elle pinça les lèvres et refusa d'ajouter un mot, par crainte superstitieuse ou pour une raison plus concrète que Bak ne discernait pas. Il regagna la résidence, les idées tourbillonnant dans sa tête. Si peu loquace qu'elle ait été, elle avait posé le fondement d'une nouvelle théorie, qui concordait avec tout ce qu'il avait appris jusqu'alors.

— Bien sûr que je connaissais Montou.

Le garde Kamès, fin et les muscles secs, pouvait avoir une trentaine d'années. Il appuya sa lance contre le haut mur en brique crue qui séparait le jardin du puits et s'assit sur ses talons.

— Il parlait trop et il nous endormait à force de débiter toujours les mêmes histoires, mais je l'aimais bien.

— Un vieux fou, décréta le second garde, Nenou, un solide jeune homme à peine âgé de dix-sept ans.

Il appuya son arme à côté de l'autre et s'adossa contre le mur d'un air dédaigneux.

— A voir comment il se comportait, il n'était pas beaucoup plus mûr que les gamins qu'il laissait s'introduire dans la propriété. Contre les ordres formels de dame Hatnofer, figure-toi. Si ça ne s'appelle pas chercher les ennuis !...

— Il paraît qu'elle voulait le remplacer, dit Bak, se hissant sur le muret qui ceignait le puits.

— Oui, si la rumeur est vraie, répondit Kamès. Mais il est resté malgré la gouvernante... pour mieux la faire rager.

— C'est le gouverneur qui l'a maintenu en place, précisa Nenou avec un petit rire.

— Djehouti ?

Bak feignit le scepticisme pour cacher combien cela l'intéressait.

— Je me suis lié avec une servante des cuisines. Elle et moi, nous... Disons que je la connais bien. Un jour, elle a surpris dame Hatnofer en pleine querelle avec Djehouti. La gouvernante voulait se débarrasser du vieux, lui, il refusait.

« Pourtant, se rappela Bak, il a laissé entendre qu'il ne connaissait pas Montou. »

— A-t-il fourni une raison ?

— Je ne sais pas, dit Nenou en haussant les épaules.

Mon amie a eu peur qu'Hatnofer la prenne à écouter aux portes, alors elle s'est sauvée.

Son compagnon suggéra avec un sourire :

— Peut-être que le gouverneur voulait lui montrer qui commande. Moi, c'est ce que j'aurais fait si j'en avais trouvé le courage.

— Tu la craignais ? railla Nenou. Elle a rarement eu l'occasion de me remarquer, mais si elle s'était permis le ton qu'elle employait avec presque tout le monde ici, elle aurait trouvé à qui parler. Une femme pareille... Elle avait la langue bien pendue et se donnait de l'importance, mais elle pliait devant l'autorité.

Kamès adressa un clin d'œil à Bak, se moquant des vantardises du plus jeune.

— Certains aiment se battre contre des femmes ; pas moi.

Nenou le dévisagea avec méfiance, comme s'il pensait qu'on mettait en doute sa virilité.

Un vol de pigeons tournoya au-dessus d'eux dans un grand bruissement d'ailes. Les oiseaux descendirent tout à coup pour se poser sur les murs, les greniers de la cour voisine, le toit du quartier des domestiques.

— Il paraît que le sergent Senmout lui avait tenu tête plus d'une fois.

Bak n'avait rien appris de la sorte, mais vu l'admiration que Djehouti portait à son vieil ami, la supposition semblait plausible.

— Qui a pu te raconter une chose pareille ? s'étonna Kamès. On aurait pu s'y attendre, je te l'accorde, toutefois...

— Senmout n'allait pas perdre son temps avec elle ! trancha Nenou d'un air dégoûté. Toutes les femmes lui faisaient les yeux doux. Quel besoin avait-il d'une vieille tigresse toute desséchée, qui donnait des coups de griffe à ceux qui l'approchaient ?

Kamès leva les yeux au ciel.

— Ils étaient de la même trempe, tous les deux. Chaque fois que je les voyais ensemble, je m'attendais à une de ces tempêtes que j'ai connues dans ma jeunesse, à bord d'une nef de guerre sur la grande mer verte. Mais ils ne se disputaient jamais, remarqua-t-il, comme déçu. Ils se mesuraient seulement du regard, tels deux lutteurs hésitant à porter le premier coup.

Nenou s'écarta du mur et jeta avec colère à son compagnon, qu'il dominait de toute sa taille :

— Tu le détestais, pas vrai ?

Kamès se leva sans le quitter des yeux et recula de quelques pas.

— Tu te laisses impressionner trop facilement, Nenou. C'est à ses actes que l'on voit la valeur d'un homme, pas à ses paroles.

Une querelle aurait servi les desseins de Bak en déliant les langues, mais on en venait vite aux mains dans une garnison, en temps de paix. Il se prépara à s'interposer le cas échéant.

— Qu'est-ce que tu insinues ? répliqua Nenou.

— Senmout était un bon soldat, je le reconnais. Mais on ne pouvait se fier à lui au jeu ni pour respecter la femme d'un autre.

— Qu'est-ce que tu en sais ? riposta le jeune homme, goguenard. Depuis le temps qu'aucune femme ne partage ta couche...

Le rouge de la colère monta au visage de Kamès, qui balança un coup de poing à Nenou. Celui-ci vacilla, pris par surprise. Il marmonna un juron puis baissa le front comme un bélier, prêt à se ruer sur celui qui avait osé l'attaquer.

— Assez !

Bak bondit entre les deux hommes et les fixa avec sévérité. Ils soutinrent son regard, oubliant un instant qui il était et ce qu'il représentait. Puis ils recouvrèrent leur bon sens. Ils reculèrent avec un sourire forcé, un peu embarrassés.

— A l'époque de sa mort, Senmout commandait la garde de la résidence, dit le policier d'un ton froid et dur, qui soulignait son autorité. Avant de venir ici, n'était-il pas affecté à la garnison ?

Nenou se dandina sur ses pieds et s'éclaircit la gorge.

— Si, jusqu'à ce que le gouverneur lui attribue d'autres tâches.

— Senmout rappelait à qui voulait l'entendre qu'ils étaient de vieux amis, dit Kamès, regardant droit devant lui. Le capitaine Antef, qui venait d'arriver à Abou, ne s'est pas laissé impressionner et a voulu l'envoyer dans les carrières, comme les autres. Senmout se voyait mal rester debout sous le soleil toute la journée, à faire travailler les soldats comme des bêtes de somme, alors il est passé au-dessus d'Antef et s'est vu assigner cette tâche plus facile.

Bak les considéra tous les deux d'un air réprobateur, pour qu'ils sentent qu'ils ne lui avaient pas encore donné satisfaction.

— Vous êtes cantonnés à Abou depuis un certain temps et vous connaissez l'histoire de la tempête de sable où périrent tant d'hommes de la garnison. Senmout faisait-il partie de ceux qui en revinrent ?

Les gardes devinrent aussi raides que des piquets, et aussi muets l'un que l'autre.

— Eh bien ? insista Bak.

— Oui, mon lieutenant ! admit Nenou. Du moins, c'est ce que j'ai entendu.

— Montou était-il aussi un survivant ?

— A ce qu'on raconte, lâcha Kamès.

Bak posa sur eux un long regard pensif.

— Cette tempête reste sans doute l'événement le plus marquant de l'histoire d'Abou. Les noms des rescapés doivent être gravés dans le cœur de tous les gens qui vivent ici. Pourquoi feignez-vous de les ignorer ?

Les gardes s'entre-regardèrent comme pour s'encourager.

Kamès frotta un pied dans la poussière et parut très embarrassé par ses mains.

— Pas une seule fois je n'ai entendu Montou évoquer

la tempête, et je ne connais personne d'autre qui en ait parlé. Si bavard qu'il fût, il ne prononçait jamais un mot là-dessus, alors qu'on aurait pu croire qu'il s'en vanterait éternellement.

— C'est pareil pour le sergent Senmout, confirma Nenou. Quand je suis arrivé à Abou, on m'a recommandé de ne jamais faire allusion à ça. Les hommes des baraquements disaient qu'aucun des rescapés n'en parlait, comme si c'était un cauchemar qu'ils voulaient oublier pour toujours.

— Ou comme s'ils avaient reçu ordre de l'oublier, marmonna Kamès.

Bak quitta les gardes de la résidence, satisfait de ce qu'il venait d'apprendre. La piste que la mère de Nakht lui avait fait entrevoir semblait encore plus prometteuse. Sur les cinq victimes, deux avaient survécu à la tempête, de même que le père d'une troisième. Cela se confirmerait-il pour le lieutenant Dedi et la gouvernante ?

Il tourna dans le couloir menant au bureau des scribes. A peine âgé de dix-huit ans, Dedi était arrivé à Abou trois mois plus tôt, d'après Kamès. Mais peut-être son père avait-il servi à la garnison comme celui de Nakht, et survécu lui aussi au cataclysme. Bak se fit le pari qu'il avait vu juste, et adressa une prière à Amon pour assurer son succès. Quand il franchit le seuil du bureau, il devint le point de mire des dix scribes et de Simout, assis sur sa natte rembourrée devant eux.

Le scribe en chef ne cacha pas son mécontentement.

— Encore toi, lieutenant ? Je crains que nous ne devions modifier la disposition de nos sièges, pour y ajouter une place permanente à ton intention.

Un jeune scribe pouffa. Les autres, plus âgés et plus avisés, baissèrent les yeux vers les papyrus déroulés sur leurs genoux et firent à nouveau courir leur calame, dissimulant leur amusement.

Impatient d'étayer sa théorie, Bak ignora le sarcasme.

— Il me faudrait les états de service du lieutenant Dedi.

— Nous n'avons pas coutume de prêter nos documents d'archives à tout un chacun. Tu dois d'abord en référer au gouverneur Djehouti et, s'il t'en juge digne, il t'autorisera à emporter ce rouleau.

Ravalant une réponse bien sentie, Bak passa entre les deux rangées d'hommes assis et s'arrêta devant leur chef.

— Je ne viens pas pour emprunter, mais seulement pour consulter sur place.

— Eh bien... hésita Simout, les sourcils froncés. Ma foi, je ne suis pas sûr...

Par un passage ouvert sur la droite, Bak repéra dans une pièce mal éclairée des étagères de bois, remplies de grosses jarres en terre cuite couchées sur le flanc, le col tourné vers l'extérieur. Il distingua des rouleaux dans les plus proches de la porte. Les plus éloignées, à peine visibles dans la pénombre, avaient été bouchées puis scellées, afin de préserver leur contenu des souris et des hommes.

— Si tu n'as pas le temps de m'aider, dit-il en se dirigeant vers la salle des archives, indique-moi simplement où chercher.

Il supposait que Simout admettrait aussi peu qu'un non-initié fouille dans ses papyrus que le vieux scribe en chef de Bouhen, qui gardait son domaine telle une mère oie défendant sa couvée.

— Attends !

Simout se leva et se hâta de le rattraper.

— Ne bouge pas, j'y vais.

Sans prendre la peine de se munir d'une lampe, il entra dans la pièce sombre. Bak baissa la tête pour dissimuler son sourire.

Quelques instants plus tard, Simout revenait, une grosse jarre gris-vert au creux du bras. Des rouleaux dépassaient du large col tels les pétales naissants d'une énorme fleur raide. Il s'assit sur sa natte, cala le récipient entre ses genoux et fouilla parmi les documents, sur chacun desquels une note à l'encre précisait le contenu.

— Ah, voilà. Lieutenant Dedi.

Il contempla le mince cylindre et secoua la tête.

— Pauvre garçon. Fauché à un âge aussi tendre.

Prenant un air détaché pour cacher sa tristesse, il tendit le rouleau à Bak, posa le récipient par terre à côté de lui et retourna au document en cours de rédaction. Bak dénoua la ficelle et déroula le dossier de Dedi. Les informations fournies étaient aussi succinctes que la vie du jeune homme avait été brève. Après en avoir lu la moitié, il trouva ce qu'il cherchait, ou du moins il l'espérait. Le père de Dedi avait été lieutenant, victime de graves blessures dans l'exercice de son devoir ; sa carrière digne d'éloges avait ouvert la voie à son fils lorsque celui-ci, à son tour, souhaita entrer dans l'armée pour devenir officier. Aucune précision n'était donnée au sujet des blessures.

— Te rappelles-tu si un certain lieutenant Ptahmosé servait dans cette garnison il y a quelques années ? demanda le policier.

Simout poussa un soupir agacé.

— Ptahmosé ? Nous avions un officier d'infanterie qui s'appelait ainsi. Pourquoi cette question ?

Le scribe en chef était irascible et peu accommodant — tout à fait le genre de personnalité qui faisait ressortir le pire chez Bak. Mais il avait été le premier à le mettre sur la voie, en sous-entendant que Djehouti dissimulait un secret et qu'il incombait au policier de l'apprendre.

Bak baissa la voix afin que les scribes dans la salle ne puissent l'entendre.

— Je suis au courant pour la tempête de sable, Simout. Je sais qu'elle fit de nombreux morts et que peu d'hommes en réchappèrent. Je crois avoir découvert le point commun entre ceux qui ont été assassinés ces dernières semaines.

Il poursuivit ses explications, puis demanda :

— Le Ptahmosé dont tu te souviens pourrait-il avoir été le père de Dedi ?

Sans un mot, Simout posa son rouleau et se leva. Des rides soucieuses barraient son front. Il alluma la mèche d'une lampe en terre cuite rougeâtre et l'emporta dans les archives. Bak eut envie de le suivre, mais il savait que s'il proposait son aide, il essuierait une rebuffade.

Le dossier de Ptahmosé, plus ancien et plus difficile à trouver que celui de Dedi, était rangé tout au fond de la pièce, mais en un clin d'œil Simout revint avec une jarre orange clair, scellée depuis longtemps. Il s'agenouilla, brisa le bouchon à l'aide d'une pierre et inventoria hâtivement le contenu. Ayant trouvé ce qu'il voulait, il rompit le sceau de l'ongle du pouce et déroula le papyrus. Bak s'agenouilla auprès de lui, trop impatient pour attendre une réponse, et ensemble ils commencèrent à lire.

— Ptahmosé était originaire de la ville provinciale d'Imet, dit Simout. Il comptait y retourner quand il aurait quitté l'armée et Abou...

— Après avoir guéri de graves brûlures, causées par le vent et le soleil au cours d'une tempête de sable, continua Bak, lisant toujours.

Simout suivit du doigt la colonne d'hiéroglyphes, s'arrêta près de la fin.

— C'était il y a cinq ans, comme tu le supposais.

Bak déroula le dossier du jeune officier et en parcourut le contenu.

— Dedi venait d'Imet, lui aussi, et c'est sans doute là-bas que demeure son père.

La ville d'Imet, située au nord de Mennoufer, se trouvait à de nombreux jours de voyage par le fleuve. Ptahmosé résidait hors de portée du tueur. L'arrivée de son fils à Abou avait dû paraître à ce dernier un présent des dieux.

Simout remarqua que les calames ralentissaient sur les rouleaux et que ses scribes leur jetaient des regards intrigués. Il remit les deux documents dans leurs rangements respectifs, confia la lampe à Bak et, une jarre dans chaque main, lui fit signe d'entrer dans la salle des archives. Il n'ouvrit pas la bouche jusqu'à ce qu'ils soient arrivés au fond, où ses subalternes ne pourraient pas les entendre.

— A l'évidence, tu crois qu'un proche parent ou un ami d'un de ceux qui ont péri dans cette tempête élimine les survivants.

— Oui, c'est exactement ce que je pense.

L'idée, qui avait paru si logique dans l'intimité de ses pensées, lui parut fantasque une fois exprimée.

— Pourquoi maintenant, au bout de tout ce temps ?

— Peut-être un fait banal, même un simple mot, a-t-il allumé un feu dans le cœur du meurtrier.

Simout posa la jarre grise par terre et souleva l'autre dans l'intention de la glisser dans l'espace où il l'avait prise. Remarquant l'ouverture béante, il claqua la langue avec impatience et la reposa à côté de la première.

— Mon neveu a disparu dans cette tempête, tu sais. Il était très jeune, et je l'aimais comme un fils.

— Je l'ignorais, dit Bak, l'observant avec intérêt. En veux-tu à ceux qui sont revenus ?

— Plus maintenant, mais à l'époque, oui. Perdre un jeune homme si remarquable, apprécié de tous ceux qui le connaissaient...

La voix de Simout se brisa dans un petit rire sans joie.

— Djehouti savait toujours tout mieux que les autres, même quand nous jouions ensemble dans notre enfance. Mais que pouvait-il, en pareille circonstance ? Non, nul ne peut être blâmé pour la fureur des dieux.

— Je me souviens des hommes qui revinrent après la tempête, dit Khaouet, la pitié voilant son visage. Je passais quelques jours à Noubt, sur le domaine de mon père. La plupart des survivants sortirent du désert là-bas, ou plus loin au nord. Ils semblaient plus morts que vifs. Brûlés par le soleil, assoiffés, affamés, si épuisés qu'ils pouvaient à peine poser un pied devant l'autre.

— Ton père était parmi eux, dit Bak.

— Oui, il survécut, et pas un jour ne s'écoula par la suite sans que je rende grâce à Khnoum pour cela.

Dans la petite cour carrée, elle surveillait quatre jeunes femmes penchées sur des mortiers de grès calés dans le sol, qui écrasaient du blé à l'aide de pilons en pierre. Des pièces de lin fraîchement lavées et étendues sur une douzaine de cordes les abritaient du soleil impitoyable de l'après-midi, mais n'atténuaient en rien la chaleur torride. La sueur baignait leurs fronts et tachait leurs robes. Le lourd parfum du grain ne pouvait masquer l'odeur de leurs corps.

— Le nombre de morts excéda de loin celui des survivants, remarqua Bak. Dans un tout petit monde comme Abou, où la plupart des hommes de la garnison provenaient de familles installées dans cette province depuis des générations, il doit encore exister des amis, des parents des disparus.

— J'ai été très impressionnée par les rapprochements que tu as opérés entre les meurtres. Mais dans ce cas précis, dit-elle, lui effleurant le bras, il faut être terriblement amer pour chercher vengeance si longtemps après.

Il ne vit pas dans son geste un signe de familiarité, comme il y aurait été enclin auparavant. Elle devait avoir coutume de toucher celui auquel elle s'adressait ou, en l'occurrence, elle marquait simplement son regret de ne pas être d'accord avec lui.

— Je n'ai pas découvert de nouveau lien entre Nakht et les autres.

Des rires d'hommes et de femmes attirèrent leur regard vers un portail de bois entrouvert, au fond de la cour.

— Je dois continuer, dit Khaouet. Les boulangers et les brasseurs attendent mes ordres.

Elle resta où elle était, lui faisant comprendre qu'elle préférait qu'il la laissc. Toutefois, elle demanda tout à coup :

— Et Hatnofer ? En quoi était-elle liée aux survivants ?

— J'espérais que tu pourrais répondre à cette question, toi qui la connaissais mieux que quiconque.

— Je la connaissais, en effet, néanmoins elle ne se confiait jamais à moi.

— Ne m'as-tu pas dit qu'elle avait été une mère pour toi ?

— Elle ne cessait pas de me traiter comme une gamine.

Sa voix était devenue tranchante. Bak pensa que cette rancœur s'exerçait contre des souvenirs, et non contre lui. De peur de se tromper, il tentait de la désarmer par un sourire quand les relents du grain pilé le firent éternuer.

— Et sa famille ? parvint-il à articuler, avant d'être repris par un éternuement.

Elle compatit à son inconfort par un sourire fugitif.

— C'était une enfant trouvée. Bébé, elle avait été abandonnée sur le seuil de mon père, à Noubt. Si elle avait une famille, elle ne l'a jamais connue. Mais je dois partir. Maintenant qu'Hatnofer n'est plus, je n'ai pas le temps de rester oisive.

— Une dernière question, dit-il, l'arrêtant d'un geste de la main. Parmi tous ceux qui vont et viennent à leur guise dans la propriété, qui a perdu des amis ou des parents dans le désert ?

— La plupart des servantes et des gardes. Je sais qu'Amethou, Simout et Inenii ont perdu un proche. Antef également, je crois. Moi aussi, j'avais de l'affection pour des hommes qui ne sont jamais revenus : les lieutenants Amonemhab, Nebmosé, Minnakht et Neferhotep. Tous dans la fleur de l'âge, perdus à jamais dans le vent et le sable. Ils me manquent encore aujourd'hui.

A nouveau, elle effleura son bras, puis elle traversa la cour pour franchir la barrière, qu'elle referma derrière elle. Bak la regarda partir, plein de compréhension à son égard.

« Comment s'étonner qu'elle soit irritable ? se disait-il. Il y a deux jours à peine, elle a découvert le cadavre d'une femme aussi proche qu'une mère, dont elle assume les responsabilités en plus des siennes. Elle dirige une maison dont le maître est impossible à contenter et se trouve mariée à un homme qu'elle ne semble pas aimer. »

— Non ? Kasaya est encore amoureux ? s'esclaffa Bak.

— Et cette fois il aura de la chance s'il reste célibataire, dit Psouro, hilare. La fille travaille aux cuisines, où elle apprend le métier avec la chef, qui n'est autre que sa mère. Cette femme mitonne de ces petits plats ! Et elle gave Kasaya comme une oie.

Ils continuèrent à marcher côte à côte en riant, puis tournèrent dans le passage qui les ramènerait à leur logis. Le soleil couchant éclairait le faîte des plus hauts bâtiments, tandis qu'une ombre profonde emplissait l'étroite ruelle. Des odeurs de poisson et d'oignons, d'aromates et de friture, descendaient des toits, ainsi que les voix assourdies de familles savourant leur repas du soir.

— Se rend-il compte du danger ? demanda Bak.

— Non, il est trop occupé à enfourner la nourriture pour penser aux conséquences.

Un sourire aux lèvres, Bak s'arrêta devant leur maison et écarta la natte de la porte.

— Djehouti possède des terres à Noubt. Si la menace se précise, j'enverrai Kasaya s'y réfugier. Où as-tu posé la lampe ?

— Près du seuil, sur la droite.

Bak distingua trois soucoupes en argile cuite, où des mèches neuves émergeaient d'un fond d'huile. Il en prit une et la tendit au Medjai.

— J'ai vu de la lumière dans une maison, à quelques pas d'ici.

Psouro acquiesça et partit rapidement dans la rue. Au lieu de prendre le temps de faire du feu, il emprunterait la lampe du voisin afin d'allumer la sienne. Bak remonta la natte de la porte pour laisser entrer l'air et la maigre lumière naturelle. Dès qu'il eut franchi le seuil, il sentit qu'on était venu en leur absence. Il se figea sur place, pensant au poisson de la nuit précédente, qu'il considérait comme un avertissement. Recevoir un autre présent du même genre était bien la dernière chose à laquelle il se serait attendu.

Psouro arriva derrière lui avec la lampe allumée. Par-dessus l'épaule de Bak, il avisa leurs deux tabourets retournés l'un sur l'autre. Un gros panier fermé était perché au sommet des trois pieds.

— Voilà notre dîner ! Pourvu que la vieille y ait mis de la viande ou du gibier. Je meurs de faim.

Il n'aimait guère cuisiner et avait persuadé une veuve rencontrée près du puits public de leur fournir les repas.

Bak fixa le panier placé à l'abri des souris et des rats, des insectes et de tout ce qu'il aurait pu tenter. Il ne pouvait se défendre d'un profond malaise. Son regard balaya la pièce, scruta les ombres et finit par s'arrêter sur les marches de l'escalier, où il distingua confusément quelque chose. Il traversa la pièce en quelques enjambées et gronda :

— Fils d'Apopis !

Une poupée d'argile gisait la tête en bas sur la première marche, une flèche brisée dépassant de sa poitrine. Sans conteste, elle représentait Montou, le lancier.

Psouro approcha la lampe. Il marmonna quelque chose dans sa langue natale, trop long pour un simple juron, sans doute une incantation contre les forces du mal.

Bak préférait une attitude fondée sur la raison. Il ramassa la poupée afin de l'examiner. Les yeux étaient de simples fentes, tracées d'un coup d'ongle ; le nez, un petit bout d'argile pincé pour se détacher du visage dépourvu de tout autre trait. Les bras et les jambes fins comme des bâtons étaient attachés au corps cylindrique par de la paille. La pointe de la flèche était en silex, prolongée par un bâton de bois cassé. L'effigie avait été façonnée si récemment qu'elle était fraîche et humide au toucher, bien qu'elle ait durci.

— Ah, Psouro ! Si seulement je savais quel message on a voulu nous transmettre !

— Cela ne peut être qu'une menace, répondit le Medjai en regardant la poupée avec répulsion.

— Quelques mots auraient été plus directs.

— Ça m'étonnerait que celui qui nous a apporté cela sache écrire.

Bak observa la figurine, peu convaincu. Ces « présents » dénotaient une certaine imagination, et non la pesanteur d'esprit d'êtres frustes. Comme la première fois, il sentit qu'on le mettait au défi, qu'on jouait avec lui pour prouver... quoi ? Une supériorité dans la réflexion et dans l'action ? Probablement, mais autre chose aussi : cette intrusion sans vergogne était censée l'intimider.

Un fait était clair : il devrait poster un de ses hommes ici chaque soir, mais il n'avait pas d'effectifs suffisants pour les consacrer à une besogne peut-être futile.

Si seulement il avait eu avec lui plus de Medjai de Bouhen, à qui seuls il pouvait se fier !

7

— Je suis quasi certain que la tempête est la clef de tout, mais ma conviction ne doit pas vous pousser à négliger d'autres pistes.

— Oui, chef, dirent Psouro et Kasaya à l'unisson.

Bak boucla sa ceinture sur le petit nœud impeccable qui maintenait son pagne et chaussa ses sandales en jonc.

— Par-dessus tout, j'aimerais interroger un survivant qui serait resté en compagnie de ses camarades durant cette tempête, contrairement au lieutenant Amonhotep.

— Hier, au campement de caravanes, j'ai questionné plus de dix marchands, indiqua Psouro, debout et habillé depuis longtemps.

Il s'assit dans l'escalier et souleva les feuilles qui recouvraient le panier tressé. L'arôme du pain frais se répandit dans toute la pièce.

— Quelques-uns avaient bien entendu parler d'une compagnie de soldats perdue dans le désert, mais de la manière la plus vague. Aucun ne situait l'histoire à Abou.

— Pas étonnant, estima Bak en tirant sur l'ourlet de son pagne pour l'égaliser. La plupart sont des étrangers et ne restent que le temps de livrer leurs marchandises.

Il accrocha à son cou une élégante chaîne de bronze, où pendaient plusieurs amulettes en faïence, dont l'Horus de Bouhen et la déesse Maât.

— Non, cherche des hommes et des femmes qui habitent cette province depuis de longues années. Ce n'est pas chose facile, je t'avertis. La moitié des gens avec qui j'ai parlé hier se sont retranchés derrière des histoires de dieux ou de démons dès que j'ai fait allusion à cet événement. D'après les deux gardes, Kamès et Nenou, les hommes de la garnison pourraient avoir reçu ordre de garder le silence.

Psouro offrit un petit pain rond et croustillant à Bak et en lança un second à Kasaya, qui était assis en tailleur sur sa natte. Le jeune Medjai l'attrapa en souriant.

— Si je m'étais sorti vivant de cette tempête et si je voyais les copains tomber comme des mouches, je quitterais Abou sur l'heure pour m'en aller le plus loin possible.

— Nakht et le lieutenant Dedi ne faisaient pas partie des survivants, objecta Psouro, narquois. Ils ne se trouvaient même pas ici, à l'époque, et ils étaient trop jeunes pour partir en guerre. Qui aurait l'idée de voir un rapport entre eux, Montou et Senmout ?

— Le lieutenant Bak.

Pas démonté le moins du monde, Kasaya jeta le petit pain sur Psouro, qui s'apprêta à son tour à s'en servir comme projectile. Bak posa sur lui un regard dur et insistant. Avec un sourire penaud, le Medjai rompit le pain et en avala une bouchée.

— Psouro, tu iras trouver le scribe en chef. Je lui ai demandé hier d'établir une liste de tous les rescapés. Elle devrait déjà être prête.

Bak chercha des yeux le document, signé de Thouti, lui conférant toute autorité sur Abou. Il comptait se rendre aux archives de la garnison et consulter des papyrus auxquels un simple officier n'avait pas accès d'ordinaire. Si le capitaine Antef n'était pas là ou refusait de l'y autoriser, le message de Thouti lui ouvrirait les portes.

— Barre les noms de ceux qui ne sont plus et découvre ce qu'il est advenu des autres.

— Prions pour qu'au moins un d'entre eux vive encore, dit Kasaya.

— Et pour qu'il habite à proximité, ajouta Psouro.

Le quartier général de la garnison était situé dans une rangée de bâtiments reliés entre eux, séparés des baraquements par une rue étroite. Les lieux avaient été modifiés au fil des ans par l'ajout ou la suppression de murs, et l'on avait percé des portes pour faciliter la circulation à travers les édifices. Seule demeurait relativement inchangée la résidence du commandant, une simple maison à un étage, avec les bureaux au rez-de-chaussée et les quartiers d'habitation au premier.

Après avoir passé plus d'une année au sein des hautes murailles fortifiées de Bouhen, Bak trouvait étrange une garnison sans enceinte, entourée d'ateliers et de quartiers fourmillants de population. D'autant qu'Abou avait été naguère la cité la plus méridionale de Kemet, une ville frontière d'où les armées partaient pacifier les contrées sauvages du Sud. Elles avaient ouvert la voie aux expéditions commerciales menées par les gouverneurs de la province, ces hommes au cœur vaillant que Djehouti se plaisait à présenter comme ses ancêtres.

Sur les indications du garde posté à l'entrée, Bak traversa la salle d'audience à piliers et pénétra dans une chambre rectangulaire où travaillaient une demi-douzaine de scribes. Il se présenta à leur chef, un homme frêle qui avait au cou une petite marque de naissance. Il était assis par terre, en face des autres. Les subalternes examinèrent le policier furtivement, la venue de toute personne étrangère à leur service constituant une agréable distraction.

— Je crois que le capitaine Antef est parti pour les carrières ? dit Bak.

— C'est exact, lieutenant. Peu après l'aube, il a été averti d'un accident. Un de ses soldats a reçu un gros bloc de pierre sur la jambe, expliqua le scribe en chef, qui dissimulait mal son inquiétude. D'après le messager, il faudra amputer. L'homme va perdre sa jambe.

« Et probablement la vie », pensa Bak avec un frisson. De telles blessures ne laissaient pratiquement aucune chance de guérison. On ne pouvait plus espérer qu'en l'intervention des dieux.

— Je m'entretiendrai avec Antef plus tard. En attendant, j'aimerais voir plusieurs documents que tu as certainement dans tes archives.

Le scribe en chef cessa de penser au soldat blessé et se rembrunit.

— Navré, lieutenant, mais c'est impossible sans l'accord du capitaine.

Bak lui tendit le document préparé par Thouti. Le scribe en prit connaissance puis le lut une seconde fois. Avec un soupir de résignation presque imperceptible, il le roula et le rendit au visiteur.

— Que désires-tu ?

— D'abord, la main courante où il est fait mention d'une tempête de sable survenue il y a cinq ans. J'aimerais aussi consulter le rapport du commandant concernant la catastrophe. Et toutes les écritures relatives aux deux derniers mois.

Bak comptait lire les commentaires inscrits les jours où les meurtres s'étaient produits. Le scribe se permit un regard curieux.

— Si tu veux bien m'attendre dans la salle de réception, lieutenant, je te les apporte immédiatement.

Bak écouta sa suggestion et s'assit sur un banc de bois placé contre le mur. Des scribes allaient et venaient, des sergents se présentaient au rapport devant des sous-officiers, le chef armurier vint se plaindre de la mauvaise qualité des lances reçues de la capitale. La plupart oublièrent Bak après lui avoir jeté un coup d'œil, le prenant simplement pour un quelconque officier de passage.

Après un laps de temps étonnamment bref, le scribe en chef lui remit un panier renfermant plusieurs rouleaux de papyrus et se hâta de retourner à sa besogne. Bak feuilleta les documents jusqu'à ce qu'il ait trouvé le rapport officiel sur la tempête, daté « An 5 du règne de Maakarê Hatchepsout, saison des moissons ». Djehouti, qui commandait la garnison, l'avait rédigé plus d'une semaine après les faits, une fois le dernier des survivants revenu à Abou. Il fournissait nombre de détails, mais aucun qui puisse le discréditer, lui ou ses troupes. Rien de bien surprenant là-dedans.

Bak déroula la main courante correspondante et la parcourut des yeux. Les références à la tempête étaient succinctes. La disparition de plus de cent hommes et d'une bonne soixantaine d'ânes était relatée avec un laconisme, une désinvolture qui révoltèrent le policier.

Il tira les derniers rouleaux du panier afin de les trier par date. Ils se révélèrent pour le moins décevants. Comme aucune des victimes n'était cantonnée à la garnison et qu'aucun des meurtres ne s'y était produit, on n'y faisait tout simplement pas allusion.

Bak gravit une pente de sable blond tiédi par le soleil du matin. Devant lui, une masse de pierre rougeâtre, surgie du paysage stérile, barrait une grande partie de l'horizon. La distance et les ondes de chaleur donnaient aux ouvriers l'apparence de personnages en bâtonnets, s'affairant dans cette carrière de granit comme le désert en comptait plusieurs au sud de Souenet. Au pied de la face rocheuse, un petit groupe d'hommes, nus hormis les pagnes courts ceignant leurs reins, entouraient un objet volumineux mais pour l'instant impossible à distinguer. Deux silhouettes se tenaient légèrement à l'écart : le capitaine Antef et un scribe.

Bak se dirigea vers eux, s'enfonçant dans le sable jusqu'aux chevilles. Un sergent se détachait d'un groupe et s'avançait vers Antef, quand il aperçut le policier et tendit le doigt dans sa direction. Le capitaine fit volte-face, les poings sur les hanches, et secoua la tête. Bak ne put distinguer son expression, mais toute son attitude trahissait l'aversion.

Il fut surpris qu'Antef manque de considération envers un autre officier devant ses hommes. Il était certain que ce n'était pas dirigé contre lui personnellement, mais contre la mission qu'il devait remplir, les questions qu'il lui faudrait poser. Néanmoins, un tel accueil était blessant.

— Capitaine Antef ! Puis-je te dire un mot ?

— Lieutenant Bak ! répondit le soldat sur le même ton. Si ce n'est qu'un mot, soit. Je n'ai pas de temps à perdre en conversations oiseuses.

Bak regarda ostensiblement les hommes qui s'activaient, sous la direction experte d'une demi-douzaine de contremaîtres, autour d'une statue plus grande que nature de Maakarê Hatchepsout représentée en Osiris. Les détails du visage et de la silhouette n'étaient encore ni sculptés ni polis ; ces deux opérations ne seraient accomplies qu'une fois atteinte la destination finale, dans la lointaine Ouaset.

Les lèvres d'Antef frémirent comme s'il se rendait compte qu'il s'était exprimé d'une manière terriblement pompeuse, mais il conserva son sérieux.

— Djehouti a promis que cette maudite statue serait expédiée aujourd'hui. Je suis ici pour veiller à ce que ce soit fait.

— Un de tes hommes a été victime d'un accident. J'espère que ce n'est pas aussi grave qu'on me l'a laissé entendre ?

— Cette maudite statue a roulé sur lui. Par la grâce de Khnoum, il s'est enfoncé dans du sable meuble. Il en est quitte pour une sérieuse blessure d'amour-propre, et une ecchymose qui lui vaudra quelques jours de repos à Abou.

Tranquillisé, Bak en revint à son propos :

— Mes questions risquent de distraire ton attention de temps en temps, toutefois elles ne t'empêcheront pas d'exécuter ta tâche.

A nouveau Antef faillit sourire. Bak eut l'impression qu'il aurait apprécié cet homme en d'autres circonstances.

— Interroge-moi comme tu l'entends. Si je sens que tu me gênes, tu partiras, que ça te plaise ou non.

— Toi qui es responsable de cette garnison, n'apprécierais-tu pas de voir rétablir l'équilibre des plateaux de la justice ?

Sans mot dire, Antef s'éloigna. Il se fraya un chemin à travers le cercle d'hommes autour de la statue et, contournant la tête grossièrement taillée, se dirigea vers deux soldats qui venaient d'apporter des pelles. Bak le suivit de loin et resta en retrait. Un traîneau, constitué de deux patins reliés par d'épaisses traverses, attendait de l'autre côté de la statue. Les cristaux scintillaient dans le granit fraîchement taillé, qui prenait la nuance rose foncé tant prisée par la maison royale de Kemet.

— Depuis le temps, vous connaissez la marche à suivre, dit Antef à ses hommes. Creusez une longue tranchée le long de la statue. Enterrez-y le traîneau jusqu'aux traverses, après quoi il n'y aura plus qu'à tirer la statue pour qu'elle repose dessus.

Il rejoignit Bak et l'entraîna plus loin afin de pouvoir parler sans être entendu.

— Oui, lieutenant, je suis responsable de cette garnison. C'est donc à moi qu'on aurait dû confier ton enquête.

— Je ne doute pas que tu sois un excellent officier, dit Bak, essayant de joindre le tact à la franchise. Mais tu n'as aucune expérience pour sonder le cœur de ceux qui se détournent de Maât et agissent à leur guise, y compris en assassinant les autres.

— Je sers dans l'armée depuis l'âge de quinze ans. J'ai passé mes nuits dans les baraquements et mes journées sur le terrain de manœuvres. Si nous devions partir en guerre, j'occuperais une tente sur le champ de bataille. Je m'y connais en hommes, lieutenant.

— Les hommes ordinaires, respectueux des divinités, ont peu en commun avec les criminels que j'ai mis sous les verrous.

— Les hommes restent des hommes, répliqua Antef, la mâchoire crispée.

Bak comprit qu'il aurait beau le raisonner, il ne pourrait le convaincre.

— As-tu été frappé par l'intervalle de dix jours entre les meurtres ? Ou par le rang de plus en plus élevé des victimes ?

— Non, bougonna Antef. Trop d'entre ces morts semblaient accidentelles.

— T'est-il apparu que deux des victimes avaient réchappé à la terrible tempête de sable d'il y a cinq ans, et que deux autres étaient les fils de survivants ?

— Je savais que Montou et Senmout avaient connu cette épreuve, répondit Antef, soudain pensif. Quant au père de Nakht... Ma foi, oui, je le savais. Le père de Dedi y aurait également survécu ?

— Il était lieutenant à Abou.

Bak poursuivit alors en exposant ce qu'il avait découvert grâce aux archives de Simout.

— Mon capitaine ! appela le sergent.

Antef secoua la tête comme pour en chasser tout ce qu'il venait d'apprendre et se dirigea d'un pas énergique vers les soldats rassemblés autour de la lourde effigie de pierre. Bak resta à bonne distance.

Deux hommes s'agenouillèrent pour dégager le sable sous la statue. Ils mirent à nu cinq rouleaux de bois qui avaient été insérés à mesure qu'elle était détachée de la paroi, puis ils glissèrent quatre gros cordages dans l'espace ainsi ménagé. Ceux-ci furent enroulés tout autour de la statue et ramenés parallèlement les uns aux autres en travers du traîneau et du sable.

Le sergent aboya un ordre. Les hommes se postèrent le long des cordes, dix dans chaque équipe, le dos tourné à leur fardeau. Après s'être assuré que les câbles ne s'emmêleraient pas, le sergent donna le signal.

Les hommes s'arc-boutèrent, muscles bandés, la sueur coulant sur leur corps et leur visage. Les cordes se tendirent, et la statue progressait lentement sur les rouleaux en direction du traîneau quand un homme glissa, entraînant ses voisins dans sa chute. Trois cordages retombèrent, le quatrième resta tendu. La statue commença à osciller.

— Lâchez tout ! cria Antef.

Les haleurs obéirent comme si la corde leur brûlait les doigts. Celle-ci se tordit dans le sable, dispersant les hommes sur son passage, et la statue s'immobilisa sur quatre des billots de bois.

Antef adressa à Bak un bref sourire de soulagement, marmonna une prière hâtive pour remercier Khnoum qu'aucun dommage n'ait été causé, et accorda une pause générale. Quelques hommes se laissèrent tomber là où ils étaient ; les autres traversèrent l'étendue de sable avec lassitude, vers un groupe d'ânes chargés d'outres.

Le capitaine s'adossa contre la muraille de granit irrégulière, meurtrie par les maillets de dolorite utilisés pour détacher le bloc de pierre dont la statue serait formée.

— J'ai entendu parler d'hommes pris dans une tempête de sable ou perdus dans le désert, qui durent errer pendant des jours sans nourriture et sans eau. Un véritable voyage dans le ventre d'Apopis, dont ils sortirent marqués pour toute leur vie. Pourquoi voudrait-on assassiner des êtres qui ont tant souffert ?

— Et pourquoi tuer leurs fils, qui n'avaient rien à voir avec la tempête ? renchérit Bak en s'asseyant sur les jambes de la statue.

Antef fixa ses mains, incapable de répondre. Puis il releva la tête.

— Tu n'as rien dit au sujet d'Hatnofer.

— Pour l'instant, je n'ai pas trouvé de lien qui l'unisse à l'un quelconque des survivants.

— Cela ne m'étonne guère. Elle pouvait se montrer chaleureuse, voire amicale quand elle le voulait, mais elle tenait tous ceux qui la connaissaient à distance. A ta place, je ne me raccrocherais pas trop à ta fameuse théorie. Elle pourrait révéler ses lacunes... et les tiennes.

Cette réflexion vexa Bak, de même que le sourire narquois d'Antef.

— Je sais, répliqua-t-il, que tu étais un nouveau venu à Abou lorsque tu remplaças Djehouti comme chef de cette garnison. Je sais aussi que tu perdis un proche au cours de la tempête.

Il feignait d'être mieux informé qu'il ne l'était en vérité. Antef le jaugea longuement des yeux.

— J'ignorais qu'on trouvait des informations si personnelles dans les archives d'une garnison.

— Je connais les faits dans leurs grandes lignes, cependant il me faut des détails, prétendit Bak, bien décidé à ne pas trahir Khaouet à cet homme qui en était amoureux.

— Ah ! Je commence à comprendre. Tu as franchi un pas supplémentaire. Après avoir démontré que les victimes avaient survécu à la tempête, tu orientes tes soupçons vers les proches des soldats disparus.

— Je recherche simplement la vérité.

Antef rit d'un air sardonique et se leva.

— Tu t'apercevras qu'à Abou la vérité revêt bien des visages, lieutenant.

— C'est ce que j'ai remarqué, riposta Bak, se levant à son tour pour lui faire face. Alors, préfères-tu que j'apprenne ce qui s'est passé par quelqu'un d'autre, ou par ta propre bouche ?

Antef le fixa sans rien trahir de ses pensées et laissa le silence s'installer entre eux. Les coups de maillet portaient au loin. Quelques membres de la troupe s'étaient remis tout doucement au travail, mais dans leur majorité, ils ne semblaient pas pressés de regagner leur poste.

— Viens, dit Antef. J'ai quelque chose à te montrer.

Il s'éloigna dans le sable en longeant la carrière. Bak ne pouvait imaginer où ils allaient.

— J'ai perdu un oncle au cours de cette tempête. Vais-je faire comme si tu ne savais rien et tout te raconter en détail ?

Bak aurait juré que l'officier dissimulait un sourire taquin.

— Je laisse cela à ton appréciation.

Un homme proféra une litanie de jurons. Agenouillé sur une arête, un maillet à la main, il suçait son doigt douloureux. Un soldat, comprit Bak, enrôlé comme tailleur de pierre, et malhabile avec les outils d'une profession qu'il devait avoir prise en horreur. Le capitaine continua à marcher sans se préoccuper d'un incident si courant.

— Enfant, je vivais dans un petit domaine près de la capitale provinciale de Siout. Mon père labourait et plantait pour notre maître ; ma mère servait notre maîtresse. Je n'avais pas d'autre avenir que la terre. Jusqu'à ce que mon oncle, qui avait embrassé la carrière militaire, me prenne chez lui, à Mennoufer. Il était lieutenant dans l'infanterie et souhaitait que je suive la même voie. Il y a près de vingt ans, quand je fus en âge d'entrer dans l'armée, on le transféra à Abou. Il m'y emmena avec lui. Djehouti se trouvait ici à l'époque ; il était lieutenant, et affecté dans cette garnison en attendant un poste plus conforme à ses désirs. Il refusa de m'incorporer, ayant déjà, dit-il, bien assez de jeunes lanciers inexpérimentés à Abou même. Mon oncle n'eut pas le choix : il me renvoya à Siout et à la vie que je croyais avoir laissée pour toujours derrière moi.

— Je comprends ton aversion envers Djehouti !

— Par bonheur, les dieux me furent propices. Un ami de mon oncle, lieutenant à Mennoufer, m'offrit une place dans son unité. Grâce à ses conseils et à mon aptitude naturelle pour l'art de la guerre, je sortis rapidement du rang. Mon oncle revint à Mennoufer et le temps passa. J'étais déjà parvenu au grade de capitaine lorsqu'il fut de nouveau muté à Abou. La suite, tu la connais : il disparut dans le désert.

— Djehouti se souvenait-il de toi ?

— Non, répondit Antef avec un rire dur et cynique. A ses yeux, je n'avais alors pas plus de valeur qu'un âne ou un bœuf, comme les soldats que tu vois là-bas.

Sa main décrivit un arc de cercle pour englober la carrière d'un bout à l'autre.

Bak regarda quatre hommes, qui s'étaient agenouillés sur une surface aplanie par de précédents travaux pour y tailler une colonne carrée ou un obélisque. Au moyen d'un cordeau tendu en travers de la pierre, ils martelaient leur ciseau à l'aide de lourds maillets pour creuser une rangée d'entailles dans le granit. Des coins de bois saillaient de celles déjà pratiquées le long du cordeau. Plus tard, on verserait de l'eau sur les coins, qui en gonflant fractureraient le roc.

— Ces hommes font aussi partie de tes troupes ? s'étonna Bak. Un tel travail nécessite des artisans !

— Ah bon ? dit Antef, sarcastique. Mais pourquoi Djehouti ferait-il appel à des tailleurs de pierre qualifiés, qu'il faudrait loger et nourrir en plus de mes hommes ?

Sans attendre de réponse et mû par la colère, il reprit sa marche si vite que Bak dut allonger le pas. Ils contournèrent un doigt de granit et tombèrent sur une excavation circulaire, isolée du reste de la carrière par un surplomb. Sans l'écho assourdi des maillets, Bak aurait pu croire qu'ils étaient coupés du monde.

Antef lui montra un énorme bloc de granit rouge, de forme rectangulaire avec des coins arrondis à une extrémité. Avant même de voir l'intérieur partiellement évidé, Bak sut qu'il s'agissait d'un sarcophage. Seule la famille royale pouvait commander de la pierre dure pour sa sépulture éternelle. Celle-ci était sans doute destinée à Maakarê Hatchepsout ou à Menkheperrê Touthmosis. A la souveraine, plus probablement, car la construction de son temple commémoratif était presque achevée.

Bak s'approcha, se demandant où étaient les hommes qui auraient dû terminer les préparatifs. Une fêlure irrégulière à mi-hauteur lui fit comprendre pourquoi le cercueil avait été abandonné.

— Maakarê Hatchepsout n'a pas dû être très satisfaite quand elle a appris qu'elle ne reposerait jamais dedans.

— Cette splendeur insensée a été commandée par et pour Senenmout, son plus proche conseiller. La reine ne sait rien à ce sujet, et je prie Khnoum pour que jamais elle ne le découvre.

Bak avait entendu parler de l'arrogance de l'intendant,

mais rien n'approchait de ce qu'il venait d'apprendre. Antef poursuivit d'une voix méprisante :

— Djehouti a accepté, tout sourires et courbettes, que nous exécutions cette commande en secret. Un imbécile rendant hommage à celui qui peut tomber du faîte en un clin d'œil, entraînant tous les autres dans sa chute.

Bak comprenait mieux la colère du capitaine. Il avait, certes, un lourd fardeau à supporter.

— D'après ce que l'on dit de Senenmout, il ne renonce pas facilement.

— En ce moment même, on taille un nouveau sarcophage dans une carrière au nord d'Abou. En quartzite. Pas aussi splendide que celui-ci, mais plus que satisfaisant. Un cercueil digne d'un roi.

— Pourquoi me racontes-tu tout cela ? voulut savoir le policier, soudain pensif. Tu ne m'as pas caché le peu de confiance que je t'inspire. Espères-tu que j'informerai la capitale de cet outrage ?

— Tu crois apparemment que je pourrais, sans un remords, tuer cinq innocents pour me venger d'un tort que Djehouti m'aurait infligé autrefois. Maintenant, dis-moi, lieutenant : pourquoi agirais-je ainsi, quand chaque jour qui passe ce porc me donne de plus grandes raisons de souhaiter le voir victime de ses propres transgressions ?

Bak songea que c'était là un argument. Oui, un argument solide.

Bak et Psouro poussèrent la barque vers le limon fertile. La coque plate arracha la surface sèche et craquelée, révélant le sol encore détrempé après la décrue. La pente se fit plus raide. Le bateau leur échappa, dévala la berge glissante, puis la proue heurta l'eau dans une grande gerbe d'éclaboussures. Ils s'élancèrent à sa suite et pataugèrent avant de pouvoir se hisser à bord. Psouro prit les rames et propulsa l'esquif vers des eaux plus profondes, pendant que Bak s'installait au gouvernail.

— Ouser, c'est ainsi qu'il s'appelle ?

— Oui, chef. Il était lancier, en ce temps-là.

— Amon soit loué, tu l'as trouvé ! Tu as fait du bon travail, Psouro. Je craignais que tous les survivants résident désormais bien loin, sinon dans le Champ des Joncs.

Le Medjai évita une île minuscule couronnée par un acacia solitaire. D'autres, grandes et petites, abondaient à perte de vue. Les rapides qui les séparaient, dont l'écume dissimulait des écueils à fleur d'eau, s'assécheraient et disparaîtraient au fil des prochains mois. Psouro repéra un passage large et tranquille qui promettait de les emporter vers le nord sans trop d'efforts. Il remonta l'une des rames et conserva sa prise sur l'autre par précaution.

— Ouser vit sur une île en amont des rapides, expliqua-t-il. Il ne vient pas souvent à Abou. J'ai eu de la chance de le trouver au marché.

— Il est devenu cultivateur ? interrogea Bak.

Il rapprocha de lui un panier dont il souleva le couvercle. Il en sortit une miche de pain allongée, en coupa un morceau qu'il garnit d'une tranche de bœuf braisé avant de le tendre à son compagnon.

— Merci, chef. Oui, il élève des oies et vend les œufs, essentiellement aux équipages qui s'apprêtent à remonter le fleuve ou qui déchargent les produits de la lointaine Kouch, au moment de les faire transporter par voie de terre pour éviter les rapides.

— Il m'a tout l'air d'être un gaillard entreprenant.

Bak se rappela les présents indésirables, si lourds de menace, et demanda d'un ton sec :

— J'espère que tu ne lui as pas dit de nous rejoindre chez nous ?

Le Medjai, la bouche pleine, secoua la tête avec vigueur. Bak sortit deux cruches de bière du panier et lui en offrit une. Psouro finit d'avaler et porta le récipient à ses lèvres.

— J'ai proposé la maison de plaisir de Pahared, mais il a refusé tout net. J'avais commencé par lui expliquer pourquoi tu voulais le rencontrer et j'avais parlé des meurtres. Il a compris tout de suite qu'Abou et Souenet étaient on ne peut plus malsains pour ceux qui avaient survécu à la tempête, et il a préféré ne pas s'éterniser. Dès qu'il a troqué ses œufs contre les denrées qu'il était venu chercher, il est reparti chez lui par le fleuve.

Bak approuvait le bon sens et la prudence de cet homme, mais ce retard le contrariait vivement. Plus que six jours, et Djehouti serait confronté à la mort !

— Combien de temps me faudra-t-il attendre avant de lui parler ?

— Nous devons nous retrouver demain matin en terrain neutre, sur une île située au sud d'Abou. C'est un endroit où des générations d'hommes ont laissé des inscriptions sur les rochers, afin que nul n'oublie leur passage. Il ne veut pas que nous approchions de sa maison, de crainte que le meurtrier ne nous suive et ne l'ajoute à sa liste de victimes.

« Croit-il que nous fassions si peu de cas de la vie d'autrui ? » se demanda Bak, mais il refréna vite son irritation. Après tout, qui pouvait blâmer cet homme de s'entourer de précautions ?

Bak quitta la barque et envoya Psouro à Souenet, pour trouver des objets à échanger contre les informations d'Ouser. Il demeura quelques instants sur le ponton, au bas de la résidence du gouverneur, décidant où il irait ensuite, qui il interrogerait, puis il monta les marches. Un petit serpent brun fila dans une fente entre des rochers. Un moineau pépiait dans un acacia. Alors que le policier avait gravi le tiers de l'escalier, un son... Un chuchotement... Il ne savait quoi... mit ses sens en alerte. Il s'arrêta, regarda autour de lui sans rien remarquer. Sans le silence soudain de l'oiseau, il se serait cru le jouet de son imagination.

Il se remit à monter, plus vite, sur le qui-vive. Un autre chuchotement, et une flèche passa entre son bras et son torse, manquant de peu ses côtes. Il se jeta dans les fourrés.

Une troisième flèche se planta tout près de sa jambe.

L'archer n'était pas maladroit, mais un expert aurait tiré moins bas. Résolu à apercevoir l'homme quitte à prendre des risques, Bak s'assura que sa dague était toujours en place et escalada la pente abrupte, la tête et les épaules rentrées, abrité par les feuillages. Des branches fines s'accrochaient à ses cheveux, griffaient ses bras et ses jambes. Une nouvelle flèche se ficha dans un tronc, et il crut en entendre une autre derrière lui, à travers les frondaisons.

Haletant, égratigné et sale, il regarda à travers un écran de broussailles au sommet de la pente. Les flèches provenaient de la gauche, de la résidence de Nebmosé ou de la ville au-delà. Vu l'angle de tir réduit, l'homme avait dû se placer sur un haut mur, ou sur un toit.

Rien ne bougeait. L'auteur d'une embuscade s'attardait rarement, que sa mission ait réussi ou échoué. Par conséquent, il laissait souvent des traces susceptibles de le trahir. De peur que l'assaillant ait été plus téméraire, Bak resta courbé et courut en zigzag vers la propriété du gouverneur. Il fit irruption à l'intérieur. Le garde assis sur les marches de la petite guérite souleva sa tête posée sur ses genoux, les paupières lourdes. Il s'était assoupi. On n'aurait pu franchir la porte à son insu, toutefois il n'aurait pas été réveillé par un archer sur un mur ou sur un toit tout proche.

Ne perdant pas de temps à le questionner, Bak repéra les coins propices à une embuscade. Il ressortit, courut le long de l'enceinte et tourna dans la ruelle qui conduisait à la demeure voisine. L'entrée principale était fermée par une barre, comme quelques jours plus tôt.

Il recula et prit son élan pour l'escalader, car l'extérieur n'offrait aucune aspérité. Sa main droite s'accrocha au sommet et il resta suspendu, les doigts crispés. Alors qu'il allait glisser, il parvint, d'un sursaut, à trouver prise de la main gauche. Il s'éleva jusqu'aux épaules et scruta les bâtiments visibles, en accordant une attention particulière aux toits les plus élevés. Quand il fut raisonnablement sûr qu'il ne risquait rien, il se hissa sur le mur par un effort de tous ses muscles, passa ses jambes de l'autre côté et se laissa tomber sur le chemin dans un grand nuage de poussière.

— Hé ! cria quelqu'un. Halte-là !

Bak sursauta et se retourna. Il ne vit personne dans le petit édifice funéraire ni dans le jardin.

— Bras et jambes écartés ! ordonna la voix, du coin d'une maison.

Priant pour que ce soit un garde, pour n'être pas tombé entre les mains du meurtrier, Bak obtempéra. Un homme apparut, lance en avant : le jeune Nenou. Son expression révéla qu'il reconnaissait l'intrus. Bouche bée, il abaissa son arme.

Bak poussa un très long soupir de soulagement.

8

— Une chance qu'il ne t'ait pas tiré dessus, chef ! remarqua Kasaya.

Bak esquissa un sourire.

— Tu n'imagines pas avec quelle ferveur j'ai remercié Amon d'être tombé sur un garde qui me connaissait.

Le jeune Medjai se débattait avec la voile et réorientait les espars pour la centième fois en moins d'une heure. A peine commençait-il à se détendre que la brise tournait, et la lourde toile dégonflée pendait en frémissant. Si gai et endurant que fût Kasaya, cette courte descente sur le fleuve mettait sa patience à rude épreuve.

— Ça me surprend qu'il n'ait pas tiré d'abord et regardé ensuite, commenta-t-il. Les gardes du gouverneur n'ont pas beaucoup d'entraînement, surtout les jeunes comme Nenou. Et avec ces meurtres si nombreux qu'on peut à peine les compter sur les doigts d'une seule main, ils sont tous nerveux comme des gazelles poursuivies par une meute de chiens.

— Voici sûrement l'île où nous trouverons Inenii, annonça Bak, assis à la proue, en indiquant un petit tertre de végétation sur le fleuve devant eux.

De loin, on aurait dit un bout de fertilité égaré, coupé de l'étroit ruban de terres cultivées entre la rive et les sables stériles du désert.

— Par Amon, ce n'est pas trop tôt ! marmonna

Kasaya en laissant tomber la voile pour s'emparer des rames.

— On pourrait croire que la peur tiendrait ces gardes en alerte, pourtant Nenou jure qu'il n'a vu personne.

Bak rageait encore chaque fois qu'il pensait au grand garde un peu benêt qui ne voyait rien, n'entendait rien et effectuait ses rondes sans plus d'intelligence que la statue inachevée que les soldats d'Antef avaient chargée sur une barge.

— Probable qu'il dormait, comme la sentinelle à l'entrée.

— Il a sillonné la propriété toute la matinée, du moins, à ce qu'il prétend, répondit Bak, qui partageait le scepticisme de son Medjai. Quand j'ai perdu tout espoir de retrouver l'archer, je suis allé voir Amonhotep. Il admet que les gardes manquent de sérieux et m'a promis de les exhorter à plus de vigilance.

— Il y a intérêt à ouvrir l'œil, derrière ces murs. Moi-même, chaque fois que je mets les pieds à l'intérieur, je ne me sens pas tranquille.

Bak lui lança un regard pénétrant. Sa propre émotion d'avoir été pris pour cible s'était vite muée en colère, et cette mésaventure renforçait son sentiment que la prudence s'imposait.

— Si les gardes ont peur et si toi, un étranger, tu te sens menacé, les serviteurs doivent être terrifiés.

— Ils courent d'une pièce à l'autre comme des souris devant un chat.

Kasaya releva ses rames et laissa leur petite barque dériver vers deux esquifs tirés sur le rivage.

— Seule la fermeté de dame Khaouet les empêche de céder complètement à la panique.

Bak sourit en se rappelant la dernière fois qu'il l'avait vue.

— Ils devraient remercier les dieux qu'elle soit là. Pour une femme qui en laissait une autre régenter sa maison, elle a pris les rênes avec une poigne admirable.

— Je parie qu'elle ferait un meilleur gouverneur que son père, approuva Kasaya en riant.

Bak se figea à ces mots. Pourquoi n'y avait-il pas songé plus tôt ?

— Tu vas veiller sur elle, Kasaya. J'ai cru dès le début que Djehouti serait le prochain sur la liste, mais si je me trompais ? Si le meurtrier s'en prenait à ce qu'il a de plus cher au monde — sa fille unique ?

Bak quitta l'esquif et recommanda à Kasaya de regagner au plus vite la résidence. Il s'accrochait à sa conviction que le tueur ne frapperait que dix jours après la mort d'Hatnofer, néanmoins mieux valait prendre des précautions. Il pourrait retourner à Abou avec Inenii, ou même à pied, s'il le fallait.

Tout à coup, il se rendit compte qu'il avait omis de dire à ses hommes de guetter le visiteur qui déposait chez eux ses cadeaux empoisonnés. Il faillit héler Kasaya, puis se ravisa. En lui tendant cette embuscade, l'ennemi était passé à un registre supérieur. Il en avait sans doute fini avec les menaces plus subtiles.

Bak suivit un sentier à travers des herbages dans lesquels il s'enfonçait jusqu'aux genoux et des broussailles si élevées qu'il ne pouvait voir au-delà. Souvent, il marchait dans des flaques, des mares laissées par la récente inondation et cachées sous le feuillage épais. Dans cette chaleur humide, son torse ruisselait de sueur. L'île n'était qu'un immense banc de sable, sauvé de l'engloutissement par sa végétation luxuriante. Le fleuve avait déposé ce havre provisoire et l'emporterait un jour. Le dieu Hapy, dans ce qu'il avait de meilleur et de pire.

Quelque part en avant, un hennissement se fit entendre. Le cœur de Bak s'accéléra et il pressa le pas. De ses années dans le corps des chars, il avait conservé une profonde affection pour ces grands animaux gracieux, avec qui se nouaient des liens de complicité. Un instant, il éprouva du regret... Non, son métier de policier lui convenait mieux. Il présentait des défis à son intelligence, outre ses capacités physiques. Bak ne pouvait ni ne voulait revenir en arrière.

Il traversa des fourrés de vignes sauvages. Devant lui s'étendait un pâturage aux herbes si hautes qu'elles effleuraient le ventre de cinquante vaches tachetées de roux et de blanc. Deux petits bouviers assis sur un tertre surveillaient le troupeau. Des chiens noirs et bouclés étaient allongés dans l'herbe autour d'eux.

Les garçons aperçurent Bak, qui agita la main pour les saluer. L'un d'eux se leva, porta ses doigts à ses lèvres et modula un long sifflement pour signaler l'arrivée d'un étranger. « Ils avertissent leur père, pensa Bak, et Inenii, et peut-être d'autres qui accourront en cas de besoin. » Il s'avança parmi les bêtes qui paissaient, plus grasses et vigoureuses qu'il n'en avait jamais vu. De petits oiseaux bruns accrochés à leur échine et à leur dos picoraient des insectes, tandis que des aigrettes becquetaient le sol détrempé autour de leurs sabots. Inenii avait parlé de son don pour l'élevage. A en juger d'après son bétail, il n'avait pas exagéré.

Au moment où Bak dépassait le troupeau, le fils du gouverneur et un homme à l'air dur, au nez busqué, sortirent du fleuve. Tous deux étaient munis de solides gourdins de bois qu'ils semblaient prêts à utiliser.

Derrière eux, une trentaine de chevaux s'ébattaient dans l'eau, où ils étaient entrés jusqu'au poitrail. Ils hennissaient, soufflaient bruyamment par leurs naseaux, secouaient leur longue crinière pour le pur plaisir de se sentir vivants. La moitié d'entre eux étaient d'un brun doré intense, les autres blancs, gris ou noirs. Un gamin d'une douzaine d'années était monté à califourchon sur un étalon noir à l'encolure puissante — celui du pays des Hatti, dont Inenii avait fait mention quelques jours plus tôt. Trois hommes passaient parmi eux, marchant ou nageant. Ils apaisaient les animaux de leurs mains et de leurs voix douces, tout en observant Bak avec prudence. Près de la berge, un deuxième enfant s'occupait d'une dizaine de poulains.

— C'est donc toi, dit Inenii d'un ton froid et hostile.

— Réserves-tu toujours cet accueil amical à tes visiteurs ? ironisa Bak, désignant les armes d'un geste du menton. Ou est-ce l'apanage des officiers de police ?

— Si tu viens sur l'ordre de Djehouti, lieutenant, tu perds ton temps, répliqua Inenii avec colère.

— Je n'obéis à personne hormis au commandant Thouti.

Bak était intrigué par les gourdins, par cette attitude défensive. La punition encourue pour le vol de chevaux était si terrible que peu d'hommes en auraient pris le risque. Même les nomades succombaient rarement à la tentation, dissuadés par la crainte du pal.

Mais Inenii, ulcéré, ne prêta pas attention à la réponse de Bak.

— Je gère le domaine de Noubt comme je le juge bon, et je ne dilapiderai pas ses richesses pour céder à un caprice.

— Je cherche des informations, c'est tout, répondit Bak avec sévérité. Allez-vous lâcher ces gourdins et me laisser mener mon enquête ?

Inenii baissa son arme et fixa Bak d'un air confus.

— Ce n'est donc pas Djehouti qui t'envoie ? Tu n'es pas là pour veiller à ce que ces chevaux soient livrés au marché aux bestiaux de Souenet ?

— Tu vendrais ces animaux magnifiques ?

— Djehouti me l'a ordonné, répondit Inenii d'une voix vibrante de colère et de révolte.

— Tu es décidé à t'y opposer ?

— Sans hésitation. Le chef d'une tribu nomade, qui parcourt les sables brûlants tout au long de l'année, est venu trouver maintes fois Djehouti pour réclamer des chevaux. Il y a deux jours il est revenu, et mon père a consenti à échanger le troupeau, même l'étalon.

Bak étouffa un juron, consterné par un geste aussi inconsidéré.

— Je connais ces gens, reprit Inenii. Ils sont sauvages, passionnés et dénués de tout sens pratique. Si les chevaux ne meurent pas faute de soins et de nourriture, ils les monteront jusqu'à ce qu'ils crèvent et ensuite ils les mangeront. Je ne le permettrai pas.

— Où les cacheras-tu ? s'enquit Bak, qui ajouta aussitôt : Non, ne me dis rien. Je suis à Abou pour traquer un meurtrier, pas pour m'interposer entre un fils et un père.

Le rire d'Inenii, bien que n'exprimant aucune joie, ne rompit pas moins la tension qui les opposait.

— Je remercie Khnoum que tu ressentes le même amour que moi envers les chevaux, lieutenant.

Bak lui pressa l'épaule et dit en souriant :

— Si je réintègre un jour le régiment d'Amon, il me faudra un jeune attelage. Je sais maintenant où le trouver.

Inenii se détourna, étreint par une émotion peu virile qu'il dissimula en appelant ses hommes dispersés dans l'eau.

— Faites-les sortir et séchez-les ! Nous devons nous préparer au départ.

Ils regardèrent leur chef, Bak puis l'homme au nez busqué, déconcertés par cet ordre subit.

— Remuez-vous, bande de traînards ! lança Inenii. On a des chevaux à sauver !

Le garçon, radieux, fit faire volte-face à l'étalon noir et le guida vers la rive. Les autres chevaux le suivirent, encouragés par une tape sur la croupe, au milieu des rires et de la bonne humeur. Les poulains remontèrent sur la terre ferme, impatients de rejoindre leur mère. Bak avait rarement vu des bêtes aussi splendides. Toutes étaient fougueuses et pourtant dociles. Il fut pris du désir de choisir une paire bien assortie, de la harnacher à un char, de sentir les rênes dans ses mains et la vitesse dans tout son corps.

Les hommes attachèrent les chevaux à des piquets enfoncés dans le sol. On distribua des chiffons, et l'on commença à bouchonner les robes lustrées.

Inenii prit un chiffon et entreprit de frotter vigoureusement l'encolure de l'étalon noir.

— Maintenant, lieutenant, que puis-je faire pour toi ?

Il remarqua la stupéfaction de Bak et éclata de rire.

— Tu crois que nous perdons du temps en les séchant ? Tu te trompes. Il existe un gué entre l'île et la rive occidentale. Ils ne mouilleront que leurs sabots.

Il paraissait tout autre, vif, joyeux et résolu. En souriant, Bak se munit lui aussi d'un bout d'étoffe effiloché et se glissa entre l'étalon et une jument blanche aux jambes fuselées et à la crinière sombre, attachée au même piquet. Il la maintint par la bride et se mit au travail.

— J'ai un criminel à trouver, Inenii, et tu me dois des explications.

— Je crains de ne pouvoir beaucoup t'aider. Simout m'a appris que, selon toi, la cause de tout est la tempête de sable qui a failli détruire la garnison, il y a quelques années. Je n'ai jamais servi dans l'armée. Jusqu'à mon mariage avec Khaouet, j'ai passé le plus clair de mon existence dans notre domaine de Noubt, au nord de la province de mon père et loin de la garnison. Je n'éprouve pas le moindre intérêt pour Abou.

Bien que las de se répéter, Bak expliqua :

— Je cherche quelqu'un qui aurait perdu un être cher, et qui pourrait en rendre responsables Djehouti et les autres survivants.

— Je croyais que tu visais à restreindre la liste des suspects, non à l'élargir !

— Le tueur connaît bien la maison de ton père et y opère en toute liberté, fit valoir Bak. Ces seuls critères éliminent beaucoup de possibilités.

Inenii se sentait déchiré par l'hésitation. L'étalon pressa son museau contre lui, lui rappelant qu'il avait une dette de reconnaissance envers le policier. Il sourit à l'animal et le caressa.

— J'aurais de bonnes raisons d'en vouloir à Djehouti, et cela m'est arrivé très souvent. Mon père était parmi les disparus.

Bak tourna vivement la tête vers lui.

— Ton père ?

— Oui. Celui qui m'a engendré.
— Djehouti n'est pas... ?
Le petit rire triste d'Inenii fit tressaillir l'étalon.
— Mon père... Mon père naturel était soldat à la garnison quand Djehouti, alors jeune homme, vint séjourner à Abou le temps de trouver un meilleur poste au sein de l'armée. Je tétais encore le sein maternel quand soudain mon père fut envoyé dans une lointaine province. Ma mère ne pouvait l'accompagner et n'avait aucune famille où trouver refuge. Au bout de trois jours, Djehouti l'installa à la résidence et, la nuit même, exigea qu'elle lui cède.

Il serra les lèvres et bouchonna le cheval avec tant de vigueur que celui-ci s'écarta, réduisant l'espace occupé par Bak.

— J'ai depuis toujours la certitude qu'il la convoitait et demanda à son père de le débarrasser du mien. Mais je n'ai aucun moyen de savoir la vérité.

Bak donna une claque sur le flanc du cheval afin d'avoir plus de place. Il percevait la colère et l'amertume du jeune homme de façon presque tangible, il les entendait dans ce flot de paroles endigué pendant des années. Ou Inenii s'était-il confié à Khaouet ? La haine qu'il vouait au gouverneur pouvait expliquer la discorde qui régnait entre eux.

— Mon père resta dix ans au loin. A son retour, son épouse était partie pour le monde souterrain et son fils vivait à Noubt. Il n'osa rien dire. Il venait me voir, quelquefois, et tentait de se rapprocher de moi. Mais Djehouti se dressait toujours entre nous. Il m'avait séduit, comme ma mère avant moi. Il voyait que j'aimais la terre et les bêtes, que je m'entendais à diriger des hommes. Il me confia des responsabilités croissantes et, à dix-sept ans, je devins le régisseur de son domaine. La terre était ma maîtresse.

Bak se redressa pour essorer le chiffon.
— La terre, et non Khaouet ?
— Nous étions en âge de nous marier et j'avais de

l'affection pour elle, mais... Non. Je n'étais qu'un serviteur, indigne de la fille unique du grand homme, expliqua-t-il avec un autre de ses rires si douloureux.

Bak hocha la tête avec compréhension. Djehouti prétendait descendre d'une longue lignée de gouverneurs de province. Il voulait, naturellement, que sa fille épouse un noble. Mais Inenii poursuivait son histoire :

— Cette tempête qui t'intéresse tant transforma bien des vies, à commencer par la mienne. J'avais vingt ans quand le désert engloutit mon père. Ma mère était morte depuis longtemps, et je me retrouvais seul au monde. Djehouti n'avait pas de fils. Son domaine prospérait, grâce à mes choix judicieux.

A son tour il tordit son chiffon, contourna la croupe de l'étalon et continua sa besogne à côté de Bak.

— Quatre mois plus tard, il vint me trouver. Il voulait m'adopter, me dit-il, et en retour j'épouserais Khaouet. Il désirait que son domaine reste entier, et moi, je voulais cette terre. Quant à Khaouet, eh bien... Djehouti avait pris sa décision et elle n'avait pas son mot à dire. Il en fut donc ainsi. Le contrat fut rédigé et signé devant témoins, et elle partagea ma couche. Dans l'ensemble, cet arrangement fut aussi bon qu'on pouvait s'y attendre.

— J'ai remarqué une certaine froideur entre elle et toi, dit Bak d'un ton circonspect, tentant d'aborder avec tact ce sujet délicat.

— Pourquoi nier l'évidence ? répondit Inenii d'un air de défi. J'ai tenté de mon mieux de gagner son affection, mais elle vit dans le souvenir d'un garçon qu'elle aima autrefois, et qui n'est plus de ce monde depuis longtemps. D'ailleurs, même si j'avais pu surmonter cet obstacle, son père tient à la garder près de lui à Abou, alors que je passe la plupart du temps à Noubt.

Bak se remémora le commentaire d'Amethou à propos des femmes qui n'avaient pas d'enfant.

— Quel âge a-t-elle ? Vingt-quatre, vingt-cinq ans ?

Il souleva un sourcil interrogateur, obtint un hochement de tête en guise de confirmation.

— Elle a dépassé l'âge où la plupart des femmes portent un enfant pour la première fois, mais il n'est sûrement pas trop tard pour lui en donner un.

— Je la touche rarement, admit Inenii d'une voix bourrue. Elle... Elle ne fait que me tolérer.

Bak l'observa, songeur. Au fil de sa vie, il avait connu plusieurs hommes repoussés par leur épouse. Tous avaient un point commun.

— Tu as une concubine ?

— Encore un secret qui n'en est un pour personne.

Inenii remarqua le léger sourire de Bak et admit avec bonne humeur :

— Oui, je partage ma couche avec elle, à Noubt. C'est la plus adorable jeune femme de toute la province, la joie de ma vie. Le mois dernier, elle m'a donné un fils. Mon premier-né. Un trésor à contempler.

Plus tard, Bak demeura seul au bord du fleuve, à observer la longue file de chevaux et d'hommes qui traversaient à gué vers la rive ouest. Il devait s'avouer qu'il éprouvait un a priori favorable envers Inenii. Il préférait croire qu'on ne pouvait assassiner des innocents quand on aimait autant les chevaux. Néanmoins, le jeune régisseur avait d'excellentes raisons de souhaiter la mort de Djehouti. Non seulement son vrai père avait péri dans la tourmente, mais tous les biens du gouverneur lui reviendraient un jour, à lui et à Khaouet.

Bak passa le reste de l'après-midi à regagner Abou, dans un esquif emprunté à Inenii. La brise capricieuse rendit le voyage long et fastidieux. Lorsque, enfin, il aperçut les anciens tombeaux qui dominaient l'île sur la rive ouest, de minuscules points de lumière scintillaient dans le ciel sombre et une odeur de friture montait d'une multitude de braseros.

En approchant du débarcadère, il jugea préférable de ne pas s'amarrer à côté du bateau de Kasaya. La rive était trop visible d'en haut, de même que l'escalier qu'il lui faudrait emprunter. L'archer l'attendait peut-être encore, tapi dans l'ombre, prêt à le supprimer. Pourquoi courir un tel risque ? Il navigua donc jusqu'à ce qu'il aperçoive une douzaine de petites nacelles tirées sur la berge, et un groupe d'hommes accroupis à proximité autour d'un jeu d'osselets.

Il tira sa barque près des joueurs et s'enfonça dans la ruelle la plus proche. Rasant les murs en silence, il avança d'un pas vif dans ce quartier inconnu. Les faibles lueurs du crépuscule disparurent du ciel, les étoiles brillèrent avec plus d'éclat et l'obscurité s'épaissit dans les rues étroites. Des chiens hurlèrent d'un côté de la ville, puis d'un autre, s'encourageant mutuellement à donner de la voix.

Tout en se hâtant, il réfléchissait aux présents laissés chaque soir dans son logis, auxquels avait succédé l'agression dont il avait été victime. On cherchait à se débarrasser de lui. Il avait réuni beaucoup d'éléments depuis son arrivée, toutefois il ne se sentait pas plus près du tueur pour autant. Un long chemin le séparait de la vérité.

Un fait était certain : si l'archer et l'assassin ne faisaient qu'un, Inenii ne pouvait être le coupable, puisqu'il était resté toute la journée sur son île, avec ses chevaux.

Bak vit devant lui le début de la rue qui le ramènerait à sa maison. Il ralentit le pas et s'approcha avec prudence, en scrutant les toits et les seuils enténébrés. Rien ne paraissait suspect. Il eut l'impression de s'engager dans un tunnel noir, à l'extrémité duquel brillait une faible lumière. Une silhouette blanche apparut là-bas, vaguement éclairée, à peine distincte. Le cœur battant, Bak s'aplatit contre le mur. La silhouette disparut, ayant tourné au coin de la rue. Un voisin, sans doute, vaquant à quelque occupation.

Riant de sa frayeur mais demeurant sur ses gardes, il poursuivit rapidement sa route. En approchant du bout de la rue, il s'aperçut que la lueur provenait de chez lui. Des murmures sur le toit, d'où flottait une odeur de poisson et d'oignons, lui apprirent que Psouro et Kasaya étaient en haut. Il sourit, heureux de cette lumière rassurante, du repas chaud et des visages amicaux qui l'attendaient.

Il allait franchir le seuil quand il s'arrêta net et étouffa un cri. Sur le pas de la porte, un tabouret lui barrait le chemin. Une flaque rouge vif luisait sur le siège. Du sang frais. Bak s'écarta de la lumière et, craignant il ne savait quoi, se tint immobile, tous ses sens en alerte. Il n'entendait aucun mouvement à l'intérieur, ne sentait aucune présence humaine. Il jeta un coup d'œil par l'embrasure de la porte. Une petite lampe d'argile éclairait faiblement, du haut de l'escalier, suffisamment pour distinguer la pièce. Celle-ci était à peu près telle que ses Medjai et lui l'avaient laissée, encombrée par toutes leurs affaires.

Pourtant cette flaque de sang prouvait que tout n'était pas aussi normal qu'il y paraissait.

Perplexe, intrigué, ne sachant à quoi s'attendre et étrangement réticent à en avoir le cœur net, il entra en évitant l'obstacle et examina la pièce une seconde fois, sans remarquer de changement. Il se retourna à demi et son regard tomba à nouveau sur le tabouret, puis remonta vers la natte en jonc tressé, roulée au-dessus de la porte. Il découvrit alors, cloué la tête en bas par une dague, un gros rat brun-gris, tué si récemment qu'une dernière goutte écarlate s'accrochait encore à son cou. Le tabouret avait été placé bien à la verticale, afin que le sang s'y accumule et attire l'attention vers la dépouille.

Poussant un juron, Bak traversa la pièce en trois enjambées, prit la lampe et, protégeant la flamme derrière sa paume, s'approcha de la porte pour mieux voir. La dague était en bronze, banale comme celles que l'on avait à l'armée. On avait égorgé le rat avant de le clouer contre la natte. Bak sut sans l'ombre d'un doute que le rongeur symbolisait le sergent Senmout, connu pour sa malhonnêteté au jeu.

Ce message n'aurait pu être plus clair, pourtant le policier se sentit troublé. Il avait eu la certitude que le tueur adoptait une autre tactique. Pourquoi en revenait-il à de tels procédés, quand un arc était autrement plus éloquent ?

Bak recula, et sentit un frisson glacé lui parcourir l'échine. L'assassin ne pouvait être parti depuis longtemps. Affichant un total mépris pour ses hommes et pour lui, il avait tué le rat alors même que Psouro et Kasaya se trouvaient sur le toit, à quelques pas seulement.

Et il s'en était fallu d'un rien pour que Bak croise son chemin.

9

— Pourquoi se servir d'un arc en plein jour, puis en revenir à une menace insidieuse le soir même ? Je ne comprends pas, répétait Bak, les avant-bras posés de chaque côté de la proue, tout en scrutant les eaux inconnues afin de déceler les récifs.

— Il ne cherchait peut-être qu'à t'effrayer, chef, suggéra Psouro, qui manœuvrait la voile.

— Je ne suis plus sûr de rien, marmonna Bak.

Il était au contraire fermement convaincu qu'on avait voulu l'éliminer, mais à quoi bon discuter avec Psouro ? Le Medjai était un fidèle compagnon, toutefois il ne valait pas Imsiba. Le bon sens du sergent lui manquait. Lui seul savait l'écouter et, par ses arguments, orienter sa réflexion vers des chemins qu'il n'avait pas songé à explorer.

— Voici l'île aux inscriptions, où nous devons retrouver Ouser, annonça Psouro.

Bak contempla le bout de terre, ou plutôt de granit, qui s'élevait du fleuve à quelque distance devant eux. L'île, plus étendue qu'Abou, opposait la même résistance farouche à l'érosion. Les acacias et les tamaris frangeaient le bord de l'eau ; des rochers arrondis, noircis par le temps, surgissaient d'une couche de sable blond si totalement aride que toute vie y était impossible. Un paysage qui ne laisserait pas à Bak un souvenir ineffaçable.

Pour la centième fois depuis leur départ d'Abou, il se

retourna afin d'observer le fleuve derrière eux. Parmi les nombreuses îles entre lesquelles ils avaient tracé leur chemin, des morceaux d'épaves s'enfonçaient puis réapparaissaient comme dans un jeu de cache-cache. Il aperçut des têtes de mâts, des pans de voiles, une barque avec tous ses gréements qui s'évanouit en un clin d'œil derrière des îles couronnées de végétation ou de rochers stériles. La lumière et les ondes de chaleur faisaient miroiter les bateaux, l'empêchant de savoir si le même était resté derrière eux durant tout le trajet. Il ne pensait pas qu'on les suivait, mais ne pouvait jurer de rien.

— D'après Pahared, reprit Psouro, nous trouverons sur les rochers une multitude d'inscriptions, qui datent des temps anciens.

— Rapides à tribord ! avertit Bak en repérant des bouillons d'écume.

Après un ajustement minutieux des espars, la barque infléchit son cours vers la gauche. La brise fraîche les poussait vers le sud, à contre-courant. Toute voile déployée, l'eau murmurant sous la coque, ils dépassèrent rapidement les remous et franchirent une barrière irrégulière de récifs qui gardait l'approche de l'île. Le froid nocturne s'était dissipé et le souffle chaud de Khepré, le soleil levant, avait chassé la brume. Les oiseaux tournoyaient nonchalamment dans les airs au gré des courants, prêts à piquer sur le premier poisson assez téméraire pour apparaître près de la surface.

— Le type de comportement que j'ai discerné le jour de notre arrivée désigne un tueur solitaire, dont les actes sont mus par un unique mobile, dit Bak, réfléchissant tout haut. Si je n'en étais à ce point certain, je soupçonnerais que c'est un autre qui m'a pris pour cible, hier.

— Tout est possible, concéda Psouro, qui toutefois paraissait sceptique.

Bak se rembrunit. Imsiba lui aussi aurait éprouvé des doutes, cependant il aurait avancé d'autres hypothèses.

Ils remontèrent le canal qui séparait la barrière rocheuse de la rive est, derrière une petite barge de transport lourdement chargée de sacs de grain. A leur droite, une grande arête parsemée de rochers se dressait sur l'île. Un village se nichait près d'une baie bordée de sycomores, de palmiers et d'acacias. Des auvents rudimentaires ombrageaient un marché animé le long de la rive. La barge tourna dans la baie pour se fondre parmi une flotte de nacelles dont les propriétaires étaient venus faire du troc. Psouro vira dans la direction opposée, vers l'île.

— Quel était le grade d'Ouser quand son unité fut anéantie par la tempête ? demanda Bak, les yeux sur le rivage qui se rapprochait.

— Lancier. C'était une nouvelle recrue, un adolescent qui savait cultiver le sol, mais n'avait aucune expérience de la guerre.

— Voilà le lieu idéal pour s'arrêter, décida Bak en indiquant une petite plage sablonneuse au sud de l'arête.

— Nous avons rendez-vous au sanctuaire d'Anouket. Ouser a bien failli cheminer aux côtés des dieux. C'est lui qui, le dernier, est revenu du désert, et si un petit berger ne l'avait trouvé en cherchant une chèvre égarée, il serait mort à moins d'une heure de marche du fleuve.

Ils approchèrent du rivage et Psouro laissa tomber la vergue. Bak sauta par-dessus bord avant que le courant ne les entraîne en arrière, et remorqua la barque jusqu'à un haut-fond. Psouro descendit à son tour, et ensemble ils la tirèrent sur la plage. L'île paraissait assez paisible, voire déserte, et tous deux avaient une dague à leur ceinture, cependant ils préférèrent se munir des lances et des boucliers qu'ils avaient apportés d'Abou.

Ils gravirent une courte pente tapissée de sable et longèrent un amas rocheux constellé de déjections d'oiseaux. Bak ralentit le pas afin de déchiffrer les inscriptions. Il vit des messages de rois revenus victorieux de batailles livrées dans le Sud profond, le nom de fiers caravaniers convoyant des marchandises exotiques d'un prix inestimable, mais aussi le rappel d'exploits de nature plus concrète, comme le percement d'un puits sur une piste lointaine du désert.

— Ouser t'a-t-il appris comment il avait réussi à survivre ?

— Il était bien trop pressé de quitter Abou.

Psouro regardait autour d'eux, cherchant l'homme qu'ils venaient interroger.

— Il m'a seulement expliqué que, dans sa joie de revoir le fleuve, il avait résolu de vivre à tout jamais entouré d'eau. A présent, il réside sur une île où il peut se désaltérer et nager à n'importe quelle heure du jour ou de la nuit.

— Si son île ressemble à celle-ci, il a conclu un pacte avec Seth.

Le soleil implacable tapait sans répit et le sable brûlait leurs pieds. La brise qui passait parmi les rochers en chuchotant une plainte mélancolique ne procurait aucun apaisement.

Accablés par la chaleur, ils contournèrent l'extrémité sud de l'arête. A la pointe de l'île, ils remarquèrent un esquif vide, tiré à bonne distance de l'eau et à moitié caché sous un bouquet de tamaris : la barque d'Ouser. Ils poursuivirent leur marche et découvrirent un modeste sanctuaire de grès, entouré par un mur de brique décrépi. Le petit temple dominait un large canal taillé à travers les rapides bien des générations plus tôt, un exploit en son temps, mais des rochers l'obstruaient et le rendaient impraticable.

Pensant trouver Ouser à l'intérieur, ils franchirent le portail et s'approchèrent du temple. La porte entrouverte versait un peu de jour dans une chambre transversale, qui communiquait avec trois petites pièces sombres à l'arrière. Ces dernières étaient vides, hormis celle du centre, où un piédestal en granit rouge supporterait la barque en bois d'Anouket quand celle-ci remonterait d'Abou afin d'accueillir la crue.

Ils quittèrent l'enceinte sacrée, guettant Ouser, un prêtre, un signe de vie quelconque dans ce lieu abandonné. Un léger sifflement brisa le silence.

— Là-haut !

Bak tendit le doigt vers le sommet de l'arête, où l'on apercevait un homme entre les rochers, la tête couverte par ce qui ressemblait de loin à un panier retourné.

— C'est lui ?

— Il nous observe depuis le début. Il aurait pu se montrer plus tôt ! grommela le Medjai.

Ouser demeura là où il était, bien abrité par les rochers. Il scrutait le paysage derrière eux, en direction du fleuve.

« Un homme prudent, pensa Bak. Un homme timoré de nature, ou qui a peur pour une bonne raison. »

Il courut vers le tertre, où celui qu'ils étaient venus voir hésitait encore. Après un dernier regard perçant vers le rivage où se trouvait leur barque, il commença à descendre. Avec l'agilité d'un chat, il se glissait entre les rochers, contournait des pans de granit brisés. Jamais il ne se montrait entièrement.

— Je suis le lieutenant Bak, cria le policier. Que crains-tu ?

Ouser s'arrêta un peu au-dessus d'eux et s'accroupit à l'abri d'un surplomb. Trapu, de taille moyenne, il portait une tunique blanche dont les manches larges recouvraient ses bras, et un long pagne à mi-mollets. L'étoffe était épaisse, la forme inhabituelle devait entraver les mouvements pour travailler dans les champs ou manœuvrer un esquif. Quant à l'espèce de panier qu'il avait sur la tête, c'était en fait un étrange couvre-chef en jonc tressé, dont la visière maintenait le visage dans l'ombre.

— Quelqu'un vous a suivis, indiqua le nouveau venu. Un homme seul, dans une barque. Il a un arc et un plein carquois.

Bak laissa échapper une exclamation de dépit.

— Où est-il, en ce moment ?

— Un peu plus en amont que là où vous avez accosté. Il attend dans son bateau. C'était ce que je redoutais. Maintenant qu'il s'en prend aux rescapés...

Il émit un rire dur, laissant ses visiteurs imaginer le reste. Mais le policier précisa :

— C'est moi qu'il veut abattre.

— Toi ? s'étonna Ouser, incrédule.

— J'y vais, chef ? demanda Psouro en soupesant sa lance.

— Je m'en abstiendrais, à ta place, intervint Ouser. Il est abrité par un bouquet d'arbres, au-delà d'un terrain à découvert. Impossible de l'approcher sans se faire voir.

— As-tu distingué ses traits ?

— Non, il était trop loin.

Les mains sur les hanches, Bak réfléchissait. Il s'était entouré de toutes les précautions possibles, néanmoins il avait été suivi. Peut-être Amon lui offrait-il un présent, finalement.

— Montre-moi où il se cache, et décidons de la meilleure stratégie pour le capturer.

— Je suis heureux que tu veuilles bien nous aider, dit Bak.

Ouser, qui n'avait guère le choix, sourit avec tristesse.

— Quoi que tu en dises, lieutenant, ma vie aussi est en jeu.

A l'aide de la rame, Bak poussa l'esquif vers des eaux plus profondes, puis s'installa à la proue. Il regrettait de ne pas piloter sa barque rapide au lieu de la nacelle du cultivateur. Et il aurait aimé disposer d'une arme de plus longue portée qu'une simple lance. Malheureusement, sa barque servait d'appât, car elle constituait l'unique raison pour laquelle le meurtrier ne les avait pas suivis dans l'île dès son arrivée.

Ouser enfonça énergiquement les rames et propulsa la nacelle à travers des eaux bouillonnantes, puis il leur fit descendre une cascade qui leur coupa le souffle.

— Le courant nous est propice. Nous rejoindrons sous peu votre poursuivant. Mais la dernière partie du trajet, complètement à découvert, nous posera un problème.

— Avec de la chance et l'aide des dieux, Psouro parviendra à détourner son attention.

En son for intérieur, Bak souhaita ardemment ne pas se tromper. Malgré sa musculature puissante, le Medjai pourrait-il précipiter des pierres assez loin et assez vite pour créer une diversion ? Chassant son inquiétude, il en revint à l'enquête.

— Nous nous sommes retrouvés sur cette île pour évoquer la tempête. C'est l'occasion ou jamais.

— Je serai franc avec toi, lieutenant. Je n'aime pas en parler ni même y penser, à cette tempête. Tous ces jours dans le désert...

Ouser haussa une épaule et essuya son visage en sueur sur sa tunique. Il poursuivit tout bas, d'une voix rauque :

— Je me demande encore comment j'ai survécu.

Malgré la compassion que Bak éprouvait à son égard, il lui fallait découvrir le mobile du tueur.

— J'aimerais pouvoir m'en aller et te laisser en paix, toutefois c'est impossible.

— Celui que tu recherches sera devant toi dans moins d'une heure. Il t'expliquera tout par lui-même.

Mais Bak posa un regard dur sur son compagnon.

— Combien d'hommes ont survécu à cette tempête, Ouser ?

N'obtenant en retour qu'un silence obstiné, il prit un ton cinglant :

— Tu sais sûrement répondre à une question aussi simple !

— Onze, marmonna Ouser.

— Onze hommes qui sont restés muets pendant cinq longues années. Pourquoi ? Pourquoi enfermer cette souffrance mutuelle dans vos cœurs ? N'aurait-il pas été naturel de se confier, de partager cette expérience épouvantable avec tous ceux qui désirent écouter ? D'atténuer ce poids à force d'en parler ?

— Tu ne comprends pas !

— Je présume que Djehouti avait imposé le secret à tous les survivants, néanmoins j'ai vécu moi aussi dans une garnison. Les ordres d'un commandant n'empêchent pas les murmures.

Ouser le fixa, les traits déformés par le chagrin. Sans avertissement, il s'appuya avec vigueur sur une rame pour faire virer l'esquif, et dirigea la proue contre une bande de terre couverte d'une herbe drue et piquante. Bak, qui était appuyé contre l'espar, tomba durement sur la dérive au milieu de cannes à pêche et d'outils de labour.

— Nous avions honte ! s'écria Ouser. Que ce soit pour un motif ou un autre, nous avions tous une raison d'avoir honte.

Bak épousseta l'arrière de son pagne et s'adossa à nouveau contre l'espar. Il considéra l'ancien lancier avec un mélange de pitié et de réprobation. Ouser s'en aperçut ; son visage s'empourpra. Il empoigna les rames et, repoussant durement la bande herbue, libéra l'esquif, qui regagna le fil du courant.

— Puisque tant d'entre nous ont été assassinés, l'histoire doit être dite.

Il se frotta le front comme si cela pouvait atténuer sa souffrance.

— Le vent se leva et le ciel devint noir... dit Bak, pensant l'encourager à entamer son récit.

L'expression d'Ouser s'éclaira ; il s'accrocha à ces mots comme un homme qui se noie à la corde qui va le sauver.

— Tu connais déjà l'histoire ?

— Non. Il m'est arrivé de voir un orage approcher, voilà tout.

Abattu, Ouser fit passer l'esquif entre deux rochers. La concentration requise par cette tâche sembla l'apaiser, et il se résigna.

— La tempête était sur nous et nous aveuglait. Les hommes, faisant preuve du bon sens le plus élémentaire, se regroupèrent et se serrèrent contre les ânes. Mais le commandant Djehouti ordonna de rester en colonne et de continuer à marcher. Comme si c'était possible, avec un vent pareil !

Bak se souvint qu'Amonhotep avait évoqué des ordres contradictoires. Le jeune lieutenant avait-il dit la vérité telle qu'il se la rappelait, ou avait-il cru préférable de présenter Djehouti sous un meilleur jour ?

— Même moi, tout novice que j'étais, je savais que c'était un ordre idiot. On ne voyait même pas sa main devant sa figure ! La colonne se brisa et beaucoup d'hommes se perdirent, dont moi. Par chance, je tombai sur mon sergent, Senmout, un lieutenant nommé Ptahmosé et quelques autres, blottis tous ensemble contre leurs ânes.

— Montou se trouvait-il parmi eux ? Ou le père du petit Nakht ?

— Je ne sais pas. J'étais nouveau à la garnison. La plupart de mes camarades étaient des étrangers pour moi.

Longeant l'île, Ouser laissa le courant emporter la nacelle sur une série de chutes abruptes qui ébranlaient leur dos chaque fois qu'ils retombaient.

— La tempête faisait rage, continua-t-il. Le lieutenant nous ordonna de nous tenir par la main, et nous avertit que tous ceux qui lâcheraient périraient. Il nous dit aussi de nous accrocher aux longes de nos ânes. Ce n'était pas facile, crois-moi. Le vent soufflait avec tant de force ! Nous avancions devant lui en trébuchant. Mon âne ne tarda pas à se libérer et je suppose que les autres en firent autant.

Ouser remonta ses rames et l'esquif suivit la courbe du fleuve. Bak vit au loin la petite baie sur la rive est, et le village à côté. Il pria pour que l'archer les attende encore dans sa barque. Quant à Psouro, il n'avait aucune crainte à ce sujet. Le Medjai était aussi patient qu'une bûche. Mais Ouser revivait ses souvenirs et n'avait plus besoin d'encouragement.

— Combien de temps nous continuâmes ainsi, je l'ignore. Aveuglés et assourdis, nous tombâmes dans un cours d'eau à sec. Là, nous perdîmes plusieurs hommes et nos derniers ânes, excepté un seul. Le lieutenant Ptahmosé, plus malin que nous autres, avait lié la longe à son bras. Le vent nous clouait contre la paroi de l'oued, et j'étais sûr que nous allions y mourir. Mais non. L'âne tourna le dos au vent et se laissa pousser, nous entraînant à sa suite. C'est alors, grâce à tous les dieux de l'Ennéade [1], qu'il trouva un abri — une petite grotte.

Il essuya son visage tourmenté sur sa manche.

— Nous nous regroupâmes à l'intérieur et — puissent les dieux nous pardonner ! — poussâmes la pauvre bête vers la tourmente. Pour l'empêcher d'entrer, nous fîmes rouler un rocher devant l'ouverture. Il interceptait le vent et nous tenions plus à l'aise. L'âne resta longtemps devant la grotte, la tête baissée, la queue entre les pattes. Enfin, il partit, emportant une jarre d'eau à demi pleine. Nous crevions tellement de peur que, lorsque nous nous en rendîmes compte, il était trop tard.

Ouser rapprocha l'esquif de la berge, où Bak et lui durent se pencher pour éviter les branches basses des arbres.

— Quant au reste, c'est un cauchemar que j'essaie chaque nuit d'oublier. Le vent, la chaleur, l'air empli de sable et de poussière... La soif, l'odeur infecte de la peur.

— Excepté en ce qui concerne l'âne, je ne vois jusqu'à présent aucune raison d'avoir honte, remarqua Bak d'un air pensif.

Les lèvres d'Ouser se tordirent en un pauvre sourire.

— Tu ne comprends pas... Nous n'avons pas seulement envoyé à la mort l'animal qui nous avait sauvés. Des hommes arrivèrent devant notre grotte. Des hommes qui nous implorèrent de les laisser entrer. Ils avaient partagé notre vie à la caserne, avec ses bons et ses mauvais moments. Nous les repoussâmes tous.

— Mais, tu disais... Vous n'aviez pas chassé l'âne afin d'avoir plus de place ?

— Nous en avions encore pour quatre ou cinq autres, cependant nous renvoyâmes tous ceux qui suppliaient

1. Ennéade : les neuf divinités rendant compte des forces élémentaires de l'univers : Atoum, le créateur solitaire ; ses enfants, Chou (l'air) et Tefnout (l'humidité) ; ses petits-enfants, Geb (la Terre) et Nout (le ciel) ; enfin les deux couples Osiris-Isis, Seth-Nephtys. (*N.d.T.*)

pour entrer dans notre refuge, avoua Ouser, la tête basse, laissant le bateau partir à la dérive.

Atterré, Bak agrippa une branche tombante pour arrêter leur fuite le long du courant. Quelle terrible histoire ! On ne pouvait s'étonner que quelqu'un veuille châtier les survivants. Mais comment le tueur avait-il appris la vérité ? Peut-être un des rescapés n'avait-il pas su garder le secret...

— Tu n'as fait aucune allusion à Djehouti. Était-il parmi vous ?

— Non. Lui, on m'a dit qu'il avait été sauvé par un certain sergent Min.

Il se rembrunit, repris par ses souvenirs.

— Dès la fin de la tempête, je remontai l'oued pour secourir l'âne et d'éventuels survivants. Bien sûr, c'était de la folie. Les autres, ne songeant qu'à s'en sortir, partirent sans moi. Je fus le dernier à atteindre le fleuve, dit-il avec un soupir entrecoupé. A moitié fou d'avoir erré seul si longtemps, brûlé par le soleil, presque mort de faim et de soif. Quand enfin je fus capable d'écouter et de parler, Min était déjà parti vers le nord, muté dans une autre garnison. Pour autant que je sache, il ne revint jamais à Abou.

— Et Djehouti quitta définitivement l'armée, comme toi.

— Oui, j'en avais assez, et le reste de la garnison en avait assez de moi. Tant que je restais, nul dans cette ville ne pouvait oublier tous ces hommes valeureux perdus dans la tempête.

Voyant l'air déconcerté de Bak, il grimaça un autre sourire douloureux.

— Le dieu Rê exigea un lourd tribut pour ma survie.

Des deux mains, il arracha son couvre-chef, saisit sa tunique par l'ourlet et la fit passer par-dessus sa tête. Son crâne presque chauve, son front et ses joues, ses épaules, son dos et ses bras étaient marbrés de rouge, de blanc, de brun — les séquelles d'une brûlure atroce.

Celle du soleil.

— Fais-nous rejoindre le courant à la rame, afin que nous puissions lui couper la route s'il tente de fuir. Je m'occupe de la voile.

Bak choisit une canne à pêche parmi celles qui gisaient dans le fond, dévida le fil et laissa tomber le poids dans l'eau. Il prépara une seconde ligne à l'intention d'Ouser.

— Si je reste courbé, il ne devrait pas me reconnaître. Avec de la chance, il nous prendra pour deux cultivateurs sortis pêcher leur repas du soir.

— Et s'il se montre plus méfiant ? demanda Ouser.

— Il fera bien de hisser sa voile, et nous ferons bien de baisser la tête, car il se servira de son arc.

— Alors que nous, nous n'avons qu'une lance.

Bak sourit. Il aimait bien cet homme, qui résumait en peu de mots le fond du problème.

— Prêt ?

Ouser, qui s'était rhabillé pour protéger sa peau vulnérable, sortit l'esquif de sous le couvert des arbres et obliqua pour que le courant les emporte. Bak écarta les objets pêle-mêle au fond de la coque et s'assit, les épaules voûtées, canne à pêche en main. Il scruta le bouquet d'arbres qui dissimulait l'archer. La situation se présentait aussi mal qu'ils l'avaient pressenti. Au nord et au sud, des plages à perte de vue ; entre le bosquet et l'éminence où Psouro les attendait, une étendue de sable totalement à découvert. Une position défensive idéale pour l'archer, et terrible pour attaquer, armé ou pas.

Bak émit une série de trilles aigus comme ceux d'un oiseau — le signal convenu avec Psouro. Un long hurlement à glacer les sangs retentit alors, et la silhouette sombre du Medjai jaillit brusquement. Il leva le bras et jeta une pierre de toutes ses forces. Quelque chose craqua. Le projectile avait-il atteint l'esquif, un tronc d'arbre ou un rocher caché par le feuillage ? Bak n'avait aucun moyen de le savoir. Le Medjai parut se volatiliser dans les airs. Si l'archer avait tiré, la distance était trop grande pour distinguer sa flèche.

Ouser vira vers le repaire de l'archer. Enfonçant profondément les rames, il propulsait la nacelle avec dextérité. Un nouveau hurlement se fit entendre : Psouro apparut d'un autre côté pour lancer une deuxième pierre. La lumière étincela un instant sur la pointe de bronze d'une flèche fusant vers lui, mais il s'était déjà retranché derrière son écran de granit.

Ouser pagayait comme un fou. Bak et lui se courbaient davantage à mesure qu'ils approchaient des arbres. Un troisième, puis un quatrième hurlement, chacun plus long, plus sonore et plus effrayant que le précédent, se réverbérèrent à travers le fleuve, dispersant un vol de canards. Ouser crut entendre un bruit d'éclaboussures ; Bak imagina voir une autre flèche voler vers Psouro. Combien de temps encore leur restait-il avant que l'homme tapi sous le bosquet pense à se tourner ?

Comme si l'archer lisait dans leurs pensées, une lueur blanche filtra à travers les arbres et une flèche rasa les flots. Elle heurta leur proue avec un bruit sec. La penne se brisa et tomba dans le fleuve. Ouser se baissa tant que Bak se demanda comment il parvenait à voir par-dessus bord, toutefois il continua à ramer sans dévier du but. Une autre flèche suivit, puis une seconde, mais elles passèrent au-dessus de la barque et s'abîmèrent dans son sillage.

Brusquement, une barque jaillit de sous les arbres. Elle était longue et fuselée, comme celles qu'utilisaient les officiers de Bouhen à leurs heures de loisir. Bak sentit son pouls s'accélérer. Ouser connaissait le fleuve, mais pourrait-il couper la route à un navire si rapide et maniable ?

— Nous sommes avantagés, affirma le cultivateur, les mâchoires crispées par la détermination et par l'effort. Nous sommes poussés par le courant alors qu'il est trop près de la rive.

— Peux-tu l'empêcher de s'en écarter ?

— Je vais essayer.

Bak entrevit Psouro qui courait dans le sable vers leur

propre barque. « Il n'y arrivera jamais à temps pour nous aider », se dit le policier. Il se concentra sur le bateau qu'ils pourchassaient, loin sur leur gauche, mais presque à la même hauteur. L'archer, dont les traits demeuraient indistincts, avait abandonné son arme pour se saisir des rames, et il se dirigeait vers des eaux plus profondes. Ouser infléchit sa trajectoire en vue de l'intercepter. Ils filèrent sur le courant, pas tout à fait côte à côte. L'extrémité de l'île approchait, gardée au nord par des flots turbulents.

La sueur ruisselait sur le visage d'Ouser, sa tunique trempée collait contre son dos. Bak avait hâte de hisser la voile, mais cela ne servirait à rien tant qu'ils seraient dans le canal. S'astreignant à la patience, il remonta les lignes inutiles et rangea les cannes dans le fond, là où il les avait trouvées. Sa lance et son bouclier à portée de main, il s'agenouilla sur la dérive, prêt à passer à l'action dès qu'ils rattraperaient le fugitif. Il refusait d'admettre que, une fois sorti de la passe étroite, la brise plus généreuse donnerait un net avantage au navire adverse, les laissant loin derrière dans le sillage de l'archer.

Le canal devant eux commença à s'élargir, révélant un grand bouillonnement d'écume alors que les eaux se déversaient sur des récifs. L'archer ne prit conscience du danger qu'au dernier moment. Il opéra un brusque demi-tour. Ouser rama de plus belle dans sa direction.

L'archer hésita, puis choisit d'affronter les turbulences. Sa barque fendit l'écume en projetant des gerbes d'éclaboussures sur le fleuve blanchi par les tourbillons. Tout à coup, la proue se souleva à la verticale, l'homme fut projeté dans les airs, et l'élégant petit bateau se fracassa contre les rochers.

— Je n'arrive pas à y croire, soupira Bak en secouant la tête, sur le quai de Souenet. Tout s'est passé si vite et maintenant... Pas de tueur. Pas de réponses. Rien.

Psouro, enchanté par ce dénouement inattendu, lui lança l'amarre.

— Rendons grâce à Amon qu'il ait disparu ! A présent, nous pouvons rentrer chez nous. Quand vas-tu l'annoncer au gouverneur Djehouti ?

Bak serra la barque contre le quai de pierre et leva les yeux vers le ciel, où le soleil d'or semblait suspendu au-dessus de l'horizon. Ils supposaient que l'archer s'était noyé — les rapides furieux laissaient peu de chances de salut —, mais ils ne pouvaient en être sûrs. Ils avaient donc consacré plusieurs heures à inspecter les nombreux îlots en aval. Leur échec à le trouver, sans être concluant, permettait de penser qu'il était mort.

— Demain sera toujours assez tôt. Une autre nuit d'anxiété ne lui fera pas de mal.

— Il mérite bien pire, à mon avis. Il n'aurait peut-être pas perdu un seul homme si seulement il avait laissé ses troupes s'installer au milieu des ânes. C'est bizarre qu'il n'ait jamais eu à rendre des comptes.

— Il a forcé les survivants à garder le silence. De plus, il possède des amis en haut lieu. Nous ne serions pas là, sans l'intervention du vizir.

Psouro rejoignit son chef sur le quai et ils remontèrent la courte pente jusqu'au village de Souenet. De grands arbres séculaires dominaient le bord de l'onde, et l'air s'emplissait de chants d'oiseaux. Des femmes bavardaient sur une petite place, attendant leur tour au puits ou assises à l'ombre sur des bancs. Toutes savouraient la brise dans le jour finissant. Une chienne jaune lapait de l'eau dans une flaque, tandis que ses trois chiots chassaient les sauterelles qui bondissaient parmi le trèfle.

— Quelqu'un a parlé, dit Psouro. Seule cette raison explique que les survivants aient été assassinés un par un. Mais pourquoi avoir attendu cinq ans ? Et pourquoi viser Djehouti, puisqu'il ne se trouvait pas dans cette grotte ?

— On ne le saura jamais.

Bak tourna dans la ruelle qui les conduirait chez l'épouse de Pahared. Une ou deux cruches de bière s'imposaient. Voire plus. Autant qu'il en faudrait pour oublier son amertume.

— Je suppose que tu ne t'intéresses plus à Hatnofer, marmonna Kasaya, assis sur un coussin rembourré de paille. Après tout, notre mission est terminée et nous naviguerons bientôt vers le sud, en laissant derrière nous cet endroit infect.

Psouro, beaucoup moins éméché que son compagnon, brisa le bouchon d'une nouvelle cruche, en jeta les morceaux dans une corbeille destinée à cet effet, et versa l'âpre liquide doré dans leurs bols.

— Ce n'est pas la ville qui est infecte, mais son gouverneur.

Kasaya se cogna le coude et renversa de la bière par terre.

— Et aussi l'homme qui est mort dans les rapides aujourd'hui.

Bak, pas ivre le moins du monde, fit signe à une servante maigre et échevelée de nettoyer. Il était venu à la maison de plaisir pour célébrer la fin de son enquête, et découvrait qu'il n'était pas d'humeur. Trop de questions demeuraient et Djehouti, qui restait le seul à pouvoir y répondre, ne s'y résoudrait jamais. Ouser avait fourni les noms des rescapés, qui concordaient avec la liste de Simout. Excepté le gouverneur, Amonhotep et lui, tous étaient morts ou s'en étaient allés bien loin d'Abou.

Une rixe éclata dans un coin où l'on disputait une partie d'osselets. Un homme en maudit un autre. Des tabourets tombèrent. Des cruches volèrent en éclats. L'épouse de Pahared traversa la salle armée d'un bâton, confisqué, soupçonna Bak, à quelque fonctionnaire de passage. Elle le tenait d'une main ferme et son expression montrait clairement qu'elle n'hésiterait pas à l'abattre sur un ou deux crânes. Les hommes reculèrent, matés.

Il fallait reconnaître une chose : Pahared avait épousé une maîtresse femme.

— Parle-moi d'Hatnofer, dit Bak à Kasaya. As-tu découvert un lien entre elle et la tempête ?

Le jeune Medjai se poussa pour laisser la servante verser du sable sec sur le sol humide. Il tenait son bol de travers, et la bière coula sur la jambe de la fille. Elle serra les lèvres ; ses yeux brillèrent de colère. Lui se tourna vers Bak sans s'apercevoir de rien.

— Un garde la trouva sur le seuil alors qu'elle n'avait que quelques jours, et le père de Djehouti la prit dans sa maison. Elle grandit chez lui, employée comme servante. Djehouti partagea-t-il sa couche ? Parmi le personnel, les avis divergent. Les uns disent que, vu la jalousie sans borne d'Hatnofer, elle était forcément sa maîtresse, les autres objectent que nul ne voudrait d'une femme aussi acariâtre.

— Et quelle femme irait avec un homme aussi mesquin dans sa façon de penser et dans ses actes ?

— Ils étaient proches par l'âge, fit valoir Kasaya comme si cela expliquait tout. Deux des serviteurs m'ont glissé que, dans sa jeunesse, Djehouti n'était pas du genre à négliger un jeune tendron, surtout une servante gagnant son pain sous son toit.

— Admirable ! ironisa Psouro avec mépris.

Les yeux de Kasaya se rivèrent sur une danseuse souple et mince, dont la longue tresse noire, entrelacée de rubans rouges, pendait sur son dos nu. La servante, ayant fini sa besogne, laissa tomber du sable sur le coussin et en travers de sa jambe. Il sursauta en poussant un cri et leva la tête vers elle, furieux. Elle se détourna d'un air triomphant.

Bak réprima un sourire.

— Continue ton histoire, Kasaya !

Le jeune Medjai lança un regard douloureux à Psouro, qui se crispait pour garder son sérieux.

— Quand Hatnofer fut en âge de se marier, l'un des jardiniers la prit pour épouse. Elle eut deux enfants mort-nés, le second peu avant la naissance de Khaouet, dont elle devint la nourrice. Son mari mourut et elle ne conçut plus jamais.

— Un mariage des plus commodes, commenta Bak.

— C'est le père de Djehouti qui l'avait arrangé, à peu

près à l'époque où Djehouti lui-même épousa la mère de Khaouet.

— Il s'est peut-être débarrassé d'elle pour épouser une noble, mais il s'est assez bien conduit envers elle, au bout du compte, admit Psouro à contrecœur. Peu d'enfants trouvées atteignent la position respectable de femme de charge d'un gouverneur.

— C'est bien ce qu'elle devait penser, poursuivit Kasaya. Ils se querellaient rarement, bien qu'il lui ait donné beaucoup de raisons de voir rouge.

— Je ne sais plus qui a fait allusion à un différend, il n'y a pas très longtemps, remarqua Bak.

— Oh, il leur arrivait de se disputer ! Le plus souvent, elle restait de marbre mais, tu as raison : voici environ deux mois, ils eurent une sérieuse prise de bec.

— Raconte.

Psouro lança à son chef un regard surpris.

— Tu ne penses tout de même pas que Djehouti l'a tuée ?

— C'est peu probable. Eh bien, Kasaya ?

— Voyons... C'était donc il y a à peu près deux mois, dans la demeure de Nebmosé. La porte était close et personne ne put comprendre de quoi il retournait, mais on entendit des éclats de voix. Quand Djehouti ressortit, sa joue portait la trace de la main d'Hatnofer.

— Bien fait pour lui ! jubila Psouro. Je ne connais pas d'homme qui le mérite autant.

— C'est tout ? demanda Bak, dépité. La dispute s'envenima, aboutit à un soufflet, et tu ne peux m'en dire plus ?

— Non, chef.

— Elle ne se confia à personne ? Elle n'expliqua jamais la cause de cette querelle ?

— Elle était si courroucée que personne n'osa l'interroger.

Bak ressentait une immense contrariété. Il avait une fort bonne idée de ce qu'éprouve un poisson quand on fait danser l'appât devant lui pour l'enlever brusquement.

Pas étonnant que la pauvre bête happe le crochet à l'instant où il apparaît !

— Et la tempête de sable ? As-tu découvert un lien qui les unisse ?

— Non, chef. Oh, elle connaissait certains de ceux qui disparurent. Après tout, elle travaillait chez le gouverneur depuis longtemps, et il dirigeait la garnison. Et puis, Abou n'est pas si grande que ça. Mais... Enfin, si elle était intime avec un de ces hommes en particulier, personne n'a voulu le dire.

Bak reposa son bol par terre, s'adossa contre le mur et ferma les yeux. En cela aussi, les dieux lui avaient fait défaut.

Bak trébucha sur le sol inégal de la ruelle, déséquilibré par Kasaya, qui s'appuyait contre son épaule de tout son poids.

— On aurait dû te laisser à Souenet, maugréa-t-il au Medjai ivre.

— Ça m'étonnerait qu'il t'entende, chef.

Psouro, qui avait plongé sa tête dans une auge pour s'éclaircir les idées, soutint Kasaya par la taille afin d'alléger le fardeau de Bak.

Tout en entraînant leur compagnon vacillant, ils tournèrent à l'angle de leur rue. Bak scrutait les ténèbres, croyant voir un rectangle plus sombre tout au fond. Que leur porte semblait loin !

— Je crains de vieillir, Psouro. C'est la seconde fois en moins d'une semaine que je raccompagne un homme chez lui en le portant à moitié. Ce soir comme l'autre nuit, je regagnerai ma couche aussi sobre qu'un prêtre, ce qui aurait constitué un exploit inouï lorsque j'étais plus jeune.

— Je n'aurais pas dû lui parler de la fille de la cuisinière. C'est ce qui l'a poussé à boire. Tu sais, ajouta Psouro après une hésitation, il se pourrait qu'on doive l'embarquer de force et lui faire quitter la ville discrètement.

— Je ne veux rien savoir à ce sujet. Il est temps qu'il apprenne à régler ses problèmes tout seul.

— Toi, t'es dur, chef, marmonna Kasaya.

Bak aurait balancé un coup de pied au jeune ivrogne s'il avait jugé le geste utile, mais son souvenir disparaîtrait de l'esprit de Kasaya plus vite qu'une flamme dans une lampe sans huile.

— Nous y sommes ! dit Psouro en s'arrêtant devant la porte ouverte, donnant sur la pièce noire comme l'encre d'un scribe.

— Amon soit loué ! Où est sa natte ?

— Quelle importance ? On le laisserait en pleine rue qu'il ne verrait même pas la différence.

— C'est que tu n'as pas tort ! dit Bak en riant.

Ils étendirent tant bien que mal leur compagnon inconscient. Pendant que Psouro cherchait à tâtons la lampe qu'il avait laissée près de l'entrée, Bak se mit en quête d'une maison où brillait de la lumière. Mais il n'y avait pas âme qui vive et tous les braseros étaient éteints. Le Medjai sortit, la lampe à la main, et partit à la recherche d'une patrouille qui disposerait de torches. L'attente de Bak ne fut probablement pas longue, pourtant elle lui parut interminable.

Psouro s'en revint et tint la lampe au-dessus du seuil pour que son supérieur entre le premier. Alors que Bak passait le seuil, Kasaya poussa un hurlement d'effroi. Il roula sur lui-même, se cogna contre le coffre à provisions et se redressa sur ses genoux. Il fixa Bak et Psouro avec des yeux hagards, tenta vainement de parler et tendit le doigt.

La maigre lumière de la flamme rendait les ombres impénétrables et les faisait trembler tels des esprits du monde souterrain. C'était le cadre idéal pour ce qu'ils voyaient.

L'objet était posé sur une natte pliée, tout près de l'endroit où ils avaient couché Kasaya. En fait, c'était la première chose qu'il avait dû voir en ouvrant les yeux : une pastèque rayée vert et blanc, de la taille d'une tête humaine. On avait dessiné à l'encre noire des yeux énormes, un long nez et une bouche tordue de douleur. Le haut et le côté de cette macabre imitation étaient écrasés pour révéler l'intérieur rougeâtre. On avait enfoncé à l'intérieur la patte avant d'une chèvre.

Un autre cadeau empoisonné, qui représentait cette fois le quatrième meurtre — celui du lieutenant Dedi, piétiné par un cheval.

Bak pressa l'épaule de Kasaya pour le calmer et s'accroupit près de l'objet répugnant. La patte desséchée ne portait pas de traces de sang ; la bête dont elle provenait était morte depuis longtemps. La chair du fruit luisait encore sous la surface. Ce dernier présent avait été déposé un peu après le milieu du jour, conclut Bak. Donc, après que l'archer eut disparu dans les rapides. Même si l'homme avait réussi à survivre, il ne pouvait être l'auteur de ce sinistre avertissement.

10

— Verras-tu le gouverneur aujourd'hui ? s'enquit Psouro.

Bak ne s'y trompa pas : en réalité, le Medjai voulait savoir s'ils rentreraient bientôt à Bouhen.

— Je préfère continuer comme précédemment, et ne faire un rapport qu'une fois que nous aurons des preuves substantielles à présenter.

— Mais, chef !... protesta Psouro d'un air blessé.

Bak prit le panier des mains de la vieille femme et lui remit un jeton en bois enduit de plâtre, à présenter à l'intendant de la garnison en échange des céréales qu'on lui devait. Tandis qu'elle s'éloignait, il retourna le tabouret que Psouro avait placé à l'envers sur l'autre, afin qu'elle y place la nourriture si par hasard elle arrivait en leur absence. Il s'assit et souleva le couvercle du panier. L'arôme du pain chaud monta à leurs narines, rivalisant avec l'odeur du poisson braisé qu'elle avait enveloppé dans des feuilles et posé par-dessus.

Un gémissement sourd attira leur attention. Kasaya, couché le visage vers le mur, se ressentait des excès de la veille.

— Dès l'instant où je parlerai de l'archer à Djehouti, il nous renverra. Comment réagira le vizir si, dix jours après la mort d'Hatnofer, alors que nous serons en route pour Bouhen, il apprend que le gouverneur a été assassiné ?

— Il ne sera pas content, répondit Psouro d'un ton lugubre.

Bak écarta les feuilles, prit une miche plate à peine sortie du four et la garnit de poisson. Puis il passa le panier à Psouro.

— Nous n'avons pas la preuve que l'archer est mort. J'ai survécu à des rapides encore plus terrifiants.

Psouro se servit puis, adressant un clin d'œil à Bak, il s'agenouilla près de Kasaya et approcha de lui la nourriture, afin qu'il en sente le fumet dans toute sa force. Le jeune homme gémit de plus belle et repoussa la main qui offensait ses narines. Le Medjai alla s'asseoir sur une marche de l'escalier, et son sourire s'effaça.

— En somme, nous n'avions rien à célébrer.

— Plus j'y pense, plus ma conviction se renforce que ces présents menaçants n'ont rien à voir avec l'archer. Le dessein est probablement identique — nous faire quitter Abou d'une manière ou d'une autre —, mais les moyens d'y parvenir diffèrent du tout au tout.

— Lequel des deux est le tueur ?

Bak mordit à belles dents dans son poisson et réfléchit tout en mastiquant.

— L'auteur des présents, plus vraisemblablement. Il a assez d'imagination pour avoir conçu l'idée de ces meurtres en série. L'archer, en revanche, n'a guère montré d'ingéniosité.

— Je ne sais pas ce qui était le pire, du rat ou de la pastèque, avoua Psouro en frissonnant.

— Si, comme je le crois, le meurtrier rôde encore dans la propriété, un ou deux jours de plus pourraient faire jaillir la vérité. Si je me trompe et qu'il est mort hier dans les rapides, nous risquons dans le pire des cas de froisser des susceptibilités.

— Je n'ose penser à ce que nous trouverons sur notre seuil ce soir.

— Jusqu'à présent, le visiteur n'a pas eu la témérité d'entrer chez nous en plein jour. A mon avis, tu peux vaquer à tes occupations jusqu'à une heure avant la tombée de la nuit. Ensuite, tu te posteras sur le toit, de l'autre côté de la ruelle, et tu ne quitteras pas cette maison des yeux.

— Plus que cinq jours, lieutenant, et alors, si tes conjectures sont exactes, Djehouti mourra.

Assis sur un tabouret bas à l'ombre d'un portique, Amethou jeta un coup d'œil à Bak par-dessus le papyrus déployé entre ses mains.

— Te rapproches-tu du meurtrier, oui ou non ?

— Peut-être, éluda Bak, l'épaule appuyée contre une mince colonne en bois.

— Hum ! Tu ne m'as pas l'air plus avancé qu'au début de ces événements affligeants.

— Tel le granit que l'on extrait au sud d'Abou, ce mystère est composé d'une multitude de fragments infimes, certains translucides, d'autres opaques, tous étroitement imbriqués au point d'être difficiles à distinguer.

Amethou le regarda attentivement, comme s'il le soupçonnait de se moquer de lui.

— As-tu songé à te prosterner devant le dieu Khnoum ? Une oie dodue ou un jeune chevreau constituerait une offrande digne de ce nom.

— Je crains qu'il n'y prête aucune attention sans des efforts diligents de ma part.

— Connais-tu l'autel au fond du sanctuaire ? Celui de l'« Oreille qui entend » ? Je m'y rends souvent. C'est un bon moyen de solliciter l'aide du dieu et de trouver consolation en des temps troublés. En tant qu'officier de police, tu devrais y puiser un réconfort particulier, précisa Amethou, les yeux pétillant de malice. L'image de la déesse Maât est gravée en haut du mur, les ailes déployées pour recouvrir le monde entier.

Si l'intendant n'avait été d'un tempérament si austère, Bak l'aurait soupçonné de le narguer à son tour.

Un jeune scribe à la mine grave s'approcha d'un pas

vif. Il passa sous le portique et présenta un grand tesson de poterie à son chef.

— Voici l'inventaire du linge, comme tu l'as requis.

— Déjà ?

Amethou parcourut rapidement les chiffres et fronça les sourcils.

— Es-tu certain d'avoir dénombré tous les rouleaux intacts, les draps, les...

— Nos réserves sont très réduites, répondit le jeune homme sans s'offusquer de la critique implicite. Ces dernières semaines, nous avons envoyé de grosses quantités de lin à la Maison des Morts. C'est qu'avec tous les meurtres commis dans nos murs...

— Oui, oui, oui, coupa Amethou. C'est là un sujet que je souhaite éviter. Inutile de me le rappeler. Va rejoindre les scribes qui comptent les plats et les cruches. Ils auront certainement besoin de ton aide. Nous n'avons envoyé de poteries nulle part.

Perplexe, Bak le regarda partir d'un pas pressé. Depuis qu'il était entré dans la propriété, il voyait des scribes courir en tous sens, leur palette et une jarre d'eau accrochées à l'épaule. Ils portaient des rouleaux de papyrus, des paniers remplis d'éclats de grès et de terre cuite. Et sous ce portique situé à l'extrémité de trois longs entrepôts étroits, l'activité semblait dix fois plus intense.

— Jamais encore je n'avais vu d'inventaire en pleine saison des semailles, remarqua le policier. Tes scribes ne seraient-ils pas plus utiles ailleurs ? Pour délimiter les champs, par exemple, ou pour compter les paniers de graines nécessaires aux cultures ?

Amethou prit un air réprobateur.

— C'est une idée de Djehouti. Quelle corvée ! Il se mêle de tâches pour lesquelles il est incompétent. On devrait l'emmener aux champs et...

Il pinça les lèvres, taisant le châtiment qu'il rêvait de lui infliger.

« Et le noyer dans un canal d'irrigation », compléta Bak pour lui-même.

— Il ne se préoccupe pourtant pas de l'organisation de cette maison, d'ordinaire.

— Inenii, souffla Amethou. C'est entièrement sa faute. Il a désobéi à son père en refusant de livrer les chevaux, et maintenant, Djehouti projette de le déshériter.

— Je croyais qu'il existait un accord, en vertu duquel Inenii avait épousé Khaouet.

— C'est vrai, mais il s'est promis de le faire annuler.

— En plaidant sa cause devant le vizir ? demanda le lieutenant non sans cynisme.

« Un homme qu'il connaît de longue date, qu'il compte même parmi ses amis », songea Bak, et son cœur se serra. Inenii avait peu de chances de conserver son dû.

— Tu as tout compris ! soupira Amethou, jetant l'ostracon dans un panier. Je connais Djehouti depuis l'enfance et je conteste rarement le bien-fondé de ses décisions. Mais, parfois, il dépasse les bornes.

Tout à coup, il dévisagea Bak et claqua des lèvres, comme s'il comprenait que sa colère l'avait entraîné dans le camp adverse.

— C'est cette tension permanente qui le rend si incohérent, si déraisonnable. Faut-il que tu viennes dans cette résidence jour après jour, fureter partout comme si nous étions tous d'odieux criminels ? Et faut-il que ton Medjai traîne constamment dans les parages, à soutirer des informations au personnel et aux gardes ?

Bak prit place sur un banc accolé au mur. Ces questions n'étaient sans doute pas rhétoriques, mais il choisit de les considérer comme telles.

— Tu sais sûrement que je m'intéresse aux soldats disparus dans la tempête de sable, il y a cinq ans.

— On dit que tu cherches à en rendre Djehouti responsable, répondit l'intendant en grattant son ventre proéminent, les sourcils froncés. Eh bien, laisse-moi te dire une chose, jeune homme. Il a frôlé la mort d'aussi près qu'il est possible en gardant la vie. Il doit aux dieux, et surtout à Khnoum, d'avoir survécu. Nous qui restions derrière, à Abou, ne savions pas ce qui se passait là-bas, dans le désert, ni à quel point nos prières étaient nécessaires.

— On m'a dit que tu avais perdu un proche au cours de cette tempête.

Des rires résonnèrent de l'autre côté d'une porte, dans l'entrepôt le plus à droite. Les scribes trouvaient des motifs d'amusement dans les besognes les plus terre à terre.

Amethou n'y prêta aucune attention.

— Tu ne t'en doutais probablement pas, lieutenant, mais les habitants de cette maison se confient à moi, comme à un oncle respectable. Tu soupçonnes l'un des proches de Djehouti d'être le meurtrier et tu sais que nous avons tous perdu quelqu'un que nous aimions dans ces circonstances tragiques. Tu penses que la mort de Djehouti est l'objectif ultime.

Il s'interrompit pour reprendre haleine. D'un hochement de tête, Bak confirma l'exactitude du raisonnement.

— Continue.

— Tu as surpris plusieurs d'entre nous à un moment où nos épaules étaient courbées sous le poids de la colère ou du ressentiment. Et tu en as inféré une multitude de raisons personnelles de souhaiter la mort de Djehouti.

— Dont aucune n'aurait résulté en l'assassinat de cinq innocents, souligna Bak.

— Exactement ! approuva l'intendant avec un sourire triomphal.

— A moins que le meurtrier n'ait voulu m'égarer sur une fausse piste. Ou qu'il existe entre les victimes un autre point commun qui m'aura échappé. Ou encore, que le tueur ne jouisse plus de toute sa raison et prenne plaisir à faire couler le sang.

Le sourire d'Amethou s'effaça. Il voulut protester, mais ne put opposer aucun argument.

— As-tu perdu un proche lors de cette tempête ? répéta Bak.

— Mon seul et unique frère disparut dans le désert. Il était beaucoup plus jeune que moi, mais je le tenais en haute estime. Il me manque encore jusqu'à ce jour. Remarque bien, se hâta-t-il d'ajouter, je ne blâme pas Djehouti. Je serais le premier à l'accuser, si je pensais que c'était justifié. Mais je le connais bien. Quoique pourvu d'une forte volonté, il se laisse quelquefois manipuler. Je suis convaincu que, mal conseillé et effrayé par la tempête, il a fait sienne une suggestion qu'il aurait dû repousser.

Bak comprit qu'il n'arriverait à rien. Soit Amethou appréciait sincèrement Djehouti et ne lui trouvait aucun tort, soit il craignait pour sa haute position, auquel cas il était un fieffé menteur.

— De par tes fonctions, tu étais amené à collaborer avec Hatnofer, et tu étais sûrement plus proche d'elle que quiconque. Excepté Khaouet, bien entendu.

— Moi ? Non. « Proche » n'est pas le mot que j'emploierais. Ni Khaouet, je crois. Cette femme dirigeait la maison de manière admirable, mais elle était aussi froide qu'une nuit au cœur du désert.

— Toi qui es le confident de ceux qui travaillent chaque jour dans cette résidence, dit Bak sans pouvoir s'empêcher de sourire, tu as sûrement appris que je cherche un lien entre elle et les soldats morts dans le désert, ou qui ont survécu.

— Hatnofer était une enfant abandonnée. Elle a perdu son époux il y a de nombreuses années et s'est retrouvée seule.

Bak laissa percer l'impatience dans sa voix :

— Peu d'hommes ou de femmes vivent dans une totale solitude, et Hatnofer ne faisait pas exception. Elle avait été la nourrice de Khaouet, ce qui créait entre elles une relation aussi étroite qu'entre une mère et sa fille, du moins quand Khaouet était enfant. Et, selon les rumeurs, Djehouti avait jadis partagé sa couche.

— Mais oui. Et moi aussi, d'ailleurs.

Remarquant la surprise de Bak, Amethou esquissa un sourire.

— C'est difficile à imaginer, mais j'avais des cheveux, à l'époque, et le corps musclé d'un homme qui passe ses journées à la chasse et à la pêche.

Bak tenta de se représenter un Amethou bien bâti et séduisant. Cela supposait un effort colossal.

— Elle était froide, dès cette époque, et je ne remercierai jamais assez Khnoum pour cela. Jeune et ardent, j'étais tenté par le plaisir des sens, le rêve d'un foyer et d'une famille. Si elle m'avait encouragé si peu que ce soit... se souvint l'intendant, réprimant un frisson. Mais la distance qu'elle maintenait entre nous me sauva. J'en épousai bientôt une autre, une femme douce au cœur généreux, qui m'a appris le véritable sens de l'amour et du mariage. Elle a fait de moi un homme comblé, et partage encore ma vie aujourd'hui.

Bak était impressionné. Peu d'hommes reconnaissaient avec autant de franchise leurs erreurs de jeunesse, ou admettaient avec tant de gratitude l'avoir échappé belle.

— On m'a dit qu'Hatnofer nourrissait de la jalousie dans son cœur vis-à-vis de Djehouti. Était-ce aussi vrai avant sa mort qu'au temps de sa jeunesse ?

— Je vois qu'Inenii t'a parlé de sa mère ! Non, Hatnofer n'avait pas marqué d'affection particulière à Djehouti depuis quelques années ; en fait, depuis que...

Un souvenir se réveillait dans sa mémoire.

— Dis-moi, Amethou, que te rappelles-tu ?

L'intendant hésita.

— Ce n'est qu'une rumeur, entendue autrefois... Mais même les chuchotements portés par le vent contiennent souvent une part de vrai. D'après l'intendant de la garnison, elle aurait eu pour amant un des survivants. Un certain sergent Min. Il partit pour le Nord peu après la tempête, ce qui me fit douter de la véracité de ces dires. Ne l'aurait-il pas emmenée avec lui, s'ils avaient été intimes ? Ou le dieu Khnoum daigna-t-il lui sourire comme à moi, et lui permit-il de conserver sa liberté ?

— Tu vas payer pour cette transgression ! tonna Djehouti, dont la voix retentit à travers la salle d'audience. Tu as pris quatre hommes qui travaillaient sur mes terres au sud d'Abou, et dont la tâche consistait à nettoyer les canaux d'irrigation, à rebâtir les digues, et tu les as employés sur tes propres champs. Tu dois les libérer aujourd'hui même et me les renvoyer. Et tu me dédommageras pour le temps qu'ils ont passé à ton service.

L'homme prosterné devant l'estrade du gouverneur, le front contre terre, était si terrorisé qu'il tremblait de la tête aux pieds. Djehouti, furieux, continuait à le fixer d'un air sombre et implacable.

— En outre, on t'infligera deux cents coups et cinq plaies ouvertes.

Quelqu'un étouffa un cri, puis le silence descendit sur la trentaine de solliciteurs disséminés dans la salle. La sévérité de la peine dépassait largement la norme. L'homme agenouillé se mit à geindre. Comme libérés par ses plaintes, des murmures scandalisés se répercutèrent entre les murs, augmentant de volume jusqu'à ce que Djehouti ne puisse faire autrement que de les entendre. Ses lèvres prirent un pli dur et obstiné.

Bak, qui observait la scène du fond de la salle, était aussi stupéfait que les autres. Si l'offense avait été commise contre la propriété d'un dieu, le châtiment aurait peut-être été approprié, mais il s'agissait d'une affaire privée.

— Qu'il en soit ainsi, décréta Djehouti en se levant pour signaler la fin de l'audience.

Les murmures se turent, les gens debout entre les colonnes regardèrent fixement Djehouti, qui descendit de l'estrade et s'en fut d'un pas altier. Le lieutenant Amonhotep, aussi consterné que désemparé, se précipita derrière lui. Le garde releva sans ménagement le prisonnier secoué par les sanglots pour l'escorter. Ceux qui restaient s'entre-regardèrent, sidérés, bouleversés. Des voix s'élevèrent, chargées d'insoumission :

— Voilà trois jours de suite que je viens réclamer justice, entendit Bak. Chaque fois le gouverneur est parti très vite, ignorant six ou huit d'entre nous, qui n'avons pu être entendus. Nous n'avons d'autre choix que d'abandonner notre travail pour revenir de nouveau.

— Justice ? reprit un autre. Le jugement infligé à Ahmosé n'est pas ce que j'appellerais juste.

— Mais pour qui se prend-il ? grommela quelqu'un.

— Il n'arrive pas à la cheville de son père, c'est moi qui vous le dis.

Amonhotep n'avait eu aucune chance d'intercéder avant la sentence de Djehouti, et celui-ci était trop orgueilleux pour revenir sur sa décision après coup. Par sa punition inhumaine, il empoisonnait le cœur des gens d'Abou.

Bak s'empressa de sortir de la salle dans l'espoir de trouver Amonhotep seul. Il tenterait alors de l'entraîner loin de la résidence. Libéré de Djehouti et des nombreuses responsabilités qui pesaient sur ses épaules, le jeune officier baisserait peut-être la garde et se montrerait plus franc.

Bak entra dans un petit couloir sans fenêtre, éclairé par un mince rai de lumière filtrant de la pièce au-delà. Un garde était planté au milieu, et regardait dans la direction où était parti le gouverneur. Il se frictionnait le coude. En entendant le pas de Bak, il fit volte-face. Malgré la pénombre, Bak reconnut Nenou, le jeune homme un peu lent qui l'avait aidé à chercher l'archer après la première attaque.

— Lieutenant Bak...

— Que fais-tu ici ? Ne gardes-tu pas d'habitude la résidence de Nebmosé ?

— Mon sergent m'a envoyé avec un message pour le lieutenant Amonhotep. J'ai essayé de le lui transmettre à l'instant, mais cela ne m'a pas été possible. Le gouverneur m'a écarté de son chemin en me poussant contre le mur.

Nenou emprunta le couloir en compagnie de Bak tout en massant son coude douloureux. Dans la salle brillamment éclairée où ils entrèrent, le policier découvrit avec stupeur la tempe droite tout égratignée du jeune garde, son œil cerné de noir, ses lèvres tuméfiées. Une vilaine écorchure, certainement douloureuse, s'étendait de sa main à son épaule, et toutes ses phalanges étaient rouges et enflées. Un linge protégeant une blessure à sa jambe exhalait une forte odeur d'érigéron.

— Par Amon, Nenou ! Que t'est-il arrivé ?

Le garde se dandina d'un pied sur l'autre et répondit avec un sourire forcé :

— Une bagarre, mon lieutenant.

— Oserai-je demander qui a gagné ?

Nenou évita le regard de Bak.

— J'aurais dû avoir le dessus, seulement... Il m'a donné un coup de poing dans l'estomac qui m'a fait tomber. Je me suis cogné la tête contre une pierre et j'ai dû perdre connaissance. Quand je suis revenu à moi, j'étais dans cet état-là. Il a dû profiter de ce que j'étais sans défense pour me balancer des coups de pied et me traîner par terre. Et quoi d'autre encore, Seth seul le sait.

Comprenant la réticence du garde à évoquer sa défaite, Bak promit de parler du message à Amonhotep lorsqu'il le verrait.

Avec l'aide d'une servante timide et craintive, Bak trouva le jeune lieutenant dans la salle d'audience privée de Djehouti, au deuxième étage. De hautes fenêtres rendaient la pièce lumineuse et agréablement fraîche, pourtant, loin d'être confortable, elle donnait l'impression d'une mise à sac. Elle était encombrée de tables et de tabourets, de paniers débordant de documents, de coffres au couvercle renversé et aux tiroirs ouverts. Une colonne de fourmis chargées de miettes de pain traversait le sol. Des rouleaux de papyrus jonchaient l'estrade comme s'ils avaient été jugés sans importance. Une magnifique peau de léopard gisait en boule à côté du fauteuil du gouverneur, sur un coussin brodé tout maculé de vin. L'odeur suave d'une huile parfumée dans une coupe ne pouvait masquer les relents de bière éventée et de sueur.

Amonhotep, pâle, les traits tirés, était agenouillé devant un tas de vêtements et de bijoux, dans un coin. Il releva la tête et adressa à Bak un sourire piteux.

— Lieutenant... Je t'ai vu dans la salle d'audience et je me demandais qui tu interrogerais ensuite.

— Tu avais sûrement deviné que je viendrais ici. A quoi pensait donc Djehouti ? Cherche-t-il à attiser la haine de tous les habitants de sa province ?

Amonhotep rit avec amertume.

— J'ai imploré sa clémence, et je n'ai réussi qu'à accroître sa colère. Ahmosé subira la sentence ; il en sortira à tout jamais brisé et, cela, je ne peux rien pour l'empêcher.

Le jeune conseiller, bouleversé, s'en voulait terriblement de son échec. Aucun argument ne le consolerait, mais un peu de distraction pourrait lui faire du bien.

— Te laisserais-tu tenter par une promenade en bateau ?

— Rien ne me plairait davantage, toutefois...

Il regarda la pièce autour de lui, et secoua la tête.

— Dans ma barque, j'ai de la bière, des cannes à pêche et des harpons. Si tu n'as pas pris ton repas de midi, nous pouvons passer aux cuisines avant de descendre sur le ponton.

Amonhotep réfléchit plus longuement que Bak ne l'aurait jugé nécessaire. Il triait les affaires, et mit à part un large collier à perles multicolores, des bracelets, des anneaux pour parer les bras et les chevilles, et les déposa sur une table, à côté. Il sortit une tunique à franges du monceau de vêtements qui restait, se leva pour la secouer et entreprit de la plier.

— Tentant. Très tentant. Peut-être, quand j'aurai terminé cette pièce.

— N'est-ce pas la tâche des serviteurs ?

— En temps normal, si, mais... Djehouti ne leur permet plus d'aller et venir auprès de lui. Il leur interdit ses appartements.

— Il a peur.

— Quoi de plus normal ? Tu as tout fait pour cela.

— Je doute que le meurtrier soit un serviteur.

Amonhotep grimaça un sourire pincé.

— Si tu parviens à l'en convaincre, je te vouerai une éternelle reconnaissance.

— Laisse là ce désordre et viens sur mon bateau. Nous méritons bien quelques heures de répit.

Sur le visage d'Amonhotep, Bak vit une soif d'évasion à mesure que la décision d'abandonner son poste se formait dans son cœur.

— Il n'ira nulle part ! s'écria Djehouti en entrant brusquement, rouge de colère. J'ai besoin de lui ici, et ici il restera.

Les deux officiers voulurent protester, mais Djehouti ne l'entendait pas de cette oreille. Il foudroya Bak des yeux.

— Toi et tes Medjai, vous entrez dans ma maison, vous vous mêlez de la vie de mes gens, vous posez des questions insolentes auxquelles personne ne devrait avoir à répondre. Je ne te permettrai pas de détourner mon secrétaire de ses devoirs, pour le questionner comme tu l'as fait avec d'autres qui me doivent de la loyauté.

— Ses devoirs, ce serait cela ? s'enquit Bak en contemplant la pièce en désordre avec dégoût.

— A qui d'autre pourrais-je me fier ?

— Toi qui as passé presque toute ta vie ici, tu comptes sûrement au moins un serviteur fidèle.

— Tu étais dans la salle d'audience. Pas un homme de l'assistance n'était un étranger, pourtant ils se sont tous dressés contre moi quand j'ai jugé ce misérable Ahmosé. Je me suis montré équitable, voire magnanime, mais le ressentiment s'est déversé de toutes les lèvres. Comment puis-je accorder ma confiance à des serviteurs, si mes plus hauts fonctionnaires me font défaut quand j'ai besoin d'eux ?

« Cet homme a perdu tout bon sens, se dit Bak. Contraint de voir la réalité en face, il est envahi par la peur et la nervosité. Son entêtement naturel s'est changé en une agressivité arrogante, où la logique n'a plus sa place. »

Devant la porte de service de la résidence, Bak observait le terrain sablonneux où s'alignaient les réservoirs en forme de cônes. Les serviteurs chargés d'inventorier le grain avaient répandu du blé et de l'orge par terre. Toutes sortes d'oiseaux et une demi-douzaine de cabris s'en délectaient. Un chien noir, étendu à l'ombre entre deux greniers, leva la tête pour humer l'air chargé de lourds effluves de bœuf rôti.

Où était donc Khaouet ? Bak avait quitté la salle d'audience, bouillant de rage. Quand une demi-heure de nage lui eut rendu son sang-froid, il était parti à la recherche de Simout. Le scribe en chef lui avait clairement fait comprendre qu'il était trop pris par l'inventaire pour répondre à ses questions. Antef s'était rendu dans les carrières de granit, et Inenii n'était pas revenu de Noubt.

Bak longea la rangée de greniers, tracassé par une idée que lui avait inspirée sa conversation avec Amethou. Il avait supposé qu'Hatnofer avait été tuée parce qu'elle était proche de Djehouti, mais s'il s'était trompé ? Peut-être en savait-elle trop. Si Min et elle étaient amants, il avait pu lui parler de la tempête avant de partir vers le nord, quittant Abou pour toujours. Avec de la chance, Khaouet serait au courant de leur liaison.

Il franchit la barrière et se dirigea vers les cuisines. L'odeur de bœuf se fit plus forte. Des éclats de voix montaient de l'intérieur. Des femmes se disputaient.

Khaouet arriva par le portail le plus éloigné, aperçut Bak et, souriante, se hâta de le rejoindre.

— Lieutenant ! Quel plaisir de te voir ! Amethou m'a dit que tu étais ici et que tu désirais me parler.

Réconforté par une cordialité si rare dans cette maison, Bak sourit.

— Je n'étais pas sûr que tu en aurais le temps. Tous les autres sont accaparés par l'inventaire, ou se cachent pour l'éviter.

Elle éclata de rire.

— A quand remonte ton arrivée à Abou ? A six jours seulement ? Pourtant tu connais déjà nos secrets.

— Comme je souhaiterais que ce soit vrai !

— C'est à peu près pareil dans chaque foyer. Tu n'as jamais été marié ?

— Non, je n'ai pas eu cette chance, répondit-il, tout en songeant que peu de foyers étaient frappés par cinq assassinats.

L'ombre d'un sourire effleura ses lèvres et elle dit d'une voix douce :

— Partager sa vie avec celui qu'on aime doit être proche de la perfection. Se trouver mariée avec un autre... Un autre, inférieur à tous égards, continua-t-elle durement, peut être un fardeau difficile à porter.

Bak se souvint qu'elle avait été éprise d'un jeune homme mort longtemps auparavant. Dans ses yeux, il lut le regret, et une douleur qu'elle aurait dû écarter des années plus tôt.

— J'ai rencontré une femme, lorsque je suis arrivé à Bouhen. Elle possédait la beauté d'une gazelle, elle était douce, bonne et généreuse, pourtant elle montra une force de caractère dont peu d'hommes pourraient se targuer. Elle...

Il rit tout bas, se moquant un peu de lui-même, de la chaleur qui ne cessait jamais d'envahir son cœur quand il pensait à elle.

— Nous nous sommes connus au mauvais moment, et je l'ai perdue.

Elle sourit, et sa voix retrouva toute sa douceur :

— Penses-tu toujours à elle ?

— La vie continue. Il le faut bien.

Une jeune femme fit irruption par la porte des cuisines en hurlant. Une seconde la poursuivait en proférant des malédictions, et brandissait les longues pinces utilisées pour remuer les braises.

— Oh, non ! Ça recommence ! soupira Khaouet.

La première jeune femme l'aperçut et courut vers elle.

— Oh, maîtresse ! Protège-moi ! A l'aide !

La servante armée de pinces lui courut après en vociférant :

— Tu me l'as pris, fille de Seth ! Tu m'as volé mon bien-aimé !

Son corps tremblait de fureur, son visage était un masque de haine. Elle assena les pinces de toutes ses forces sur les épaules de sa rivale, qui hurla. Le sang jaillit des chairs éclatées.

Bak lui arracha les pinces des mains et la poussa rudement à terre. Khaouet aida la jeune blessée à s'asseoir sur le banc, puis se précipita aux cuisines pour réclamer du linge. Plusieurs domestiques accoururent, plus pour regarder que pour porter secours. Une petite femme replète, qui devait être la cuisinière, apporta une bassine d'eau fumante et des bandes de lin.

Khaouet se tourna vers Bak et lui dit sur un ton d'excuse :

— Pardonne-moi, lieutenant, mais cette blessure ne peut attendre.

Sans se hâter, Bak descendit la ruelle zébrée par l'ombre des maisons et les larges rayons de soleil qui tombaient par-dessus les toitures plus basses. Une brise atténuait un peu la chaleur aride et soulevait la poussière du sol en terre battue. Des rires d'enfants et des coups rythmés résonnaient ; quelque part à proximité, des gamins jouaient avec des lances de bois improvisées.

Le policier se demandait si une nouvelle surprise l'attendait chez lui. Jamais encore il n'était rentré si tôt dans la soirée, et le mystérieux visiteur ne passait pas avant le crépuscule, à l'heure où les ombres s'épaississaient dans la ruelle et où les voisins s'occupaient de leur repas. Bak jeta un coup d'œil vers le toit d'en face, mais il était même trop tôt pour que Psouro y soit posté.

Il resta devant la porte et scruta l'intérieur, où la lumière tombant de l'ouverture au sommet des marches repoussait les ombres. Un pot rond en terre cuite était posé de l'autre côté du seuil. Un linge blanc, maintenu en place par de la ficelle, en couvrait l'ouverture. Bak songea d'abord à de la nourriture ; la vieille femme avait apporté leur repas du soir. Puis son regard s'arrêta sur les trépieds qu'il avait superposés au centre de la pièce avant de partir, tôt ce matin-là. Ils étaient tels qu'il les avait laissés, celui du haut à l'envers sur celui du bas. La vieille femme n'aurait jamais mis leur repas par terre, à la portée des souris. Elle l'aurait placé au sommet des trois pieds.

C'était donc nécessairement un nouveau présent laissé par... Par qui ?

Les pensées de Bak furent beaucoup moins rationnelles, ensuite. Le pot pouvait contenir une tête humaine, fracassée comme celle d'Hatnofer... Mais il chassa cette idée en frissonnant. L'ouverture était trop étroite.

Se reprochant son imagination trop vive, il s'accroupit devant le pot. Ce qui l'ennuyait surtout, c'était l'étoffe. Contrairement au bouchon habituel, en boue séchée, elle laissait filtrer l'air, ce qui le poussait à croire que le récipient renfermait une créature vivante. Il chercha des craquelures, de peur qu'il ne se brise entre ses mains et ne libère une vipère ou un animal tout aussi redoutable. Mais le pot paraissait solide et n'était pas endommagé.

Bak retint son souffle et souleva l'objet à deux mains. Il l'approcha de son oreille et l'agita doucement. Rien. Il faillit dénouer la ficelle, néanmoins le bon sens prévalut ; toute précipitation aurait été téméraire. Il secoua le pot, cette fois beaucoup plus fort. A l'intérieur, un bruit de crécelle se fit entendre, léger mais frénétique. Bak plissa les lèvres et hocha la tête. Il savait.

Il sortit en portant le récipient à bout de bras et tourna dans une petite impasse, terminée par un muret donnant sur un champ. Les ruines de maisons abandonnées bien des générations plus tôt dépassaient d'une épaisse couche de sable déposée par le vent, et jonchée de détritus, d'objets mis au rebut et dont même les plus pauvres habitants d'Abou ne voulaient pas.

Bak cala le pot sur le muret, puis ramassa une pierre

qui s'adaptait parfaitement à sa paume. Il dégaina sa dague et, de son bras tendu, la pointa vers le tissu.

— Chef ! appela Psouro qui le rejoignait en courant. Qu'est-ce que tu fais ?

— Notre généreux donateur est arrivé avant nous et a laissé ceci. Ce récipient est un piège mortel.

Psouro ouvrit des yeux ronds et recula.

— Tu veux que je l'ouvre, chef ? demanda-t-il tout de même, sans enthousiasme.

Bak enfonça la dague à travers l'étoffe et la taillada pour élargir le trou. Le bruit de crécelle éclata de plus belle. Psouro marmonna une rapide incantation contre les reptiles et les insectes, tandis que son chef renversait le pot par-dessus le mur et jetait la pierre dessus de toutes ses forces. La terre cuite vola en morceaux et des scorpions jaunes, la queue dressée de fureur, filèrent dans toutes les directions.

Bak les regarda d'un air sombre. Une seule piqûre aurait été douloureuse, mais non mortelle. Pouvait-on survivre, après avoir subi une telle attaque ?

— Nous passerons la nuit à la caserne, Psouro, cela vaut mieux. Et, demain, il nous faudra trouver un nouveau logis.

11

— Cela devrait te convenir, lieutenant, estima Pahared en contemplant la pièce vide avec un sourire de propriétaire. C'est l'endroit le plus sûr de la province, je te le garantis.

Bak, qui avait déjà inspecté la chambre pour en déceler les points vulnérables, l'approuva d'un hochement de tête.

— Je n'aurais pu trouver de meilleur refuge.

— Pas un homme ou une femme de Souenet ne peut venir ici à ton insu. Mon épouse ne ferme jamais ; quand elle ne travaille pas, son intendant la remplace. Et tu as vu comme ses serviteurs sont nombreux !

La pièce était spacieuse, amplement suffisante pour les trois hommes. Une lumière diffuse tombait des hautes fenêtres protégées par des grilles en bois. Au-dessus de l'escalier menant au toit, un conduit d'aération orienté vers le nord canalisait la brise vers le bas. Des effluves presque imperceptibles de cuir, d'huile, d'épices et de vin rappelaient que le lieu servait fréquemment d'entrepôt. Une ouverture dans le sol et un autre escalier, par où leur parvenaient des rires assourdis et une légère odeur de bière, communiquaient avec une réserve au fond de la maison de plaisir.

Bak monta au premier, où le toit en terrasse était entouré d'un petit parapet. De là, on dominait un groupe de bâtiments à un étage et le fleuve en direction d'Abou.

Aucun édifice n'était assez proche pour permettre un accès facile à leur demeure. Au nord, par-delà une étendue de trèfle tendre, il distingua Kasaya sur le quai, en train de surveiller leur barque lourdement chargée.

— Parfait, dit-il en revenant à l'intérieur.

Psouro, qui était assis au bord de l'escalier du bas, les jambes pendantes, paraissait aussi satisfait que Bak de leur nouveau logis.

— Et maintenant, chef, je vais chercher nos affaires sur le quai ?

— Avant de les apporter ici, Kasaya et toi, assurez-vous encore une fois qu'on n'y a pas glissé de bestioles indésirables.

Le Medjai se laissa tomber sur les marches et partit en sifflotant un petit air joyeux.

— Je dois y aller, moi aussi, annonça Pahared. J'ai un chargement à livrer avant la nuit. Une caravane arrive, en provenance de l'ouest. Les ânes auront besoin de litière fraîche et de fourrage, après tant de jours sur la piste du désert.

Alors qu'il s'apprêtait à descendre, il ajouta une dernière recommandation :

— J'ai interdit de laisser venir ici qui que ce soit. Au cas où tes hommes et toi auriez besoin de nourriture, de boisson, d'un jeu de hasard ou d'une fille, parlez-en à mon épouse. Elle vous le procurera, mais il faudra le monter vous-mêmes.

— Tu as pensé à tout, Pahared. Tu es un ami loyal, dit Bak en posant la main sur l'épaule du marchand.

Celui-ci éclata de rire et remarqua avant de dévaler l'escalier :

— On m'avait déjà traité de rapace, d'homme retors et de maintes autres amabilités du même genre, mais jamais encore d'un nom aussi doux à mes oreilles.

Resté seul, Bak examina les deux chambres du fond, sans fenêtre, sur lesquelles il n'avait guère jeté qu'un coup d'œil en passant. Dans la première s'entassaient de hautes balles de peaux de vache, des pièces de lin brut, des paniers remplis de perles en verroterie et de vaisselle ordinaire, en terre cuite. La seconde renfermait des jarres, grandes et petites, dont le contenu était indiqué sur le bouchon ou sur l'anse : onguents, huiles, vins, miel. Excepté les peaux, provenant du Sud profond, c'étaient là les denrées acheminées régulièrement depuis Kemet, pour être échangées contre les produits exotiques de Ouaouat et de Kouch. A l'évidence, le commerce de Pahared avait autrement plus d'envergure que le transport de fourrage pour les bêtes de somme.

Bak regagna la pièce principale et réfléchit une fois encore au cadeau de la veille. Les scorpions constituaient une menace ouverte, l'intention avouée de blesser, voire de tuer celui d'entre eux qui ouvrirait le récipient. Un pas supplémentaire avait été franchi, et d'une nature plus redoutable. Une nuit de sommeil réparateur n'avait rien changé à la façon de penser du lieutenant. Quant au point commun entre ce présent et Hatnofer, celle-ci faisait effectivement penser à un scorpion, inoffensif en apparence, mais prêt à piquer cruellement lorsqu'on le dérangeait.

— Mon lieutenant ! appela Kasaya, qui montait les marches quatre à quatre, les bras chargés de draps. Le gouverneur Djehouti te réclame sur-le-champ.

Bak pénétra dans la salle d'audience, où il pensait trouver le gouverneur en ce début de matinée. Mais la logique et le bon sens exerçaient peu d'influence sur le comportement de Djehouti. Bak se méfiait d'autant plus de cette convocation. Que pouvait-il bien vouloir ? En tout cas, il ne fallait pas s'attendre à des révélations.

Des sentinelles se tenaient au garde-à-vous à toutes les portes. Une vingtaine d'hommes et trois femmes bavardaient entre les colonnes. La plupart étaient assez faciles à identifier : des cultivateurs, des scribes, deux artisans, un marchand... L'un d'eux se distinguait par son apparence, un homme barbu, vêtu d'une longue tunique chamarrée — un négociant du pays du Retenou [1], très loin au nord.

La colère assombrissait les traits de plusieurs solliciteurs, que Bak se rappelait avoir vus la veille. Ils étaient forcés de revenir faute d'avoir été entendus. D'autres, encore pleins d'illusions, jetaient de fréquents regards vers le siège vide et sur la porte à côté, par où le gouverneur ferait son entrée.

Bak hésita. Devait-il attendre ici ou chercher Djehouti ? Celui-ci avait-il oublié qu'il l'avait convoqué, ou lui était-il simplement égal que Bak attende pendant toute l'audience ?

— Où est-il ? demanda un jeune agriculteur. Il ne rend donc pas justice chaque matin ?

— Si, en principe, répondit avec embarras le scribe chargé de présenter les requérants au gouverneur.

— J'ai patienté hier toute la matinée, grommela un cultivateur grisonnant. Juste comme mon tour approchait, il s'est levé et il est parti. Et me revoilà ici, alors que je devrais être dans mes champs, à m'occuper des labours et des semailles.

— Moi aussi, j'étais ici hier, renchérit un scribe grassouillet. Et j'ai attendu pour rien.

— Moi aussi ! s'exclamèrent deux autres en même temps.

« Et dire que j'ose me plaindre ! se reprocha Bak. Ces gens-là ne font qu'attendre et attendre encore, pendant que Djehouti agit selon son bon plaisir, indifférent à leurs besoins. »

— Son père était un homme honnête et juste, déclara un vieil artisan. Mais celui-là... Il n'est sûrement pas le fruit de ses reins. Il a dû être engendré par un marin de passage, conclut-il en crachant avec mépris sur le sol enduit de plâtre.

Dissimulant un sourire, Bak traversa la salle pour franchir la porte près de l'estrade. Si Djehouti avait entendu

1. Retenou : région de Syrie. (*N.d.T.*)

cette réflexion, comme il aurait été furieux, lui qui rêvait d'un ancien et noble lignage !

Bak trouva Amonhotep dans la salle de réception privée. Assis sur un tabouret au pied du fauteuil vide du gouverneur, le jeune officier triait des papyrus qu'il rangeait dans des paniers marqués selon leur contenu. Ceux-ci seraient adressés à Simout, qui les ferait alors archiver.

Il regarda autour de lui avec approbation. Chaque tabouret, chaque table, chaque coffre se trouvait désormais à sa place. Les nattes tressées sur le sol n'étaient plus constellées de miettes ni jonchées de vêtements. Les coussins du fauteuil avaient retrouvé leur gonflant, la peau de léopard était drapée sur le dossier. Des lis blancs flottaient dans une grande coupe d'eau, emplissant l'atmosphère de leur fragrance forte et sucrée.

Le secrétaire adressa à Bak un sourire en coin.

— Si jamais tu as besoin d'un serviteur, me prendras-tu chez toi ?

— Si jamais je fais fortune — ce qui est peu probable, je te préviens —, je me battrai à la lance ou à poings nus pour m'assurer tes services.

— Je préfère prendre cette remarque comme un compliment.

— Peu d'hommes sont aussi dévoués à leur maître.

Amonhotep eut un petit rire étrange. Bak y perçut du cynisme, de l'amertume, de l'impuissance, mais comme toujours le jeune homme refusa de se livrer.

— Je crois que le gouverneur souhaite me voir.

Amonhotep posa le papyrus qu'il était en train de lire et se leva. Jamais l'expression « s'armer de courage » n'avait paru plus appropriée à Bak. Manifestement, le secrétaire faisait appel à toute sa force d'âme, comme s'il s'apprêtait à affronter l'ennemi sur le champ de bataille. Le policier y vit un avertissement et le suivit hors de la pièce, les pieds de plomb. Quel mauvais tour avait encore inventé Djehouti ?

Un petit couloir conduisait à une grande chambre à

coucher, où le gouverneur était allongé sur des draps froissés, dans un lit en cèdre incrusté d'ivoire ; le motif représentait Khnoum, le dieu à tête de bélier. Sa nuque et ses épaules étaient soutenues par des coussins et des nattes pliées. Des cruches de bière, un panier de pain et un plat à moitié vide de ragoût figé étaient posés sur une table, à son chevet. La pièce exhalait une forte odeur de transpiration.

Bak songea à tous ceux qui attendaient cet homme dans la salle d'audience, et eut grand-peine à cacher son dégoût.

Djehouti se redressa sur les coussins et remarqua avec un sourire sarcastique :

— Charmant de ta part, lieutenant, de répondre enfin à mon appel.

— Je suis venu sitôt que j'ai reçu ton message, gouverneur.

— Ainsi, il paraît que tu as quitté tes quartiers d'Abou ?

Amonhotep ne cacha pas sa surprise. Si proche qu'il soit du gouverneur, et si essentiel à l'administration de la province, il n'était apparemment pas informé de tout.

— C'est exact, répondit laconiquement Bak.

« Si ce porc veut une explication, qu'il la demande », pensa-t-il.

Djehouti le fixa et attendit. Voyant que Bak ne donnait pas de précision, il releva le menton. Son sourire, censé exprimer le triomphe, ne trahissait que de la méfiance.

— Moi aussi, j'ai décidé de quitter Abou. Je compte partir aujourd'hui même vers le nord, dans mon domaine de Noubt, où je n'aurai plus à vivre dans la peur.

Bak éprouva une rage froide contre cet homme. Mais il aurait dû se douter que pour lui, tôt ou tard, le désir de fuir deviendrait irrésistible.

— Prévois-tu d'emmener ton personnel avec toi ? Ton intendant, ton scribe en chef et tous ceux qui composent ton entourage le plus proche ?

Djehouti lui lança un regard méprisant, celui d'un noble envers un paysan.

— Bien entendu ! J'aurai également besoin de domestiques et de gardes. Cet imbécile d'Inenii a réduit le train de la maison à seulement sept serviteurs. C'est loin, très loin, de me suffire.

— Tu ne seras pas plus en sécurité là-bas que tu ne l'es ici, soutint Bak d'une voix dure. L'homme que nous cherchons possède une connaissance intime de cette propriété. C'est forcément un membre de ta résidence. Si tu emmènes ne fût-ce qu'un petit nombre de tes proches, tu cours le risque que l'un d'eux soit le meurtrier.

— J'ai confiance en mon entourage et je ne peux m'en dispenser, répliqua Djehouti d'un ton buté. Tu essaies seulement de m'intimider, de justifier ta présence chez moi.

— Puisque tu as tellement confiance en eux, pourquoi n'admets-tu personne dans ta chambre, hormis ta fille et le lieutenant Amonhotep ?

— Un villageois ou bien un nomade a trouvé moyen de pénétrer dans nos murs, de violer ma propriété. C'est lui le tueur, celui que tu devrais chercher.

Bak fut pris de vertige. La logique de Djehouti était un défi au bon sens.

— Si tu pars pour Noubt, il me faudra t'accompagner.

— Non ! Je ne veux pas de toi là-bas !

— M'ordonnes-tu de retourner à Bouhen, gouverneur ? interrogea Bak, qui s'approcha pour le dominer de toute sa taille.

— Va-t'en ! Hors de ma vue !

Amonhotep vint se placer aux côtés de l'officier.

— Et le vizir, gouverneur ? Comment lui expliqueras-tu ta méfiance envers celui qu'il t'a recommandé ?

— Le lieutenant Bak est comme une mouche qui bourdonne autour de moi. Il m'importune par ses questions incessantes, par ses viles insinuations. Nul ne tolérerait un tel comportement, le vizir moins que tout autre.

— Si tu le souhaites, je m'en irai, dit le policier. Mais

d'abord, tu dois attester par écrit que, selon moi, le meurtrier frappera dans quatre jours et que tu es la cible la plus probable. Tu indiqueras clairement que je t'en ai averti, que tu as refusé de m'écouter et que je ne serais pas à blâmer si tu venais à disparaître.

— Je peux rédiger cela immédiatement et convoquer des témoins avant midi, proposa Amonhotep.

Djehouti les regarda tour à tour. La méfiance s'estompa, remplacée par une brutale lucidité. Son secrétaire, en qui il avait placé sa confiance, s'était ligué avec Bak. Et surtout, lui-même n'avait d'autre choix que de remettre son sort entre ses mains. Il ramena le drap sous son menton et se recroquevilla dans le lit.

— Tu resteras à Abou ? interrogea le policier.

Djehouti hocha la tête, vaincu.

« Si je veux la vérité, c'est maintenant ou jamais », pensa Bak.

— Tu as dans ton cœur un secret que, jusqu'à présent, tu te refuses à divulguer. Si tu veux que je capture le tueur à temps, il faut tout me révéler.

— Non, je n'ai aucun secret, répondit Djehouti, secouant la tête avec véhémence.

— Qu'as-tu donc fait, que tu préfères mourir plutôt que de l'admettre ?

— Rien ! s'écria le gouverneur, dont les jointures crispées blanchirent sur le drap. Je n'ai jamais commis d'acte inavouable ! Jamais !

« Un acte inavouable... songea Bak. Ces mots sonnent justement tel un aveu. Mais de quoi ? »

— Faut-il te rappeler que cinq personnes ont été assassinées ?

Djehouti ferma les yeux et se retrancha derrière un silence impénétrable. Amonhotep fit « non » de la tête pour indiquer au policier que ses questions resteraient sans réponse.

Le mépris submergeait le cœur de Bak, ne laissant aucune place pour la pitié. Il pensa de nouveau à ces hommes et ces femmes dans la salle d'audience, dont la plupart étaient pauvres et peinaient jour après jour pour gagner chichement leur vie. Tous avaient foi en l'ordre et en la justice. Tous attendaient de se présenter devant leur gouverneur afin d'obtenir réparation.

— Sors de ton lit et habille-toi ! ordonna-t-il. Tu es attendu dans la salle d'audience publique.

Amonhotep le regarda fixement. La surprise qu'il osât s'adresser au gouverneur sur un ton aussi brusque céda le pas à l'ombre d'un sourire.

— Le lieutenant a raison. Tu ne dois pas décevoir tous ceux qui dépendent de toi et qui comptent sur toi.

— Ils ne comptaient pas sur moi, hier, riposta Djehouti en faisant la moue. Ils me haïssaient et chuchotaient derrière mon dos.

— Tu es le gouverneur de la province. Tu dois leur montrer ta force, ton infinie sagesse.

Sa force ? Sa sagesse ? Bak ferma les yeux et fit la grimace. Comment le secrétaire pouvait-il s'abaisser à ce point ?

— Ainsi, ils m'attendent ? dit Djehouti, encore irrésolu.

— Tu ferais mieux de t'habiller, déclara Bak d'une voix sèche. La plupart ont des champs à labourer et à ensemencer. Ils ne peuvent passer toute la journée ici.

Djehouti hésita longuement, rejeta le drap, hésita à nouveau et finit par sortir ses longues jambes maigres du lit. Amonhotep adressa à Bak un sourire bref, mais reconnaissant. Convaincu que le secrétaire saurait jouer de la vanité de Djehouti, le policier sortit sans un mot.

Au fond de la salle d'audience, Bak bavardait avec le garde en attendant l'apparition du gouverneur. Quelques-uns des solliciteurs qu'il avait vus plus tôt avaient renoncé, mais la plupart étaient restés. Des années d'attente leur avaient donné de la ténacité, mais pas la faculté de souffrir en silence. Ils grommelaient ou se lamentaient, lançaient des menaces et exprimaient des exigences futiles.

Un murmure d'avertissement attira le regard de Bak sur la porte derrière l'estrade. L'entrée majestueuse de Djehouti réduisit au silence les expressions de mauvaise humeur. Son bâton de commandement à la main, il regardait droit devant lui, les traits figés, défiant l'assistance de proférer la moindre récrimination. Amonhotep le suivait de près. Son air sombre révélait l'épreuve qu'il avait endurée pour préparer son maître à l'accomplissement de son devoir.

Celui-ci prit place dans son fauteuil. Il chercha Bak des yeux, les mâchoires serrées.

— Qui désire m'approcher ?

Le scribe fit avancer le premier requérant. Le jeune agriculteur que Bak se souvenait avoir vu en début de matinée tomba à genoux, face contre terre.

— Voici Sobekhotep, annonça le scribe. Cultivateur au village de...

Il poursuivit en fournissant les détails nécessaires, à commencer par le lieu où habitait le jeune homme, le nom de ses parents et de son épouse, puis le genre de récoltes qu'il produisait.

Sobekhotep se redressa pour présenter sa requête. L'incident qu'il relata n'était que trop fréquent, le long du fleuve. Un navire s'était amarré près de chez lui par une nuit sans lune. Au matin, quand sa famille s'était réveillée, le navire avait disparu et, avec lui, la vache, le veau et une douzaine d'oies.

— Les marins les ont volés pendant la nuit, c'est certain.

— Comment peux-tu en être sûr ? insista Djehouti.

— Qui d'autre voudrais-tu que ce soit ? A part ma famille et mes voisins, il n'y avait personne dans les parages.

Djehouti pinça les lèvres à ces paroles impudentes, qui n'étaient sans doute qu'une réaction de peur. Il répliqua d'un ton mordant :

— Comment oses-tu te présenter devant moi et réclamer justice, quand tu es incapable de décrire le navire, et qu'il n'y a aucun moyen de retrouver ce capitaine ou même son équipage ?

Ceux qui observaient la scène échangèrent des regards amers ou murmurèrent, révoltés. Une fois de plus, le gouverneur leur faisait défaut. Il s'aperçut de leur réaction et une âpre fureur se peignit sur son visage.

Rouge, les mains tremblantes, Sobekhotep ôta un linge coincé sous sa ceinture. Il le déplia, révélant un éclat de poterie grisâtre qu'il remit au scribe.

— J'ai copié le nom tracé sur la proue, et le bateau est amarré sur le quai de Souenet.

Quelqu'un étouffa un rire. Un autre s'esclaffa franchement, communiquant son hilarité au reste de l'assistance. Djehouti se tenait droit comme une statue, figé par la colère. Amonhotep chuchota à son oreille. Djehouti secoua la tête. Le conseiller lui parla longuement, avec une insistance frénétique. Visiblement à contrecœur, Djehouti acquiesça.

Amonhotep s'avança alors et prit la parole :

— Nous convoquerons le capitaine de ce navire et nous le forcerons à rendre des comptes. Si tes bêtes sont encore vivantes, il te les restituera. Sinon, il devra te dédommager en te versant le triple de leur valeur.

Une rumeur emplit la salle d'audience ; les gens hochaient la tête avec approbation. Telle était la loi en laquelle ils croyaient, loin des jugements extravagants dont ils avaient été témoins et qu'ils craignaient de devoir subir encore.

Pendant le reste de la matinée, Djehouti demeura droit et raide dans son fauteuil, deux plaques rouges sur ses pommettes en dépit de sa pâleur. Il réagissait machinalement, l'esprit ailleurs. Amonhotep écoutait attentivement chaque plaignant, comme son maître aurait dû le faire. Il chuchotait à l'oreille de Djehouti, faisant croire à ceux qui l'observaient qu'il le consultait, et feignait d'en obtenir une réponse. Il rendait alors des jugements sages et honnêtes, au nom de Djehouti, comme si c'étaient les décisions du gouverneur et non les siennes.

— Tu possèdes un rare sens de la diplomatie, et tout officier supérieur serait fier de te compter dans son état-major, déclara Bak.

— Je n'ai accompli que mon devoir, répondit Amonhotep en rougissant.

Le policier, qui s'était assis au bord de l'estrade devant le siège du gouverneur, considéra le secrétaire installé près de lui.

— Tu as évité à Djehouti de perdre la face, aujourd'hui, mais pourras-tu continuer ?

— S'il me le permet, oui.

— Dans son propre intérêt, il ferait mieux de te laisser les coudées franches !

Bak se leva et fit les cent pas.

— J'ai entendu parler d'hommes si ulcérés par un traitement inique qu'ils voyagèrent jusqu'à la capitale afin de réclamer justice auprès du vizir. Les gens de cette province n'en sont pas là. Pas encore, en tout cas. Je sais que le vizir est l'ami de Djehouti, mais celui qui est assez désespéré pour se rendre à la capitale possède dix fois plus de poids que celui qui cherche réparation dans sa propre province.

— Djehouti n'a pas toujours été aussi incohérent, dit le secrétaire, fuyant le regard de Bak. La peur le rend plus veule chaque jour, et c'est toi qui en es la cause.

— Voudrais-tu que je prétende qu'il est en sécurité, quitte à le livrer à la vindicte de l'assassin ?

Malheureux, Amonhotep secoua la tête. Bak se demandait dans quelle mesure il pouvait se fier à l'officier. Il fallait bien révéler à quelqu'un de la résidence où ses hommes et lui s'étaient installés. Le secrétaire serait le premier informé de tout incident requérant leur présence. Il se trouvait à Bouhen le jour où le lieutenant Dedi avait été assassiné, de sorte qu'il ne pouvait être le meurtrier. Cependant, sa loyauté allait à Djehouti, une loyauté indéfectible, qui augurait mal pour quiconque se dressait contre le gouverneur. L'unique avantage de Bak résidait dans sa détermination à le sauver.

— Qui a informé ton maître que je me suis installé à Souenet ?

— Je l'ignore. Je ne reste pas auprès de lui constamment et l'on a pu entrer dans ses appartements, mais... N'aurais-tu pas parlé à Khaouet de ce changement ?

— Nous n'en avons soufflé mot à personne.

Bak préférait en dire le moins possible. S'il mentionnait l'archer, il lui faudrait admettre que celui-ci s'était probablement noyé. Que Djehouti l'apprenne, et ils risquaient fort d'être renvoyés à Bouhen.

— Quelqu'un a déposé sur notre seuil un présent mortel. J'ai préféré trouver un logis plus sûr.

— Un présent ? répéta Amonhotep, consterné. Qu'était-ce donc ?

— Je ne te le dirai pas. Avec de la chance, celui qui nous le destinait se trahira.

— Je vois.

A son air perplexe, il était permis d'en douter.

— Il me semble que tu devrais savoir où nous trouver, toutefois j'aimerais avoir ta parole que tu le garderas pour toi, et que même Djehouti continuera à l'ignorer.

Amonhotep ne parut guère apprécier cette dernière condition, mais accepta néanmoins.

— Par Khnoum, je ne le révélerai à personne.

Bak regarda le secrétaire quitter la salle d'audience, les épaules courbées par le poids des responsabilités. Il souhaitait ardemment avoir fait le bon choix. S'il s'était trompé, si l'on attentait de nouveau à ses jours, il saurait dans quelle direction chercher.

12

— Je ne vais tout de même pas m'en aller et les laisser ainsi ! protesta Khaouet.

Bak observa les cinq hommes à demi nus qui nettoyaient du poisson sur le toit de l'étable.

— Pourquoi pas ? Ils savent parfaitement ce qu'ils ont à faire et s'y emploient sans négligence.

— Hatnofer avait coutume de dire que les domestiques seraient perdus sans une surveillance de chaque instant.

— C'est parfois vrai, cependant plus ils sont capables, plus il faut leur laisser le champ libre. Si l'on ne se fie pas à eux, ils cèdent à la paresse et au ressentiment.

— Que de profondeur, aujourd'hui, lieutenant !

Il lui rendit son sourire. En voyant tout ce qu'elle parvenait instinctivement à accomplir, bien qu'elle eût grandi entre un père fantasque et une nourrice intransigeante, il était stupéfait. Pour les serviteurs, elle était une présence familière et réconfortante, tandis que lui, l'étranger, leur rappelait la mort et l'assassin encore libre de frapper.

A plusieurs reprises, il avait surpris les regards furtifs des trois hommes assis à quelques pas de lui, entourés de paniers tressés d'où l'eau s'écoulait. Leur besogne consistait à vider, écailler et tailler en filets la prise du matin. Un autre serviteur étalait le poisson nettoyé au soleil afin de le faire sécher. Un cinquième écrasait les arêtes et les têtes en une mixture nauséabonde, qui servirait de fertilisant pour les jardins.

— Très bien ! Je vais les laisser tranquilles, céda Khaouet en riant. As-tu pris ton repas de midi ? Mon prochain arrêt, c'est aux cuisines.

Bak aimait la courbe délicate de ses lèvres et la lueur espiègle dans ses yeux, lorsqu'elle souriait.

— Chaque fois que je te rencontre, soit tu es occupée, soit tu cours d'une tâche à une autre. Ne prends-tu jamais le temps de t'asseoir et de te reposer ?

— Pas souvent. Cependant, je dors bien mieux la nuit que lorsque je passais mes journées dans l'oisiveté, en laissant Hatnofer décider de tout, admit-elle en descendant devant lui les marches où Montou avait été victime d'une chute mortelle. La responsabilité d'un domaine aussi vaste me semble exténuante, mais représente en même temps un défi. J'aurais dû assumer plus tôt ce rôle de maîtresse de maison, qui me revenait de droit. Mais, soupira-t-elle, comme je voudrais qu'Hatnofer soit encore vivante !

Elle contourna l'étable, ouverte sur l'avant. Bak était déterminé à ne pas la quitter des yeux avant d'avoir appris ce qu'elle savait de la gouvernante.

— J'aurais pensé que prendre soin de ton père était une occupation à plein temps.

— Seulement parce que je le voulais bien. Maintenant, je crois lui être plus utile en dirigeant sa propriété. Mon ancien fardeau est échu en grande part à Amonhotep, qui doit en outre veiller à la sécurité de mon père.

— Djehouti a de bonnes raisons de craindre pour sa vie.

— Je sais. Parfois je me réveille, la nuit, et je l'imagine dans sa chambre, trop effrayé pour dormir et goûter le repos dont il a besoin.

Elle inspecta l'intérieur de l'étable, où trois vaches laitières et leurs veaux étaient attachés à des pierres enfouies dans le sol. De la paille fraîche débordait des litières et couvrait la terre d'un enclos où se trouvaient six chèvres.

— Ce matin, il m'a dit que tu avais quitté Abou, remarqua-t-elle. Tu es bien loin, si jamais il a besoin de toi.

— Il n'a aucune raison de s'inquiéter dans l'immédiat, répondit Bak en traversant avec elle la cour ensoleillée. Si j'ai bien cerné la personnalité du tueur, il n'agira pas avant quatre jours encore. Mais dans l'intervalle, j'ai besoin d'aide — de ton aide.

Elle s'arrêta devant la barrière et tourna vers Bak des yeux sombres et inquiets, un visage délicat à l'air aussi vulnérable qu'un agneau nouveau-né.

— Mon père est furieux contre toi. Il te reproche de fouiller dans le passé, de rouvrir des blessures depuis longtemps cicatrisées.

— Je fouille dans le passé, il est vrai. Quant à rouvrir d'anciennes blessures, la faute en incombe plutôt au meurtrier.

Elle se mordit les lèvres, puis répondit simplement :

— Depuis la première fois que je t'ai parlé d'Hatnofer, j'ai sondé mon cœur à maintes reprises pour découvrir quel lien elle aurait pu avoir avec la terrible tempête d'il y a cinq ans. Je n'en ai trouvé aucun.

Elle tourna les talons, poussa la barrière et se dirigea vers les cuisines. Devant le bâtiment, trois petits enfants nus jouaient à pousser des animaux en bois sur des bosses et des crêtes qu'ils avaient dessinées dans le sable. Même de loin, on voyait qu'ils avaient grand besoin d'une bonne baignade dans le fleuve.

Bak remit le loquet et se hâta de rattraper Khaouet.

— On m'a dit qu'elle était intime avec un certain sergent Min, celui qui avait sauvé Djehouti.

— Le sergent Min ? répéta-t-elle en lui lançant un regard surpris. En effet, il avait sauvé la vie à mon père. Je me souviens vaguement... Oui, j'ai bien entendu une rumeur à ce sujet. Je n'en ai jamais parlé à Hatnofer. En fait, je n'étais pas sûre que ce soit vrai.

— Elle ne se confiait jamais à toi ? Les femmes n'ont-elles pas l'habitude de se raconter leurs conquêtes, entre amies ?

— Elle me trouvait trop jeune et inexpérimentée, répondit Khaouet avec un sourire amer. J'allais sur mes vingt ans et je n'étais plus candide, mais dans son cœur je demeurais une toute petite fille.

— On dit que Min serait parti vers le nord quelques jours après la tempête. Si Hatnofer et lui étaient amants, pourquoi ne l'a-t-elle pas suivi ?

— Peut-être ne l'aimait-elle pas assez, suggéra Khaouet en haussant les épaules.

— Elle aurait rejeté cette chance d'avoir un foyer et une famille bien à elle ?

— Son foyer était ici, répliqua Khaouet d'un air de reproche, comme si elle énonçait une évidence. Elle avait passé sa vie entière sur notre domaine de Noubt et dans cette résidence. Mon père était un frère pour elle, et moi une enfant. Pourquoi aurait-elle quitté tout cela, au risque de ne jamais nous revoir ?

Bak fut surpris que Khaouet soit si provinciale. Fille de gouverneur, elle aurait dû séjourner à Ouaset, à Mennoufer. Djehouti aurait dû souhaiter qu'elle côtoie des nobles de son âge, comme lui-même autrefois. Pourtant, bien que les années et le mariage lui aient apporté la maturité, elle réagissait comme si seuls Abou et ce mode de vie-là étaient acceptables.

Depuis qu'il la connaissait mieux, qu'il avait découvert son charme et son humour, elle lui semblait infiniment plus séduisante. Mais l'étroitesse de vue était un défaut que peu d'hommes riches ou cultivés pouvaient tolérer. Sauf Inenii, peut-être, lui qui aimait cette terre plus que tout... S'il en avait l'opportunité, accepterait-il le gouvernement de la province ? Et Khaouet l'estimerait-elle davantage, s'il incarnait le pouvoir ?

— Sais-tu ce que Djehouti vient encore d'exiger ? fulmina Simout. Il sait que j'ai envoyé à Noubt tous les scribes dont je pouvais me dispenser. Leur présence est requise dans les champs en cette période de l'année, pour consigner les cultures ensemencées, les mises bas dans le bétail. Et voilà que, par-dessus le marché, il réclame un inventaire détaillé. Quelle honte !

Devant Bak, deux rangées d'hommes étaient assis par terre, des tessons de poterie amoncelés entre eux, et grattaient de leur calame le papyrus déployé sur leurs genoux. Aucun ne lui jeta de regard curieux, comme lors de sa précédente visite. Ils étaient trop occupés à rédiger un rapport officiel en s'appuyant sur des chiffres bruts.

Le policier dit à voix basse, sur le ton de la confidence :

— J'ai cru comprendre qu'il veut déshériter Inenii.

— Une décision ridicule ! Je ne lui ai pas caché ma pensée quand il m'en a fait part, dit le petit scribe en chef, qui secoua la tête, écœuré. Si le domaine de Noubt prospère, c'est grâce à ce jeune homme. Sans lui, il péricliterait.

— Certains croyaient Hatnofer irremplaçable.

— En l'occurrence, nous nous trompions, et je rends grâce à Khnoum que Khaouet nous l'ait prouvé. Mais le domaine de Noubt est une tout autre affaire. Djehouti agit en dépit du bon sens.

— Quels revenus tire-t-il de ses terres ? interrogea Bak.

— Je ne suis pas libre de divulguer des informations de cette nature, lieutenant. Tu devrais être assez avisé pour le savoir.

Si Djehouti jouissait du même statut que maints gouverneurs de province, ses terres, comme sa fonction, constituaient son héritage. Toutefois, leur exploitation ne contribuait que de manière minime à sa richesse. Il avait droit à une part sur l'impôt exigé de ceux qui vivaient sur son domaine. La province était loin d'être la plus fertile de Kemet, mais sa situation à la frontière de Ouaouat faisait plus que compenser la rareté des terres cultivables :

Djehouti prélevait également sa part sur les taxes acquittées par tous les marchands qui traversaient Abou.

Bien que les revenus tirés de ses terres pussent paraître dérisoires, en comparaison, aux yeux d'Inenii ils représentaient sans doute une somme exorbitante.

Simout observa les scribes qui travaillaient devant lui, les lèvres pincées, puis il se leva.

— Tu souhaitais consulter un dossier, je crois.

Bak eut l'impression que Simout l'aurait mis sur la voie s'ils avaient été seuls, mais qu'il ne révélerait rien près de tant d'oreilles indiscrètes.

— Oui, celui du sergent Min. Il servait dans cette garnison, mais j'ignore à quel poste. Il survécut à la tempête de sable et quitta Abou peu après.

Simout réfléchissait, le front plissé.

— Hum... Le nom m'est familier, je ne sais pourquoi.

— C'est lui qui sauva la vie à Djehouti.

Le scribe en chef indiqua d'un haussement d'épaules que cela ne lui revenait pas pour le moment, et il pénétra dans les archives. Bak le suivit jusqu'au seuil.

— Je sais combien Djehouti est fier de descendre d'une longue lignée de gouverneurs de province. Jusqu'à sa décision de déshériter Inenii, il devait s'agenouiller chaque jour devant Khnoum et prier pour que son fils lui succède, puis le fils de son fils après lui, et ainsi pendant toute l'éternité.

— La chose est sûre, acquiesça Simout en étouffant un petit rire.

La décision, donc, n'était pas de celles que l'on prenait à la légère. Le refus d'Inenii de se séparer des chevaux était-il grave pour Djehouti au point de renoncer à ses ambitions ? Ou en avait-il conclu que son fils adoptif était celui qui voulait sa mort ? Peut-être pensait-il convaincre sa fille de divorcer pour épouser un noble, qui lui donnerait un petit-fils digne de ses ancêtres.

Simout tira une jarre foncée de l'étagère de bois, brisa le bouchon qui la scellait et passa les documents en revue.

— Ah, nous y voici ! Min. Sergent d'une compagnie de lanciers.

Bak se hâta de l'entraîner au fond des archives, vers l'unique lampe qui brûlait à leur hauteur sur un haut trépied en jonc.

— Si Djehouti venait à mourir aujourd'hui, Inenii solliciterait-il le poste de son père auprès de notre souveraine ?

— Il l'accepterait si elle le lui octroyait. Quel autre choix aurait-il ? Mais il ne le briguerait pas. Quelle ironie, n'est-ce pas ? Djehouti a adopté un fils pour perpétuer sa descendance, mais toutes les prières au monde ne pourraient donner un enfant à Khaouet, ni mouler Inenii à sa propre image.

« Et tous les habitants de la province n'ont qu'à s'en louer », songea Bak.

— Par malheur, poursuivit Simout, nul autre à Abou n'est assez connu de la capitale pour être nommé par la reine. Non, conclut-il à regret, si Inenii est déshérité, notre prochain gouverneur sera un étranger, qui ne connaîtra rien de cette province et de ses besoins.

— Djehouti sait-il grand-chose là-dessus ? demanda Bak.

— Lui, non, mais il n'en va pas de même pour Amonhotep, comme tu as pu en juger ce matin.

Bak n'aurait jamais cru qu'il apprécierait un jour ce petit homme irascible, et pourtant il se prit à sourire, éprouvant pour lui une sympathie croissante. Il s'en voulut aussitôt. Voilà qu'il commençait à aimer ou respecter tous les proches du gouverneur, alors qu'il aurait dû les considérer comme des tueurs en puissance ! Le seul qui ne lui inspirait pas la moindre estime était précisément celui qu'il lui fallait protéger.

Le chef des scribes déroula le papyrus et l'approcha de la lampe. Son doigt descendit lentement le long de la colonne de droite.

— D'après ce que je vois, Min arriva tout jeune de

Ouaouat. De la forteresse de Koubban. Fils de soldat. Mmmm... Sorti du rang... Parvenu au grade de sergent.

Bak tendit le cou et essaya sans succès de lire les hiéroglyphes par lui-même.

— Est-il fait mention de la tempête ?

Simout déroula un peu plus le papyrus, l'inclina pour mieux voir et reprit au début de la colonne suivante.

— Oui, nous y voilà. Pris dans une tempête de sable. Revenu du désert plus mort que vif. Ayant sauvé son officier supérieur, recommandé pour l'or de la vaillance en raison de... Oui, de son comportement exemplaire.

— J'ai déjà entendu ça quelque part, remarqua Bak d'un ton sec.

La formule était éculée, vieille comme le monde, et malgré ses mots ronflants ne voulait rien dire du tout.

— Lui a-t-on décerné la mouche d'or ?

— Je ne vois rien ici.

— Peut-être l'a-t-il reçue après avoir quitté Abou.

Bak tenta à nouveau de lire le document, mais Simout le rapprocha encore de la flamme.

— Que dit-on au sujet de son brusque transfert vers le nord ?

Le scribe en chef leva un sourcil à cette question non dénuée de cynisme, et déroula un autre segment du papyrus pour révéler une courte colonne.

— Muté à la garnison de Mennoufer. Là s'achèvent ses états de service.

— Mennoufer, murmura Bak, pensif. Moi aussi, j'ai servi là-bas il y a cinq ans, mais dans les chars et non dans l'infanterie. Nos chemins se croisaient rarement, sauf sur le terrain de manœuvres, où nous étions en si grand nombre que les visages et les noms nous étaient inconnus.

Simout fouillait lui aussi dans sa mémoire.

— J'ai le vague souvenir d'un sergent Min. Un individu pas particulièrement recommandable, mais pas pire que certains que j'ai rencontrés. Si tu me disais ce que tu désires apprendre... proposa-t-il, roulant le document en un petit cylindre bien net, qu'il renoua à l'aide de la ficelle.

— J'ai entendu dire qu'Hatnofer et lui étaient amants, et je cherche à savoir si cette rumeur était fondée.

— L'homme dont je me souviens rôdait souvent autour de la résidence sans que ses devoirs à la garnison le justifient. Je n'aurais pas cru qu'Hatnofer en était la cause. Il y avait aussi un autre officier, un sergent Senmout, qui rendait souvent visite à Djehouti...

— Celui qui a été assassiné ?

— Oui. Les deux hommes étaient proches. Trop, à mon avis. Ils passaient des soirées à boire et à jouer, gagnant plus qu'il n'est possible sans tricher. Quoi qu'il en soit, je m'abstenais de tout commentaire car Senmout était le favori de Djehouti, ce qui, pour moi, dépassait l'entendement. Si Min venait voir également Hatnofer, je ne l'ai jamais remarqué.

Bak poussa un long soupir de déception. Une autre impasse. Vers qui pouvait-il se tourner ? Il aurait eu besoin de Noferi, mais elle se trouvait à dix jours de voyage. Qui, parmi tous ceux avec qui il s'était entretenu depuis son arrivée à Abou, avait pu prêter l'oreille aux murmures portés par le vent ?

Bak trouva le garde Kamès assis à l'ombre sur la marche supérieure de l'autel familial, devant la résidence de Nebmosé. La tête et les épaules contre une colonne, il ronflait la bouche grande ouverte. Sa lance gisait par terre, à ses pieds, où une mère cane et sa couvée becquetaient les restes d'une miche de pain.

A l'approche de Bak, la cane lança un cri d'avertissement et conduisit ses petits à l'autre bout du bassin. Le policier scruta l'intérieur du petit sanctuaire. Comme auparavant, des fleurs fraîches avaient été déposées sous le buste de l'ancêtre, en un geste d'une touchante fidélité.

Bak jeta le reste du pain aux canards, ramassa la lance et considéra avec sévérité le dormeur qui continuait à ronfler. Celui-ci avait besoin d'une leçon qu'il n'oublierait pas de sitôt.

Bak retourna la lance et plaça l'extrémité de la hampe sous le menton du garde. Il y imprima une brusque poussée et Kamès se redressa en sursaut.

— Qu... Quoi ?...

Ses yeux fixèrent la hampe, s'agrandirent de terreur, puis remontèrent jusqu'au visage de Bak. Il voulut se relever, mais n'osa bouger. Bak lui maintenait la tête contre la colonne.

— Après cinq meurtres, c'est ainsi que tu montes la garde ? Quel genre d'homme es-tu ? De ceux qui piquent une sieste pendant que d'autres sont assassinés ?

— Je ne dors jamais pendant ma garde, mon lieutenant ! gémit Kamès.

— Il ne t'est pas venu à l'idée que le meurtrier pourrait te trouver assoupi et que, toi aussi, tu perdrais la vie ?

— S'il te plaît, mon lieutenant ! C'est la première fois, je le jure !

Bak ne le crut pas un instant, mais il abaissa la lance.

— Dès que je t'ai rencontré, Kamès, j'ai discerné en toi un profond bon sens. Je venais pour parler, non pour t'accuser de faillir à tes devoirs.

Très pâle, le garde s'écarta avec vigueur de la colonne.

— Je t'ai déjà dit tout ce que je sais, mon lieutenant.

— Où est ton camarade, Nenou ?

— Croyant se faire bien voir en me dénigrant, il est allé dire au lieutenant Amonhotep que j'effectue mes rondes sans me soucier de la sécurité, que je ne pense qu'à me remplir la panse et à dormir. Maintenant, pendant que, moi, je patrouille dans cette résidence déserte, lui, il se promène et rend de menus services à l'entourage du gouverneur.

— De qui tiens-tu cela ? Pas d'Amonhotep, à coup sûr !

— De Nenou lui-même. Il n'a pas pu s'empêcher de venir me narguer. Crois-tu que je serai puni à cause de ses mensonges ?

Bak avait constaté par lui-même l'indolence de Kamès, mais toute vérité n'était pas bonne à dire.

— A mon avis, tu es un homme qui sait observer et écouter, mais qui parle avec mesure.

Le garde bomba le torse sous l'éloge et répondit, faussement modeste :

— Oh, ça, je ne sais pas, mon lieutenant.

Bak s'assit auprès de lui sur la marche, plus en camarade qu'en officier de police.

— Kamès, j'ai besoin d'informations au sujet du sergent Min. Ce nom te rappelle-t-il quelque chose ? Min était de ceux qui survécurent à la tempête dont nous parlions l'autre jour. Il sauva la vie du gouverneur Djehouti.

— Oh, lui ! s'exclama Kamès en se tapant le front, un large sourire aux lèvres. Maintenant je vois de qui tu parles. Le sergent Min !

Bak regretta de ne pas avoir apporté deux cruches de bière, l'une pour stimuler la mémoire de Kamès, l'autre pour tempérer son impatience.

— Je ne l'ai pas connu, reprit le garde. Je travaillais à Noubt, où je surveillais les terres du gouverneur. C'est seulement quand je suis venu à Abou, environ un an après son départ, que j'ai entendu parler de lui, et encore, pas souvent. Peu d'hommes osaient évoquer la tempête, du vivant de Senmout.

— Ces deux-là étaient amis ?

— Amis et partenaires au jeu, pas toujours à l'avantage de leurs compagnons de beuverie. Une fois, j'ai même entendu dire...

Le garde regarda alentour afin de s'assurer qu'ils étaient bien seuls.

— Il paraît que le gouverneur et eux avaient un secret.

Bak eut grand-peine à conserver son attitude détendue.

— Quel genre de secret, Kamès ?

— Tu intercéderas auprès du lieutenant Amonhotep en ma faveur ?

Bak eut envie de l'empoigner par le cou et de le secouer. C'était là du chantage pur et simple !

— J'ai le sentiment que le lieutenant ne croit pas à cette histoire, sans quoi il t'aurait d'ores et déjà convoqué. Mieux vaut donc se garder de toute intervention. De ton côté, tu poursuivras ta tâche avec ton zèle habituel.

— Mais...

— Si tu as des ennuis, préviens-moi. Je ferai mon possible... à condition que tu m'aides immédiatement.

Kamès prit l'air penaud qui s'imposait, sans pouvoir dissimuler un petit sourire de triomphe. Puis il se pencha vers Bak et chuchota :

— Celui qui me l'a raconté, je ne l'ai vu qu'une seule fois dans ma vie. Il affirmait que le gouverneur avait cédé à la panique pendant la tempête et que Min l'avait sauvé de sa propre folie. Plus tard, dans les baraquements, j'ai entendu murmurer qu'ils étaient revenus du désert bien avant les autres survivants, avec un âne chargé d'eau et de vivres. Ils étaient épuisés, brûlés par le soleil, mais ils ne souffraient ni de la faim ni de la soif.

— A se demander s'ils avaient fait beaucoup d'efforts pour trouver d'autres rescapés, marmonna Bak.

Kamès lui lança un regard entendu et hocha la tête.

— On dit que Min fut muté pour éviter des conflits au sein de la garnison, mais n'aurait-il pas exigé une forte somme ou un poste élevé en récompense de son silence ?

Bak songea à Hatnofer, qui passait pour être la maîtresse de Min. Celui-ci l'avait-il abandonnée comme un bagage encombrant pour se rendre seul à Mennoufer ? Ou l'avait-on réduit au silence, tandis qu'elle attendait un appel qui ne viendrait jamais ?

Le garde se pencha si près que leurs épaules se touchèrent et que Bak sentit son souffle chaud sur son oreille.

— Selon les uns, Min est dans le Nord, où il occupe un poste élevé. Selon les autres, il n'a jamais embarqué sur le navire qui devait l'y emmener. Il a été assassiné ici, puis jeté dans le puits où l'on mesure le niveau de la crue.

Bak confronta cette nouvelle information aux anciens éléments dont il disposait. Ainsi qu'il l'avait déjà compris, Djehouti dissimulait un secret si honteux qu'il préférait mourir que de le dévoiler. Et s'il préférait mourir, n'aurait-il pas tué pour dissimuler sa couardise ? Il avait fort bien pu supprimer Min ou, plus vraisemblablement, ordonner le meurtre.

En revanche, les cinq autres assassinats le désignaient comme l'ultime victime, et non comme le tueur. A moins que la peur de voir divulguer son secret lui eût fait perdre l'esprit. C'était improbable, néanmoins la possibilité demeurait.

Ayant surpris deux gardes endormis à leur poste en l'espace de quelques jours, Bak décida de faire un tour rapide de la propriété. Force lui fut de constater que la sécurité souffrait d'un laisser-aller inadmissible. Malgré sa conviction que l'assassin frappait de l'intérieur, il jugea bon, pour ne pas manquer de rigueur lui aussi, de se livrer à une inspection apte à instaurer la vigilance qui s'imposait. Après en avoir avisé Amonhotep, il fit chercher Psouro et Kasaya. Pendant le reste de la journée, le trio alla d'un garde à l'autre, exigeant une propreté méticuleuse des hommes et des armes, corrigeant les positions, expliquant la conduite à tenir suivant les circonstances. Ils instillèrent ainsi la peur dans les cœurs, non celle du tueur, mais celle des terribles policiers de Bouhen.

L'inspection terminée, Bak envoya Psouro et Kasaya chercher leur repas à Abou, car ils avaient conservé les services de la vieille femme qui cuisinait pour eux. En attendant leur retour, il comptait examiner le puits de mesure où, selon la rumeur, le sergent Min avait été assassiné.

Il franchit le portail principal de la résidence, certain que le garde — bien réveillé et sur le qui-vive — aurait repéré tout intrus sur les murs ou les toits voisins. Il parcourut rapidement l'esplanade qui surplombait le fleuve. Le soleil, bas sur l'escarpement, projetait ses rais d'or dans un ciel blafard qui se reflétait sur la surface de l'onde.

Au-delà des saules, dont les branches gracieuses ondoyaient doucement sous la brise, il parvint à l'entrée du muret qui entourait la bouche rectangulaire. La paroi de gauche était drapée par une vieille vigne au tronc épais et noueux, ses vrilles chargées de grappes mûrissantes sous une profusion de feuilles. Tout au bord, un grand sycomore abritait dans son feuillage bruissant un minuscule singe noir, qui se balançait de branche en branche en babillant.

Bak s'accroupit au sommet de l'escalier raide et encaissé, taillé à même le roc, qui s'enfonçait vers le fleuve. Les marches servaient de repères aux prêtres de Satet, dont le temple était tout proche, pour mesurer la crue annuelle. Dans la pénombre, la dernière en date baignait encore les degrés inférieurs. Une pâle lueur miroitait : l'ouverture par laquelle les eaux s'engouffraient, puis se retiraient.

Il tenta d'imaginer un homme précipité la tête la première dans l'escalier, le crâne, le dos, les bras et les jambes percutant la pierre dure, le corps brisé englouti par les eaux. Quatre crues au moins ayant effacé toute trace de violence, le lieutenant ne s'attendait pas à découvrir la preuve du meurtre. Mais un simple regard lui apprit combien il était facile de tuer quelqu'un ici.

Il se releva. Les yeux rivés sur le puits et l'esprit concentré sur Min, il recula vers l'entrée du muret. Le babil du singe se fit plus rapide, plus véhément ; une pluie de feuilles accompagna son ascension en haut du sycomore. Bak le chercha du regard, se demandant ce qui l'avait effrayé.

A l'instant où il l'apercevait, il reçut dans le dos un coup violent qui expulsa l'air de ses poumons, et il trébucha en avant. Son pied heurta le bord de la première marche ; il perdit l'équilibre. Sa main droite, tendue dans l'espoir de se rattraper, glissa le long de la paroi, râpée par les aspérités. Des feuilles filèrent entre les doigts de sa main gauche, quelque chose égratigna sa peau. La vigne ! Son poing se referma dessus. Elle céda sous son poids. De longues vrilles s'arrachèrent au muret en brique crue, tout en haut, et Bak se sentit tomber vers les profondeurs. Mais l'extrémité de la plante était solidement enracinée dans la paroi et l'arrêta net. Il heurta de plein fouet le mur de pierre.

Il secoua la tête pour s'éclaircir les idées et leva les yeux vers le sommet des marches. Personne. On ne l'avait pas poussé. On l'avait frappé dans le dos au moyen d'une fronde. Une arme de soldat, mais la plupart des enfants de Kemet se familiarisaient tôt avec son maniement pour abattre des oiseaux ou du petit gibier. Tant qu'il restait accroché dans ce puits, Bak n'était pas mieux loti qu'un canard ou un lièvre dans la nasse du chasseur.

Il adressa à Amon une tardive prière de gratitude assortie d'une requête en vue d'une aide supplémentaire, puis il tendit vivement la main droite vers le haut. Les vrilles se rompirent, il tomba encore, le cœur au bord des lèvres ; à nouveau il fut arrêté brutalement. Une douleur à couper le souffle perça son épaule gauche. Un muscle déchiré, sans doute. Il serra les dents pour ne pas crier et, en tâtonnant, sentit une écorce rude sous ses doigts. Il explora la paroi un peu plus haut. La sueur perlait sur son front, sur sa lèvre supérieure. La souffrance était atroce, la peur de tomber pire encore.

S'employant désespérément à soulager son bras gauche, le dos palpitant de douleur, il agita les jambes afin de se débarrasser de ses sandales et, du bout des orteils, chercha un point d'appui. Juste au moment où il allait lâcher prise, il sentit une craquelure entre les rochers. Il put alors s'appuyer sur son pied et atteindre la vigne à l'aide de sa main droite.

Il leva à nouveau la tête vers la bouche du puits et, comme la première fois, ne vit personne. Son assaillant le croyait mort ou attendait son heure.

Priant pour que la vigne continue à supporter son

poids, pour que, si jamais elle se brisait, il puisse en réchapper, il entama sa progression vers la gauche, les mains glissantes. Au bout d'un moment, il marqua une pause. Quelle distance lui restait-il encore à parcourir ? Il évalua l'écart qui le séparait des marches et, tenant compte de sa propre taille, il estima l'endroit d'où il pourrait se laisser choir sur l'escalier. « A peine plus de trois coudées, conclut-il. Si près, et si loin à la fois. »

Il se concentrait totalement sur une succession de gestes simples. Bouger sa main, trouver un nouvel appui pour son pied, bouger son autre main. Il oublia celui qui l'avait attaqué, la profondeur vertigineuse au-dessous de lui, le bout de ciel qui s'assombrissait tout en haut. Il méprisa la lassitude et la soif. Il supporta la douleur dans ses muscles, dans ses phalanges écorchées. Il endura le feu dans son épaule.

Au bout d'un interminable tourment, son pied rencontra une surface froide et dure. Il baissa les yeux, surpris. Une marche ! Il était allé plus loin qu'il ne fallait. Débordant d'allégresse, il planta ses deux pieds sur la pierre et lâcha prise. Il ne sentait plus ses bras engourdis. Affaibli par l'effort et la tension nerveuse, il gravit tant bien que mal l'escalier escarpé.

Arrivé au sommet, il jeta un coup d'œil prudent à l'extérieur. Le singe, perché sur le muret, tenait une grappe de raisin dont il dégustait les grains bien mûrs, lançant les autres au loin. Il s'éloigna du policier en une série de petits bonds, mais ne montra pas de frayeur particulière. Certain désormais qu'ils étaient seuls, Bak se hissa hors du puits et s'adossa contre le mur, près de l'entrée. Il enfouit son visage dans ses mains sales et endolories, et adressa à Amon de fervents remerciements.

13

Debout devant le puits, Psouro considérait la vigne épaisse qui tapissait la paroi et la volée de marches raides.

— Vraiment, chef, tu es béni par Amon. Si tu étais tombé au fond...

Il secoua la tête avec consternation. Bak tourna le dos à ce lieu qu'il préférait oublier et sortit de l'enclos. Il se mouvait avec circonspection, de crainte de raviver la douleur sourde dans son épaule. Le bandage dont le médecin de Souenet avait étroitement enveloppé le haut de son torse le soulageait un peu, mais chaque faux mouvement était un supplice. En comparaison, il souffrait à peine de son bras écorché, pansé du poignet au coude à l'aide d'un second bandage sous lequel suintait un onguent brunâtre. L'odeur était masquée par celle du cataplasme que le médecin avait appliqué sur son épaule.

— J'aimerais que nous soyons aussi près de démasquer le coupable qu'il le suppose, déclara Bak. Je ne survivrai peut-être pas à un autre exercice comme celui-ci.

— Ne dis pas ça, chef ! recommanda Kasaya, qui tentait d'attirer le singe au moyen d'un morceau de pain. Un mauvais génie pourrait t'entendre et attirer sur toi le malheur même dont tu parles.

— Ah oui ? dit Bak d'un air railleur.

Le jeune Medjai rougit.

— Je sais, tu veux que nous cherchions des explications naturelles et logiques à tout ce qui arrive... Mais ici, à Abou, où tant de gens ont été tués... Eh bien...

— Celui qui les a tués a une raison, qui ne sera peut-être jamais logique à nos yeux, mais qui le pousse irrésistiblement à agir de cette façon.

— Qui s'est servi de cette fronde, chef ? s'enquit Psouro. L'archer ? Aurait-il survécu aux rapides, après tout ?

— Je ne sais pas, admit Bak en s'adossant contre un rocher. L'emploi d'une telle arme m'intrigue. Ce n'est pas aussi subtil que les présents, et beaucoup moins efficace qu'un arc et des flèches.

— Un récipient grouillant de scorpions n'est pas ce que j'appellerais subtil, chef, remarqua Psouro avec un sourire en coin.

— Ingénieux, alors, rectifia Bak qui réfléchissait, les sourcils froncés. Ils n'étaient peut-être pas supposés nous tuer, en revanche je suis certain que j'étais censé périr dans le puits. Si l'on exclut les agressions de l'archer, que reste-t-il ? Une progression régulière, du petit message inoffensif jusqu'à une grave tentative de meurtre.

— Encore un fil conducteur. Quel genre d'homme joue ainsi avec ses victimes ? s'interrogea Psouro.

Kasaya, dépassé par ce raisonnement compliqué, roula en boule la mie blanche de son pain.

— Et si l'archer s'était cassé le bras quand sa barquc s'est retournée ? Un seul suffit, pour manier une fronde.

— C'est une possibilité, en effet. Ou bien ma mort devait ressembler à celle du sergent Min, si la rumeur rapportée par Kamès est fondée. Psouro, retourne à la garnison. Vois si tu trouves quelqu'un qui se souvient de Min. Cherche ceux qui approvisionnent les troupes ou pourvoient à leurs besoins, comme les intendants et les armuriers.

— Bien, chef.

— Pendant ce temps, je vais étudier les archives de la garnison. J'y avais jeté un coup d'œil à notre arrivée et rien ne m'avait particulièrement frappé. Maintenant que j'y vois plus clair, j'aurai peut-être plus de chance. En outre, il est possible que le gouverneur tienne ses propres notes. En tant que chef de garnison, comme son père avant lui, Djehouti était obligé de rédiger un compte rendu quotidien. Certaines habitudes sont difficiles à perdre.

Kasaya, qui mastiquait sa mie de pain, tapota son ventre plat et sourit.

— A propos d'habitude, encore quelques jours à la résidence et...

Le singe se laissa tomber de l'arbre, atterrit sur son bras et tenta de s'emparer du quignon de pain. Le Medjai poussa un cri de surprise, et l'attrapa par le cou. Le singe couina de terreur, mais continuait à tendre ses petites mains vers le pain, la gourmandisc l'emportant sur le goût de la liberté. En riant, Kasaya lui offrit un morceau de croûte. Le singe le lui arracha et le fourra dans sa bouche.

Psouro, qui les avait regardés d'un air excédé, s'adossa contre le mur pour scruter le terrain d'où le projectile devait provenir. Entre le petit temple de Satet et l'enceinte du sanctuaire de Khnoum, les maisons semblaient blotties les unes contre les autres, et les rares fenêtres étaient trop étroites et haut perchées pour permettre l'utilisation d'un lance-pierre. Mais près de la demeure du dieu, un passage débouchant sur l'esplanade donnait aux femmes d'Abou un accès facile au puits public.

Bak était parvenu à la même conclusion que le Medjai.

— Pendant tout le temps où je m'accrochais à cette vigne, jc redoutais que mon assaillant surgisse pour m'achever. Si j'avais un peu réfléchi à la disposition des lieux, j'aurais été plus rassuré. Dans ce passage, d'où il pouvait repérer toutes les allées et venues, il a pris le risque d'utiliser sa fronde, cependant il ne pouvait s'approcher du puits sans attirer l'attention sur lui... Et sur moi.

— Quel qu'il soit, remarqua Psouro, impressionné malgré lui, il possède le sang-froid d'un dieu.

En passant le portail principal, Bak salua d'un signe de tête la sentinelle en tenue irréprochable qui gardait l'entrée. Il se réjouit que les efforts de la veille aient duré au moins jusqu'au lendemain. Il se dirigea ensuite vers la demeure du gouverneur. La matinée était agréable ; la chaleur intense de la saison de l'inondation se dissipait à mesure que s'installait la saison des cultures. Bak aspirait à partir chasser dans le désert ou dans les marécages, à naviguer sur le fleuve. Tout, plutôt que d'affronter un autre jour de cette enquête apparemment stérile. Sept jours avaient passé depuis la mort d'Hatnofer. Certes, il avait recueilli beaucoup d'informations, pourtant il n'avait toujours pas idée de l'identité du tueur. Vu le court laps de temps qui lui restait pour réussir, il aurait eu besoin d'une intervention divine.

Souriant à la pensée de cette éventualité improbable, il s'arrêta devant l'autel familial. Ici, pas de fleurs fraîches, seulement une coupe d'encens depuis longtemps consumé, au pied d'une statue peinte en rouge. Si personne ne se souciait de celui-ci, qui fleurissait l'autre autel ?

Trois hommes d'âge mûr sortirent de la résidence — des marchands, à en juger par leur teint hâlé et leur parure, mêlant les bijoux de Kemet à ceux du Sud profond. Le plus grand d'entre eux le salua de la main.

— Si tu viens présenter une doléance, tu n'as pas de chance. Le gouverneur Djehouti est souffrant et ne reçoit pas aujourd'hui.

« Il n'est pas souffrant, il tremble de se montrer », pensa Bak.

— Sait-on quelle est sa maladie ?

— On nous a simplement dit qu'il ne pouvait quitter son lit. J'espère qu'il se portera mieux demain. Nous sommes en litige avec un habitant de Souenet au sujet d'un contrat, et nous attendons qu'il tranche pour repartir dans le Ventre de Pierres.

— Puissent les dieux vous sourire, répondit le policier.

Une vingtaine d'hommes sortaient en petits groupes, chacun exprimant l'espoir, la patience, le désarroi, la colère ou la déception selon son tempérament. Le temps que Bak pénètre dans la salle, le dernier solliciteur et les scribes étaient partis. Le capitaine Antef et le lieutenant Amonhotep discutaient au pied de l'estrade déserte. Leurs voix résonnaient sous le plafond haut. Bak s'arrêta près de la porte, craignant d'être indiscret. Antef fulminait.

— S'il n'est pas en état de prendre une décision, que vais-je faire ? Décider par moi-même pour affronter ensuite son courroux ?

— Tu présupposes que tes décisions différeront des siennes, répondit le conseiller.

— C'est invariablement le cas.

Amonhotep garda le silence, tendu et troublé. Il ferma les yeux, respira profondément, puis enfin il adressa au militaire un sourire crispé.

— Très bien, je parlerai en son nom. Que tes troupes évacuent la carrière. Accorde-leur quelques jours de repos. J'enverrai un courrier à Ouaset pour annoncer que la prochaine statue d'Osiris arrivera en retard. Je me plaindrai du manque de tailleurs de pierre qualifiés et je réclamerai des artisans expérimentés.

Bak devina que, pour la première fois, le secrétaire prenait une décision importante sans l'accord de Djehouti — une décision qu'en l'occurrence celui-ci ne ratifierait pas.

— Tu gâches tes talents dans une tâche ingrate, lieutenant, dit Antef en le tapant sur l'épaule.

Khaouet entra derrière l'estrade et s'approcha des deux hommes en souriant. Bak, ne voulant pas qu'on croie qu'il espionnait, avança entre les colonnes dans leur direction. Elle l'aperçut et s'écria en ouvrant de grands yeux :

— Lieutenant Bak !

Les deux officiers firent volte-face et le fixèrent avec stupeur.

— Par Khnoum ! s'exclama Antef. Que t'est-il arrivé ?

Bak songea à prétexter un accident, mais il décida que le temps était venu d'être franc.

— J'étais devant le puits de mesure quand j'ai été frappé dans le dos par une pierre. Par bonheur, j'ai réussi à ne pas tomber au bas des marches.

— Qui aurait fait une chose pareille ? murmura Amonhotep.

— Le tueur ! répondit Antef en plissant les yeux. Le talonnes-tu d'aussi près ?

— As-tu vu quelqu'un ? interrogea Khaouet.

Le regard de Bak passa de l'une à l'autre.

— Non, je n'ai vu personne et, oui, je suppose que c'était le tueur.

— Ainsi, c'est toi qui pourrais être la prochaine victime, tandis que Djehouti continuera à vivre, observa Antef, que sa propre plaisanterie ne paraissait guère amuser. Je ferais mieux de te procurer quelques lanciers pour ta garde personnelle. Pense un peu à l'effet que tu produiras : le lieutenant Bak et son escorte, parcourant les rues d'Abou et de Souenet...

La porte s'ouvrit près de l'estrade, et le capitaine vit Inenii se figer sur le seuil. Il ajouta aussitôt, à son intention :

— Pendant qu'une douzaine d'hommes ira reprendre possession des terres de Djehouti à Noubt.

La colère se peignit sur les traits d'Inenii, mais au lieu de mordre à l'appât, il recula et laissa la porte se refermer entre eux. Bak se hâta de le suivre par le même chemin. Inenii, déjà loin, marchait les poings serrés vers l'arrière de la maison. Bak le rattrapa à la barrière, devant les cuisines.

— Inenii, nous avons à parler.

Le jeune homme se retourna, et la vue des bandages lui fit oublier la repartie cinglante qu'il s'apprêtait à lancer.

— Que t'est-il arrivé ?

Bak le lui apprit, puis demanda de but en blanc :

— Tes chevaux sont-ils en lieu sûr ?

La question le surprit lui-même. Ils se regardèrent en souriant tels des conspirateurs, puis Inenii hocha la tête. Il jeta un rapide coup d'œil vers la maison. Les fenêtres à l'étage étaient trop hautes pour qu'on puisse les voir de l'intérieur, néanmoins il se rembrunit comme s'il pensait que Djehouti les observait.

— Partons d'ici, proposa-t-il. A la résidence de Nebmosé, nous parlerons plus tranquillement.

— Te voyant revenu de Noubt, j'ai pensé que ton père et toi vous étiez réconciliés.

— Je suis monté à sa chambre, mais il a refusé de me laisser entrer.

— Il ne tolère qu'Amonhotep et Khaouet, indiqua le policier. Il m'a reçu hier, mais me permettrait-il de l'approcher aujourd'hui ?

— Il n'a jamais été très courageux en temps de crise, mais cette fois... Je pense souvent qu'il aurait mieux valu pour nous tous que tu ne viennes jamais à Abou, que tu ne discernes pas ce fameux lien entre les crimes, et que tu ne lui révèles pas qu'il serait la dernière victime.

— Le tueur avait l'intention de le terroriser avant d'en finir avec lui. Même sans mon intervention, il se serait arrangé pour que ton père comprenne bien qu'il était visé.

« Non que ce soit facile, reconnut-il en son for intérieur. Djehouti est passé maître dans l'art de fermer son cœur aux vérités qui lui déplaisent. »

Ils entrèrent dans la propriété de Nebmosé et s'assirent sur un banc de brique, à l'ombre de l'étable. Un vol de pigeons s'était posé sur le toit ensoleillé. Leurs roucoulements atténuaient le silence de la maison vide. Bak s'adossa contre le mur et étira ses jambes.

— Il paraît que Djehouti veut te déshériter — ou est-ce déjà fait ?

— As-tu oublié qu'il n'admet personne auprès de lui ? répondit Inenii. Avant d'être bannis de ses appartements,

Amethou et Simout l'ont exhorté à ne pas me chasser de Noubt, soutenant que le domaine ne pouvait prospérer sans moi. Amonhotep a feint d'ignorer des procédures qu'il connaît mieux que quiconque dans la province. Quant à Khaouet... Ma foi, elle est trop occupée à jouer les maîtresses de maison pour s'inquiéter de mon avenir.

— Les comptes rendus quotidiens ! annonça Simout en indiquant plusieurs séries d'étagères où étaient rangées des dizaines de jarres, la plupart scellées. Tu es déjà venu ici et tu sauras t'y retrouver, aussi je te laisse chercher ce que tu désires. Je dois terminer ce maudit inventaire. Mes scribes ont à faire ailleurs.

Bak fut sensible à cet honneur. Jamais encore un scribe en chef ne lui avait accordé sa confiance au point de lui abandonner ses précieuses archives.

— Je remettrai chaque document en place, n'aie crainte.

— Tu y as intérêt ! dit Simout en quittant rapidement la pièce.

Bak ne sut s'il devait le prendre comme une menace ou une plaisanterie. Un peu des deux, sans doute. Il se munit de la lampe posée sur son trépied et se déplaça le long des rangées, lisant l'inscription tracée à l'encre sur le collet des jarres. Il trouva bientôt celle qu'il voulait, datée de la cinquième année de règne de Maakarê Hatchepsout, saison des moissons. Reposant la lampe sur son socle, il brisa le bouchon, sortit le papyrus qui l'intéressait et, l'approchant de la lumière, commença à le dérouler.

La tempête de sable s'était abattue sur le désert, épargnant Abou et Souenet, de sorte qu'il y était seulement fait allusion à l'arrivée des rescapés — d'abord le capitaine Djehouti et le sergent Min, puis les autres, un ou deux à la fois. Le transfert de Min n'était pas annoncé, ce qui n'avait rien de surprenant. Le départ d'un soldat pour un nouveau poste était consigné dans les archives de la garnison.

Il continua de lire le compte rendu quotidien, en accordant une attention particulière aux audiences du gouverneur. Les indications étaient claires et nettes. Djehouti n'était pas frappé d'ostracisme pour la perte de tant de vies. Du moins, d'après ce qu'en disait son père.

Un mois après la tempête, le vieux gouverneur s'éteignait et Djehouti lui succédait. Une semaine plus tard, une note laconique faisait référence à la mort, survenue quelque temps plus tôt, d'un noble nommé Nebmosé. Aucun parent n'ayant réclamé ses biens, Djehouti avait confisqué pour la maison royale le domaine jouxtant la résidence ainsi que des terres cultivées au nord de l'île d'Abou. Des propriétés d'une valeur considérable, remarqua Bak. A une date ultérieure, il était fait mention de l'adoption d'Inenii, puis de l'union contractée entre ce dernier et Khaouet.

Replaçant le document dans sa jarre, Bak approcha la lampe d'une autre étagère, où des papyrus plus récents étaient classés dans des jarres non scellées.

— Dixième année de règne de Maakarê Hatchepsout, murmura-t-il, cherchant d'abord l'endroit où le meurtre du petit Nakht serait mentionné. Ah ! Voilà : quatrième mois de la saison de l'inondation.

La mort de l'enfant était présentée tel un accident. De même celle de Montou, la semaine suivante. Le meurtre de Senmout était imputé à une tribu nomade. Quatre jours plus tard, un contrôleur des impôts et plusieurs scribes étaient arrivés de la capitale. Djehouti les avait accueillis avec la solennité requise et les avait reçus chez lui le soir même. Tôt le lendemain matin, le scribe en chef Simout avait accompagné le contrôleur vers le nord, pour estimer la superficie des futures récoltes après le retrait des eaux.

Bak continua à lire. La mort du lieutenant Dedi passait elle aussi pour un accident. Deux jours plus tard, Simout revenait seul, le contrôleur ayant poursuivi sa tournée dans la province voisine. Bak dissimula un sourire et regarda furtivement le petit homme replet assis devant ses scribes. A moins qu'il y ait deux assassins, ce dont il doutait fort, Simout n'avait tué personne. Bak fut enchanté de cette découverte, non seulement pour le scribe en chef, mais pour lui-même : il pouvait enfin barrer un nom sur sa liste de suspects.

Avec de la chance, les archives de la garnison jetteraient également de la lumière sur cette affaire. Tout au moins, elles lui apprendraient où se trouvait Antef au moment où l'assassin avait frappé.

Bak sortit par la porte de service, plongé dans ses pensées. La voix furieuse de Khaouet résonna :

— Prends cette bête et va-t'en ! Et ne t'avise pas de revenir !

Intrigué et prêt à apporter son aide s'il le pouvait, le policier courut le long des greniers, s'arrêta à la barrière. La natte qui couvrait la porte des cuisines se releva brusquement et Kasaya surgit, serrant le singe dans ses bras comme pour le protéger. Une poudre blanche couvrait le torse et les jambes du Medjai. La fourrure noire du singe était maculée par une substance poisseuse parsemée de blanc.

A la vue de Bak, Kasaya poussa un grand soupir de soulagement. Mais Khaouet fit irruption derrière lui, rouge, échevelée, relevant sa jupe pour courir à son aise. Elle brandit tel un gourdin une longue amphore en terre cuite et cria d'une voix vibrante de colère :

— Tu ne causes que des ennuis, Kasaya ! Tu séduis sans vergogne les femmes de ma maison, qui ne cessent plus de se disputer. Et voilà que tu apportes ce singe dans nos cuisines ! Comment oses-tu ?

— Chef ! Je ne voulais rien faire de mal ! gémit le Medjai.

— Lieutenant ! s'exclama Khaouet qui, en l'apercevant, lâcha sa jupe et posa l'amphore. Pendant près d'une semaine j'ai laissé ce... ce nigaud passer son temps chez moi, fureter dans nos affaires, gêner mes servantes dans leur tâche et s'empiffrer de nourriture. Cette fois, c'en est trop. Je veux qu'il déguerpisse sur-le-champ.

— Qu'a-t-il fait ? demanda Bak, essayant de garder son sérieux.

— Il a apporté cette bête dans mes cuisines ! Pendant qu'il badinait avec les servantes, son singe se gorgeait de miel, de melon et de gâteaux. Comme si cela ne suffisait pas, il s'est roulé dans notre farine fraîchement moulue, dans nos haricots secs et nos pois chiches. Nous n'arriverons jamais à nettoyer ce gâchis !

— Je l'avais attaché à un tabouret ! se justifia Kasaya d'un ton implorant. Comment pouvais-je deviner qu'il savait défaire les nœuds ?

Réprimant son fou rire, Bak ouvrit la barrière et lui fit signe de passer. Le petit fauteur de troubles s'accrochait au pouce de Kasaya comme un bébé au doigt de sa mère. Le lieutenant n'eut pas le cœur d'ordonner son renvoi dans le sycomore.

— Va te baigner dans le fleuve. Et lave aussi ton singe. Je te verrai plus tard, dans nos quartiers.

Avec un air de gratitude, Kasaya sortit précipitamment. Bak franchit la barrière en sens inverse, s'efforçant de rester impassible. A l'évidence, Khaouet ne voyait rien de drôle dans cette situation.

— Je suis sincèrement désolé, dame Khaouet. Quand vous serez tous deux calmés, je te le renverrai pour qu'il nettoie.

— Ça, pas question ! Tu l'avais posté chez nous dans une intention précise, je le comprends bien. Mais j'en ai plus qu'assez de lui, et il ne remettra plus les pieds ici. Je n'ai ni le temps ni l'envie de surveiller ce gamin attardé.

— Il vous protège pourtant, toi et les tiens.

La bouche de Khaouet, pincée et déterminée, lui donnait une ressemblance saisissante avec son père. Bak comprit qu'elle ne reviendrait pas sur sa décision. Elle aurait été plus raisonnable si elle avait eu moins de tracas, mais son inquiétude pour Djehouti et la responsabilité d'un aussi vaste domaine auraient rendu n'importe qui intraitable.

Bak supposait qu'Antef serait allé immédiatement à la carrière pour libérer ses hommes de leur besogne épuisante, cependant il le trouva à la garnison. Installé sur un tabouret dans la petite pièce au mobilier sommaire qui lui servait de bureau, le capitaine dictait une lettre à un scribe assis par terre, qui écrivait avec une rapidité stupéfiante. Sans s'interrompre, Antef indiqua à Bak l'un des deux autres tabourets. Le document énumérait les artisans et les ouvriers nécessaires en remplacement des soldats.

— Cela devrait suffire, estima enfin Antef. Si l'on en demande trop, ils ne donneront rien.

En souriant, le scribe rassembla son matériel et quitta la pièce.

— Je croyais qu'Amonhotep se chargeait d'écrire cette lettre, remarqua Bak, qui observait l'officier avec intérêt.

— Quand on veut du travail bien fait, il faut le faire soi-même, répondit Antef en riant. Amonhotep a promis d'envoyer ce que je lui donnerai. Je ne vois pas d'objection à ce que mes hommes transportent des statues de la carrière au fleuve, car les soldats ont toujours prêté main-forte pour ces manœuvres et cela ne prend guère de temps. Ce contre quoi je m'insurge, c'est qu'ils accomplissent le travail d'artisans au lieu de s'entraîner à l'art de la guerre.

— Comment réagira Djehouti en découvrant que tu as usurpé son autorité ?

— Il déteste passer pour ridicule, surtout aux yeux de ses nobles amis de Ouaset. Cela n'ira pas plus loin. Bien entendu, je resterai sur mes gardes car il cherchera sûrement à se venger.

Tous deux parlaient comme si Djehouti continuerait à vivre, comme si aucune menace ne planait sur son existence. Antef chercha quelque chose des yeux.

— Qu'ai-je fait de mon bâton de commandement ?

Il pivota sur son tabouret et le repéra parmi un faisceau

de lances, au milieu d'armes et d'outils entassés contre le mur du fond.

— Je vais annoncer la bonne nouvelle aux hommes de la carrière. Qu'est-ce qui t'amène ?

— J'aimerais revoir les archives quotidiennes de la garnison.

— Pourquoi ?

Pendant que Bak lui en expliquait la raison, Antef décrocha une tunique d'un petit traîneau dont un patin était cassé et la glissa par-dessus sa tête. Voyant alors que son collier large ne reposait pas à plat sur l'étoffe, il se débattit avec l'agrafe et le jeta sur le tabouret. Dès qu'il en eut entendu assez, il alla ouvrir la porte d'un pas énergique et appela un nom. Son scribe arriva en courant.

Peu après, Bak était assis par terre dans unc minuscule courette, ombragée par des feuilles de palmiers étalées en travers de deux poutres solides. Sur un banc près de lui, une douzaine de papyrus apportés par le scribe étaient disposés dans l'ordre chronologique.

A nouveau, il déroula la copie du rapport officiel sur la tempête de sable ; désormais, il savait que chercher. Comme on devait s'y attendre, Djehouti étant l'auteur du document, l'ordre insensé de continuer à marcher dans la tourmente était passé sous silence, de même qu'il n'était pas fait mention d'hommes qui, ayant trouvé un refuge, avaient repoussé leurs camarades. Pour être juste, Djehouti n'avait peut-être jamais été informé de cette terrible faute, mais un bon commandant aurait su apprendre la vérité des survivants.

Une troisième omission, inattendue celle-là, s'avérait beaucoup plus intéressante. Le rapport ne comportait aucune recommandation d'attribuer la mouche d'or à Min, contrairement à ce qui figurait dans ses états de service. Djehouti s'était-il abstenu de présenter cette requête, sachant pertinemment que le sergent n'était plus de ce monde ?

N'ayant plus rien à glaner là-dedans, le policier passa aux rapports journaliers, dans lesquels il chercha cette fois le nom de Min. Exactement une semaine après son retour du désert en compagnie de Djehouti, une note succincte indiquait que le sergent Min avait quitté la garnison. Bak revint en arrière, puis parcourut la suite. Les autres annotations, souvent brèves, omettaient un détail ou deux mais ne manquaient jamais de préciser la raison d'un transfert, la destination du soldat et le nom du navire sur lequel il voyagerait. Min n'avait jamais quitté Abou, Bak en était sûr.

Il poursuivit en examinant les rapports plus récents, en quête de renseignements sur les allées et venues d'Antef pendant les quatre premiers meurtres. En apparence, le capitaine menait une vie passionnante. En réalité, ses journées se ressemblaient beaucoup et ses obligations n'avaient rien que de très banal. Il passait quelques heures par jour à la carrière et le reste de son temps à Abou, où il supervisait les activités de routine de la garnison.

Une fois seulement au cours des six dernières semaines, il s'était aventuré loin d'Abou. Un mois plus tôt, il était parti dans le désert en compagnie d'un sergent et de dix lanciers, afin d'inspecter les patrouilles. Leur absence avait duré quatre jours. Senmout avait été supprimé le dernier jour du voyage. Étaient-ils revenus avant le meurtre, ou plus tard dans la journée ? C'était une question à laquelle le sergent saurait répondre.

14

— Où est Kasaya, à présent ? interrogea Psouro.

— Au fleuve. Il essaie de laver le singe, qui se démène comme s'il était pris entre les mâchoires d'un lion, répondit Bak en riant.

— Tu vas lui permettre de le garder ?

— Pourquoi pas ? Le mal est déjà fait.

— L'épouse de Pahared ne sera pas contente s'il se vautre dans ses réserves.

Psouro lança un coup d'œil appuyé en direction de la porte, où la femme en question, devant un colporteur, marchandait âprement des anneaux de bronze, des pendentifs et des cercles de chevilles pour les jeunes femmes qui travaillaient chez elle.

— Il le tiendra en laisse, attaché par un nœud difficile à défaire. A la première incartade, le singe regagne son sycomore. Et maintenant, raconte-moi ce que tu as appris au sujet de Min, dit Bak, portant la cruche à ses lèvres en prenant soin de ne pas remuer le dépôt, tout au fond.

— Je suis allé aux bureaux de la garnison, aux magasins d'approvisionnement, à l'armurerie, partout où je pouvais trouver quelqu'un qui était prêt à me parler. Pas un seul homme de son unité n'a survécu à la tempête, et il ne reste qu'un petit nombre de ceux qui étaient affectés au matériel à l'époque. Pire encore, la mémoire joue des tours au bout de cinq longues années. Pas facile d'obtenir la vérité.

— Quel souvenir ont-ils gardé de lui ?

— Celui d'un homme difficile à satisfaire sur le terrain de manœuvres. Expert dans l'art de la guerre, habile dans le maniement des armes, fier de ses cicatrices de vétéran. Tous concèdent qu'il valait mieux l'éviter dans les jeux de hasard, car il était foncièrement malhonnête. Mais lorsqu'il accordait son amitié, c'était pour la vie.

Tout en parlant, Psouro contemplait d'un œil appréciateur une longue jeune femme du pays de Kouch, qui s'était placée devant une porte du fond dans une pose suggestive. Ses joues, son front et ses épaules sombres étaient scarifiés, ses cheveux teints en roux cuivré. Psouro lui adressa un clin d'œil. Y voyant une invite, la fille traversa la salle en ondulant comme frôlée par une brise légère. Agacé, Bak la renvoya d'un signe de la main. Avec un regret manifeste, Psouro fixa son dos qui s'éloignait tout en continuant son rapport :

— D'après un armurier, on n'aurait jamais cru que Min se soucierait d'une femme. Il était bien trop égoïste pour s'engager, trop épris de liberté pour se laisser apprivoiser. Quand il commença à vanter les qualités d'Hatnofer, tout le monde à l'armurerie crut qu'il voulait rire. Jusqu'au jour où l'un des artisans parla d'elle irrespectueusement. Min s'emporta et le jeta contre le mur. Alors ils comprirent qu'il l'aimait pour de bon, et ils s'abstinrent de toute plaisanterie.

Bak hocha la tête, satisfait. Min et Hatnofer avaient donc été intimes.

— Mais pourquoi, alors, l'a-t-il laissée derrière lui ?

— Ça, personne ne l'a compris. Beaucoup de rumeurs disaient qu'il n'avait jamais embarqué, mais qu'il avait été précipité dans le puits de mesure. Il n'envoya pas de message à ses amis pour raconter s'il se plaisait dans sa nouvelle garnison, et le fleuve ne rejeta jamais son corps. Hatnofer ne laissa paraître ni colère ni tristesse. Rien qu'une amertume croissante, au fil des années.

Bak posa sa cruche et se leva.

— Il est mort, j'en suis sûr. Il connaissait le secret de Djehouti, et devait être réduit au silence.

Se levant à son tour, Psouro lança à la jeune femme un regard mélancolique.

— Tu penses que le gouverneur l'a fait supprimer ?

— Je parierais là-dessus la ration de grain d'une année.

Ils franchirent la porte et tournèrent dans la ruelle, où une douce brise tempérait l'ardeur du soleil de midi. Un train d'ânes, leur dos chargé d'une montagne de fourrage vert, traversait cahin-caha l'intersection devant eux. Tandis qu'ils laissaient passer les bêtes, Bak parla à Psouro du voyage d'inspection d'Antef, dont le terme coïncidait avec l'assassinat de Senmout. Il lui ordonna de regagner la garnison, et de chercher le sergent qui permettrait peut-être d'innocenter le capitaine.

— Quant à moi, déclara Bak d'un air sombre, je retourne à la résidence du gouverneur.

— Je ne le recevrai pas, résonna la voix de Djehouti dans le couloir, étonnamment forte pour celle d'un malade confiné au lit. Pourquoi est-il encore à Abou ? J'avais exigé qu'il parte !

— S'il est ici, c'est parce que le vizir en a exprimé le désir.

Une pointe d'irritation perçait dans la voix d'Amonhotep. Répondre aux moindres caprices d'un homme qui se comportait comme un enfant gâté et timoré commençait à éprouver son sang-froid.

— Peu m'importe. Renvoie-le !

— Je ne peux pas.

— Tu le peux et tu le feras ! vociféra Djehouti.

— Gouverneur, s'il t'arrivait quelque chose...

— Il ne m'arrivera rien ! Tant que tu restes auprès de moi, personne n'osera m'approcher. Tu es le fils que je n'ai jamais eu, le seul être en qui j'aie confiance. Avec toi à mes côtés, je n'ai besoin ni de ce misérable Bak ni de ses Medjai. D'Inenii non plus, pas plus que d'Antef ou de quiconque.

— Tu as ta fille Khaouet, gouverneur.

Djehouti repoussa cette idée d'un reniflement hautain.

Bak pria Amon de lui accorder la patience et se présenta à la porte de la chambre. Le gouverneur était couché au milieu de ses draps défaits, la tête et les épaules soutenues par des coussins. Malgré un agréable courant d'air frais, la fragrance d'un parfum sucré ne parvenait pas à dominer l'odeur de corps pas lavé qu'elle était censée dissimuler.

« Pauvre Amonhotep ! » pensa Bak.

— Gouverneur Djehouti, commença-t-il, je te remercie de me recevoir. Sachant que tu es souffrant, je te suis grandement reconnaissant de m'admettre en ta présence.

Les mots lui étaient venus à l'improviste — inspirés par Amon, sans l'ombre d'un doute.

Le secrétaire le considéra d'un air stupéfait. Djehouti regarda fixement les bandages qui entouraient le bras et le torse de Bak. Il parut sur le point d'émettre un commentaire, mais se ravisa et demanda d'un ton rageur :

— Toi... Toi... Que fais-tu dans ma chambre ?

Bak regretta de compliquer la tâche d'Amonhotep, mais son seul espoir de briser le silence du gouverneur était de le prendre par surprise.

— Je viens te parler du sergent Min, l'homme qui t'a sauvé la vie.

Djehouti rejeta la tête en arrière comme s'il avait reçu un coup.

— Min ? Il... Il est parti pour Mennoufer.

A mesure que les mots lui venaient, il prenait de l'assurance. L'histoire maintes fois répétée resurgissait de sa mémoire.

— Il a demandé à être muté dans cette garnison, pensant améliorer son sort en assumant un poste important, plus près du cœur de l'armée. Près de la capitale du Nord, il a l'espoir d'attirer l'attention de Menkheperrê Touthmosis. Je l'ai recommandé pour l'or de la vaillance.

Maakarê Hatchepsout préférait résider dans la maison royale de Ouaset, près du clergé qui la soutenait. De son côté, le jeune roi avait pris pour foyer et pour siège du commandement de l'armée la capitale administrative de Mennoufer, où, disait-on, il attendait son heure.

Mais Bak ne crut pas Djehouti un instant. Bien que cohérente, l'explication était venue trop vite. Quant à l'or de la vaillance, le rapport officiel prouvait qu'il mentait.

— Le sergent Min : voilà quel était le lien entre Hatnofer et la tempête, dit froidement le policier. Ils étaient amants, et il est allé jusqu'à se battre à la garnison pour défendre l'honneur de la gouvernante. Le savais-tu ?

— Non, je... bredouilla Djehouti, cherchant en vain unc échappatoire. Oui. Elle me l'avait dit.

— Min survécut à la tempête, mais peu après il disparut. C'est parce qu'elle était intime avec lui qu'Hatnofer a été assassinée, et parce qu'elle se trouvait immédiatement sous tes ordres.

— Si l'on se fie à ta prétendue théorie, c'est plutôt Amonhotep qui aurait dû être la victime, répliqua le gouverneur d'un air de défi. Il a réchappé à la tempête, tandis qu'elle n'avait jamais mis les pieds dans le désert.

— Le matin du meurtre, il se trouvait sur un navire qui le ramenait d'Abou.

— Le tueur aurait pu attendre son arrivée, qui devait survenir le jour même.

Djchouti marquait un point. Hatnofer avait-elle été assassinée à cause d'un simple concours de circonstances ? A moins qu'elle n'ait deviné l'identité du meurtrier et se soit dressée contre lui...

— On dit dans les baraquements que Min n'est jamais parti pour Mennoufer, reprit Bak. Il a été tué avant même de monter à bord. Une telle rumeur persisterait-elle, si elle n'avait aucun fondement ?

Mais le bref silence avait permis à Djehouti de recouvrer son aplomb. Il redressa la tête et riposta sur un ton courroucé :

— Dehors ! Je suis trop faible pour répondre à de viles insinuations.

Il ramena le drap sous son menton et tourna le dos aux deux officiers, debout près du lit.

— Gouverneur ! intervint Amonhotep, qui se retenait à grand-peine de secouer son maître. Dans ton propre intérêt, aide le lieutenant Bak.

Djehouti remonta encore le drap et se couvrit les oreilles. Écœuré, Bak se dirigea vers la porte et lança par-dessus son épaule :

— Si tu tiens à mourir, gouverneur, tu as ma bénédiction.

Il s'arrêta sur le seuil dans l'attente d'une réaction. Il n'en obtint aucune.

Bak réfléchissait, en haut de l'escalier du débarcadère. Tout en bas, Inenii s'activait sur le pont d'une petite barge de transport, d'où l'on déchargeait des paniers débordant de produits frais. Les fruits et les légumes cultivés à Noubt avaient remonté le fleuve pour remplir le ventre du gouverneur et de sa maisonnée. Des matelots et des serviteurs, les épaules lourdement chargées, gravissaient péniblement les marches pour franchir le portail près de la sentinelle.

Bak était loin d'être seul, pourtant il se sentait mal à l'aise. L'archer, encore vivant, se cachait-il derrière lui, ajustant à l'instant même une flèche sur son arc ? Il examina les murs et les toits de la résidence, et ceux de la demeure de Nebmosé. Il ne vit que le garde à la porte.

Il chassa d'un haussement d'épaules son inquiétude passagère et longea l'esplanade. Son entrevue avec Djehouti l'avait découragé. Comment pouvait-il protéger un homme à son corps défendant ? Il dépassa quatre petits garçons qui jouaient à chat, et dont les rires et les cris emplissaient l'air de joie. Si seulement il avait pu être aussi insouciant ! Il contourna le puits de mesure, salua de la main les femmes réunies plus loin, autour du puits public, et s'assit sur un banc à l'ombre des saules, devant le sanctuaire de Khnoum. A peine conscient des voix des femmes qui puisaient de l'eau, il tenta de donner un sens à tout ce qu'il avait appris jusqu'alors.

Il avait été si prompt à deviner le lien entre les différents meurtres ! Pourquoi ne parvenait-il pas à identifier leur auteur ? Il voulait par-dessus tout réussir dans sa mission, comme dans ses précédentes enquêtes, mais tout demeurait obscur. Malgré sa conviction que la tempête de sable était la clef de tout, aucune nouvelle piste ne menait nulle part.

Quant au gouverneur, il était exactement tel que Noferi l'avait décrit, elle qui l'avait connu dans sa jeunesse : capricieux et têtu, il n'écoutait aucun conseil et s'investissait d'une autorité qu'il était incapable d'assumer. Bak avait constaté par lui-même ces trois premiers traits de caractère. La catastrophe dans le désert, la perte de tant de vies innocentes étaient sans nul doute le résultat du quatrième.

« Plus que trois jours avant la fin de la semaine, songea-t-il. Trois jours avant que le tueur ne frappe à nouveau. »

Khaouet pouvait être sa prochaine victime mais, s'il persistait dans la ligne de conduite qu'il s'était fixée, il lui faudrait alors attendre une semaine de plus avant d'assassiner Djehouti. S'y tiendrait-il ? Non, probablement pas. Il aurait couru le risque être percé à jour avant d'avoir parachevé son dessein. Néanmoins, Bak devait prendre des précautions pour la sécurité de la fille et du père.

Quel que soit son mépris envers Djehouti, il n'avait pas le droit de le laisser mourir.

— Je ne veux plus de Medjai chez moi ! déclara Khaouet d'un air résolu. Kasaya est une véritable plaie.

— Psouro est plus mûr et plus responsable, insista Bak. Sauf en cas de danger, tu ne t'apercevras même pas de sa présence.

Poster Psouro à la résidence était bien la dernière

chose qu'il souhaitait. Le Medjai lui était trop précieux pour glaner des informations sur les habitants d'Abou et de Souenet, ou sur les soldats de la garnison. Mais avait-il le choix ?

— Ne peux-tu respecter ce désir, lieutenant, si simple qu'il soit ?

Sans lui laisser le temps de répondre, elle entra sous l'appentis et concentra son attention sur deux hommes assis à l'ombre. Entre leurs mains agiles, des vases ronds prenaient forme sur des tours horizontaux actionnés à toute vitesse. Plus de vingt récipients similaires séchaient dans un coin, en attendant d'être cuits au four.

— La vie de ton père est menacée, dame Khaouet. Je veux qu'un de mes hommes soit dans les parages quand le tueur surgira.

— Il reste trois jours, souligna-t-elle.

— Il pourrait frapper à tout moment. A sa place, ne modifierais-tu pas tes plans si chacun les connaissait ?

Elle répondit avec un sourire crispé :

— Mon père ne quitte plus ses appartements et insiste pour qu'Amonhotep demeure près de lui en permanence. Amonhotep et personne d'autre. Dans ces conditions, la présence de ton Medjai serait inutile.

— Je m'inquiète tout autant pour toi, répliqua-t-il et, d'un geste, il prévint l'objection qu'elle s'apprêtait à formuler. Le tueur se plaît à ce petit jeu. Ça ne me surprendrait pas qu'il décide de tourmenter encore Djehouti en s'en prenant à la chair de sa chair.

— Non, rétorqua-t-elle durement. Je ne cours aucun danger.

Il aurait pu passer outre, lui imposer Psouro, cependant il ne voulait pas placer celui-ci dans une situation délicate, qui lui laisserait fort peu de marge de manœuvre. Il devait trouver quelqu'un d'autre, mais qui ? Il se remémora les hommes qu'il avait rencontrés depuis son arrivée à Abou, les rares auxquels il pensait pouvoir se fier. Au meilleur des cas, ils seraient loin d'égaler Psouro et Kasaya en efficacité.

— Si je te proposais quelqu'un d'Abou et non un Medjai, lui permettrais-tu de rester près de toi ?

— Pas dans ma chambre à coucher, j'espère, dit-elle avec un sourire ironique, qui s'effaça devant la gravité de Bak. A qui penses-tu ?

— A un garde qui est ici depuis plusieurs années et qui connaît aussi bien la demeure que la propriété. Il s'appelle Kamès.

— Je ne vois pas de qui tu parles.

Bak ne s'en étonna pas. Kamès n'était pas de ceux que l'on remarque.

— En ce moment, c'est lui qui surveille la demeure de Nebmosé.

— Ah oui ! Le jeune homme maussade, celui qui est récemment tombé dans les rapides.

Bak se rappela Nenou tel qu'il l'avait vu la dernière fois, et faillit dire qu'il s'agissait en fait d'une rixe. Puis, soudain, il vit clair. Son demi-sourire disparut de ses lèvres et il se borna à répondre :

— Pas celui-là. Un garde plus petit, et plus âgé. Ils patrouillaient ensemble il y a encore quelques jours.

— S'il faut que je sois protégée, autant lui qu'un autre, répondit-elle sans enthousiasme. Au moins, il respectera les règles de cette maison. Contrairement à tes Medjai.

Bak fut vexé par cette pique, mais laissa passer sans mot dire. Khaouet le faisait songer à un arbre fruitier dont les branches ployaient sous le poids. En revanche, il lui faudrait avoir une sérieuse conversation avec Kamès. Le garde devrait la suivre comme son ombre et ne pas la quitter des yeux un instant.

Psouro cala sur son épaule le panier de linge propre et, par la poignée de chanvre attachée au col, souleva le pot contenant un ragoût de poisson. La vieille femme tendit alors à Bak un autre panier recouvert de feuilles, d'où montaient le léger parfum de levure du pain frais et un autre, plus subtil, d'œufs durs, qui se mêlaient aux effluves corsés du fromage. Le policier lui remit un jeton en échange. Avec un sourire de gratitude, la vieille rentra dans sa minuscule maison. Psouro put alors relater ce qu'il avait appris.

— Ils n'ont trouvé la patrouille qu'en milieu d'après-midi. Le capitaine Antef a insisté pour que les hommes ne changent rien à leurs habitudes. Ses lanciers et lui sont restés auprès d'eux pendant plus de deux heures.

— Se trouvaient-ils loin dans le désert ? interrogea Bak.

— A environ trois heures de marche à l'ouest du fleuve. D'après le sergent, ils n'ont regagné Abou que bien après le coucher du soleil. Il a de bonnes raisons de s'en souvenir : ils n'ont pu retrouver leur barque dans le noir — on la leur avait volée — et pendant qu'ils cherchaient, l'un des hommes est tombé à l'eau. Pour finir, ils ont passé la nuit sur la rive.

Ils dépassèrent plusieurs archers qui s'en retournaient chez eux et pénétrèrent dans une ruelle étroite. Un chien noir qui trottait sur les talons des soldats leur emboîta le pas, alléché par la nourriture.

— A quel moment de la journée Senmout a-t-il été tué ? demanda Bak.

— On l'a découvert au petit matin. Ceux qui sont venus de la Maison des Morts ont estimé que le décès remontait à plusieurs heures.

— Bien ! approuva Bak avec satisfaction. Désormais, deux des suspects sont totalement innocentés : Antef et Simout.

Ils parvinrent au croisement d'une rue assez large, pour Abou, et tournèrent vers la résidence du gouverneur. Une unité de vingt lanciers qui retournait à la garnison, en colonne par quatre, les força à faire halte devant l'échoppe d'un savetier. L'artisan leva la tête de sa besogne et leur adressa un bref sourire, sans que le rythme régulier de son maillet se relâche. L'odeur infecte du cuir tanné dans l'urine assaillit leurs narines.

Bak se pencha pour gratter la tête du chien, qui s'était arrêté auprès d'eux.

— Aujourd'hui, Khaouet m'a livré à son insu une information troublante. Elle m'a parlé de quelqu'un qui est tombé dans les rapides. Qui crois-tu que c'était ?

Psouro prit le temps de réfléchir, puis ouvrit des yeux ronds.

— L'archer ? C'est de lui qu'elle parlait ?

— Tout juste, ou plus exactement de Nenou, l'un des gardes du gouverneur. Il y a deux jours, il surveillait la propriété de Nebmosé.

— Je me rappelle l'avoir vu là-bas à notre arrivée. Un jeunot qui a besoin d'apprendre à vivre. Mais pourquoi voudrait-il te tuer ? ajouta le Medjai avec scepticisme, tandis qu'ils reprenaient leur marche, toujours suivis par le chien.

— Je n'en sais rien, cependant je l'ai rencontré le lendemain de notre rendez-vous avec Ouser. Il était couvert d'ecchymoses, qu'il a prétendu avoir reçues au cours d'une rixe. Vu sa susceptibilité, je l'ai cru sur parole. Je n'aurais jamais pensé qu'il était l'archer, mais à présent... Nous avons intérêt à découvrir la vérité, et vite !

— N'est-ce pas lui qui t'a aidé à inspecter la résidence de Nebmosé, après la première attaque ?

— Ne m'en parle pas ! maugréa Bak. La meilleure défense est l'attaque, comme il l'a démontré ce jour-là. J'ai sauté par-dessus le mur, et je me suis retrouvé nez à nez avec lui, qui me menaçait de sa lance.

— Pas étonnant que tu n'aies pas retrouvé l'arc et le carquois ! Chaque fois que tu t'en approchais, il t'orientait vers une autre direction.

— Il s'est bien moqué de moi, admit Bak non sans amertume.

— Je ne lui aurais pas cru l'esprit vif à ce point, remarqua Psouro, redevenant dubitatif.

— Sans doute pas dans des circonstances normales, mais, se sentant menacé, il a montré la ruse d'un chacal.

Néanmoins, j'ai mon idée, et nous pourrons peut-être le surpasser en astuce.

— Tu m'as demandé, mon lieutenant ? s'enquit Nenou, au garde-à-vous, en posant sur Bak un regard méfiant.

Bak, appuyant son épaule valide contre une des colonnes de la salle d'audience, le fixa avec insistance dans l'espoir de lui faire perdre contenance. L'apparence du jeune homme ne s'était guère améliorée, même si ses blessures semblaient en voie de guérison. Il respirait fort par le nez, mais se tenait raide comme un piquet. Bak ne put qu'admirer son sang-froid.

— Mon Medjai et moi, dit-il en indiquant Psouro, près de l'estrade, nous allions chercher notre repas du soir quand le scribe en chef Simout m'a fait appeler. Comme tu le vois...

Il désigna du menton les paniers de linge et de nourriture, et le pot de ragoût. Psouro y avait ajouté un filet contenant une demi-douzaine de cruches de bière et un autre panier, rempli de raisin noir et de melons verts.

— Un homme ne peut porter cela tout seul, aussi tu vas accompagner Psouro jusqu'à notre maison, à Souenet.

— C'est tout, chef ? demanda Nenou, nettement plus détendu.

— Dès que tu auras fini, tu seras libre de partir, confirma Bak avec un sourire pour le mettre en confiance.

— Je réchauffe le ragoût ? suggéra Psouro. Je peux emprunter un brasero à l'épouse de Pahared et l'installer sur notre toit, à l'abri du vent.

Bak dissimula son amusement. Le Medjai était plus habile qu'un interprète du drame sacré où Osiris l'emportait sur Seth.

— Je ne devrais pas tarder, toutefois... C'est assurément une bonne idée. Le ragoût de poisson froid est une abomination.

— Si Nenou est bien l'archer, il se montrera sous peu, dit Psouro.

— Juste avant la nuit, acquiesça son chef. Il aura besoin d'une lumière suffisante pour distinguer sa cible, et d'assez de pénombre pour se dissimuler puis s'enfuir sans être vu.

Du toit, il observait les entrées sombres et désertes des bâtiments d'en face. La ruelle s'enfonçait dans l'ombre à mesure que le soleil s'abîmait derrière l'horizon. Sur le seuil d'une maison vide, le chien noir, qui avait traversé le fleuve en barque avec Psouro et Nenou, levait la tête dans leur direction et attendait patiemment une aumône. Kasaya était caché sur une terrasse, près de l'extrémité nord de la ruelle. Des voix sonores, éraillées, montaient d'un terrain sablonneux vers le sud, où une demi-douzaine de marins de Pahared et une foule croissante de spectateurs pariaient sur des lutteurs qui se préparaient à s'affronter.

Le regard de Bak s'arrêta sur les toits encore éclairés, de l'autre côté de la rue, où des familles savouraient la brise douce en consommant le repas du soir. C'étaient les édifices les plus proches ; l'archer frapperait nécessairement de là. Bak avait songé à faire évacuer tous ces gens, mais leur absence aurait révélé un piège. Avec de la chance, ils n'auraient pas à en pâtir.

— Je n'aime pas ça, marmonna Psouro. Il nous faut plus d'hommes.

— Nous en avons suffisamment. Ce n'est pas leur nombre qui m'inquiète, mais leur compétence.

Quand Bak lui avait demandé son aide, Pahared avait proposé ses matelots. En matière de bagarre, ils ne craignaient personne le long du fleuve, avait-il affirmé. Mais auraient-ils la patience d'attendre le signal pour passer à l'action, et se conformeraient-ils aux ordres ? Fascinés par la lutte, pris dans l'excitation de la foule bruyante, réagiraient-ils seulement ?

Psouro posa le ragoût sur le brasero éteint, parachevant l'image de deux hommes préparant leur dîner.

— On aurait dû attendre demain. Tu aurais eu le loisir d'en parler à Antef, qui se serait fait un plaisir de nous procurer des renforts. De bons soldats, dignes de confiance.

— Psouro, dois-je te rappeler que nous disposons de fort peu de temps ? Je doute que Nenou ait trempé dans les cinq meurtres. Si nous parvenons à percer ses intentions, nous nous rapprocherons de la vérité. S'il a agi sur ordre, ce dont je ne doute pas, le chemin à parcourir s'en trouvera encore réduit.

— Qui lui aurait donné cet ordre ? Celui qui veut la mort du gouverneur ?

— Tu parles de presque tous les habitants de cette province ! répondit Bak avec un sourire en coin. Je compte raccourcir notre liste de suspects, non l'allonger.

Une tache de lumière dansa sur sa poitrine puis sur le mur, attirant son attention. Kasaya, accroupi derrière un parapet, répéta le signal, jouant avec les rayons solaires sur un miroir carré en bronze poli. Bak se gratta le crâne pour lui faire savoir qu'il l'avait remarqué. Un autre signal, une série d'éclairs brefs, et Kasaya regagna sa cachette.

— Nenou est sur le quai, armé.

Bak s'éloigna du mur et s'agenouilla à côté du brasero. S'il offrait une cible trop facile, il éveillerait les soupçons de l'archer. Ou il serait abattu.

— Donc, maintenant, on attend, résuma Psouro.

— A mon avis, ce ne sera pas long.

Ils feignirent de bavarder, de s'intéresser distraitement aux cris des parieurs. Le soleil disparut à l'horizon, mais son éclat subsista dans le ciel. Le dieu Rê s'accrochait au monde des vivants avant de se soumettre à douze heures dans le royaume souterrain. Ses derniers feux s'estompèrent bien vite, laissant derrière eux un ciel sombre piqueté d'étoiles. Au bout de la rue, on alluma des torches pour illuminer l'arène. L'appel aigu d'un oiseau de nuit — le signal de Kasaya — s'éleva au-dessus du brouhaha de la foule impatiente.

— Nenou arrive, annonça Bak.

Dans la rue en contrebas, le chien se mit à aboyer. Il s'interrompit brusquement en geignant de douleur. Marmonnant un juron, Psouro saisit sa lance. Bak agrippa la poignée de son bouclier et adressa une prière silencieuse à Amon pour que la première flèche manque sa cible. La main du garde manquait de sûreté, toutefois la malchance tuait parfois aussi vite qu'un trait bien ajusté.

— Là-bas ! souffla-t-il.

Une silhouette sombre traversait en courant le toit de la maison abandonnée, en face de la rue. L'homme s'agenouilla à quelques pas du parapet et banda son arc. Malgré la pénombre, Bak n'eut aucun doute. L'archer n'était autre que Nenou.

15

Une flèche blanche fila vers Bak, fantomatique dans la lumière du soir. Il se baissa en se protégeant derrière son bouclier. Ce mouvement brusque lui déchira l'épaule, mais la lourde armature de bois détourna le projectile en lui épargnant une blessure mortelle. La pointe de bronze lacéra le bandage qui enveloppait son torse et effleura sa cage thoracique sous le bras gauche. Du sang perla sur le linge, au bord de la déchirure.

Des clameurs éclatèrent dans l'arène, suivies de sifflets, puis d'applaudissements. Les lutteurs prenaient place ; le combat allait commencer.

Kasaya bondit de sa cachette et parcourut les toits en courant. Il zigzaguait autour des familles, sautait par-dessus les braseros, les animaux domestiques, les piles d'assiettes à laver. Des cris inquiets ou curieux marquaient sa progression. Adultes et enfants se tordaient le cou pour comprendre la cause de tant de hâte. Nenou, ajustant une nouvelle flèche, se retourna et aperçut la grande silhouette noire qui fondait sur lui tel un monstre infernal, la pointe de sa lance brillant d'un éclat surnaturel. Il dirigea son arc vers cette nouvelle cible et décocha sa flèche. Un cri résonna, et une femme s'effondra dans les bras de son mari. Un homme hurla, des voix furieuses se firent entendre : la famille et les amis de la blessée. Nenou se figea en mesurant la gravité de son geste.

Atterré, Bak ramassa sa lance, prit son élan et la projeta de toutes ses forces vers l'archer, sur le toit d'en face. L'arme passa tout près, mais manqua la cible. Saisi d'en avoir réchappé de justesse, affolé par les éclats de voix et par l'approche de Kasaya, Nenou se précipita vers le bout du bâtiment. Là, un escalier extérieur aboutissait près du terrain où les lutteurs s'affrontaient.

— A toi de jouer, Psouro ! cria Bak.

Le Medjai soulevait déjà une longue planche dissimulée dans l'ombre. Il planta un pied sur le parapet, se pencha ; la planche vint former un pont entre les maisons, au-dessus de la ruelle.

Sans savoir si on l'entendrait malgré le tumulte, Bak modula le long sifflement qui était censé alerter les marins. Toujours muni de son bouclier, il ramassa les armes de Psouro et les lui tendit avant de franchir la planche en courant. Alors qu'il récupérait sa propre lance, son regard tomba sur son bandage maculé de sang. Il n'éprouvait qu'un léger picotement, signe que la blessure était superficielle et n'avait pas touché les côtes. Il adressa une prière de gratitude à Amon.

Psouro franchit à son tour le pont improvisé, et Kasaya le dépassa à toute allure. Bak se mit lui aussi à poursuivre le fugitif. Il entendit une cavalcade derrière lui : un petit groupe d'hommes, amis de la victime, cherchait vengeance.

Nenou fonçait droit vers l'escalier, révélant une excellente connaissance des lieux. Il s'immobilisa brièvement le temps de regarder les lutteurs et leur public, dont les clameurs avaient crû en volume et en enthousiasme. Puis il dévala les marches à toute vitesse, suivi de près par Kasaya. Bak émit un autre sifflement en pure perte.

Comme Nenou avant lui, il s'arrêta en haut de l'escalier afin de regarder l'arène. Des marins, des soldats, des marchands, des citadins, cinq ou six femmes tout au plus étaient éclairés par la lumière frémissante de quatre torches, fixées haut sur les murs aveugles des maisons voisines. Leur attention était rivée sur les deux lutteurs luisant d'huile et de sueur, qu'ils encourageaient à tue-tête. Un juge observait ceux-ci de près pour veiller au respect des règles. Les spectateurs en cercle se tenaient à bonne distance et occupaient la majeure partie du terrain carré. Quelque part, parmi eux, se trouvaient les marins de Pahared.

Nenou se frayait un passage à coups d'épaule dans la foule indifférente à tout ce qui n'était pas le combat. Kasaya n'était plus qu'à quelques pas derrière lui. S'écartant pour laisser passer Psouro, Bak siffla à nouveau. Un homme leva la tête, vit le Medjai descendre les marches quatre à quatre et l'officier de Kemet sur le toit. Il secoua un de ses compagnons par l'épaule, mais celui-ci le repoussa et encouragea les lutteurs de plus belle dans ses mains en cornet.

Bak fulminait. De son poste, il voyait six ou sept rues étroites et noires dans lesquelles Nenou pouvait s'engouffrer. Si le garde connaissait aussi bien le reste de Souenet, il sèmerait facilement ses poursuivants. Il leur fallait de l'aide. Comment attirer l'attention de l'équipage ?

Sentant le poids de son arme dans sa main, il fut saisi d'une inspiration. Il examina bien la scène, choisit pour cible une partie dégagée de l'arène près des combattants et projeta sa lance. La lame se ficha profondément dans le sable et la longue hampe vibra sous l'impact.

Le silence s'abattit sur la foule stupéfaite. Le juge recula en poussant un cri d'avertissement. Seuls les lutteurs ne s'aperçurent de rien et continuèrent à se battre.

Lorsque Bak siffla, cette fois le signal clair et sonore fut entendu de tous. Les spectateurs levèrent la tête à l'unisson, de même que Nenou et Kasaya. Sept marins accoururent vers l'escalier de différentes directions.

— Là-bas ! cria Bak en tendant le doigt vers Nenou.

Pendant que les marins se précipitaient vers l'endroit indiqué, il lança aux autres : « Reprenez le spectacle ! » et descendit l'escalier à toutes jambes.

Les lutteurs s'interrompirent enfin, virent qu'ils n'intéressaient plus le public et, ébahis, se séparèrent. Le juge répéta l'ordre de Bak. Comme tous les autres, les deux hommes l'ignorèrent et observèrent, captivés, le fuyard et ses poursuivants.

Nenou dépassa la foule et s'enfonça dans la ruelle la plus proche, ténébreuse et peu engageante. Kasaya l'y suivit sans hésiter. Bak jeta son bouclier pour être libre de ses gestes et sauta de l'escalier. Il aperçut Psouro et les marins, pris dans le flot de spectateurs, qui tentaient en vain de rejoindre le jeune Medjai.

Des questions fusèrent dans le silence :

— Mais que se passe-t-il ?

— Qui sont ces hommes ?

— A qui donnent-ils la chasse ?

L'identité de Bak et l'objet de sa mission se répandirent à travers la foule. Soudain, l'atmosphère se chargea de surexcitation. Les spectateurs frénétiques tournèrent le dos aux lutteurs et s'élancèrent comme un seul homme dans la direction prise par Nenou et Kasaya, attirés par la promesse d'un divertissement plus palpitant.

Prisonnier de cette marée humaine impossible à endiguer et consterné par la tournure imprévue des événements, Bak joignit les mains pour former une sorte de bélier et se rua en avant. Ceux qu'il frappa s'écartèrent, non sans force jurons et coups d'œil furibonds. Il rattrapa Psouro, qui poussait la foule à l'aide de son bouclier afin d'ouvrir un chemin aux quelques marins rassemblés à ses côtés. Devant eux commençait la ruelle qui avait englouti Nenou et Kasaya.

On eût dit un étroit goulet, aussi noir qu'un hypogée scellé pour l'éternité. Le lieu idéal pour un guet-apens. Les plus timorés s'arrêtèrent, redoutant les terreurs que pouvait receler l'obscurité, mais la plupart furent entraînés par l'ardeur et le mouvement général. Bak pria pour que Kasaya soit toujours sur les talons de Nenou, pour qu'il ne tombe pas dans un piège, pour mettre la main sur le garde avant que cette foule, dans son enthousiasme à assister à la capture, ne lui fournisse l'occasion de s'échapper.

Il avisa une torche logée dans un grand vase en terre cuite, à l'angle d'un toit, et cria à Psouro :

— Il nous faut de la lumière !

Ils jouèrent des coudes pour s'approcher du mur. Le robuste nautonier de Pahared entrelaça ses doigts pour former un marchepied et souleva Bak très haut. Celui-ci s'empara de la torche, puis sauta sur le sol. Plusieurs autres marins avaient profité de cet arrêt pour les rejoindre, et se détachèrent de la foule.

Bak brandit la flamme et se propulsa dans la marée de têtes dont le cours s'incurvait. Des pointes de lance luisaient, portées par les soldats de la garnison venus pour la lutte. Des visages se penchaient en haut des toits, ceux d'hommes, de femmes et d'enfants attirés par le tumulte.

Ils avançaient lentement, trop lentement. Lorsque Bak avait appris qu'un spectacle aurait lieu, il avait cru à un présent des dieux, pensant que les hommes de Pahared se fondraient dans la foule, invisibles. Oh, c'était bien un présent, mais celui des démons de la nuit.

Un sifflement perçant domina le vacarme : le signal de Kasaya, devant eux sur la droite. Bak ressentit un soulagement intense que le jeune Medjai n'ait pas succombé sous une pluie de flèches.

— Ils se dirigent vers le fleuve !

Les hommes marchant en tête avaient déjà compris d'eux-mêmes et bifurquèrent dans une rue tortueuse qui menait vers la berge. La poussière montait sous la multitude de pieds qui la foulait ; l'odeur de crottin prenait à la gorge. Déterminé à atteindre Nenou avant les autres, Bak abaissa la torche et, profitant de la peur du feu ancrée en l'espèce humaine, s'ouvrit une brèche dans la cohue. Psouro s'y enfonça, derrière son bouclier, pour élargir le passage.

Ils débordèrent le premier rang et parvinrent au bout de la ruelle. Le rivage et le fleuve semblaient inondés de lumière, en comparaison. La lune et les étoiles paraient d'un éclat d'argent la mince plage sablonneuse.

En amont, deux silhouettes couraient sur la berge escarpée, au-dessus de la bande de sable. Pour s'échapper, il faudrait à Nenou pénétrer dans le Nil ou dans le désert. Alors il pourrait disparaître dans la nuit. Déterminé à capturer le garde avant d'être gêné par la foule, Bak ordonna hâtivement :

— Prends les hommes de Pahared et coupe la voie du désert. Pour ma part, je vais tenter de rejoindre Kasaya. Avec de la chance, à nous deux nous l'empêcherons de fuir par le fleuve.

Psouro et l'équipage s'éloignèrent à toute allure pendant que Bak descendait la berge, glissant sur la terre qui se dérobait sous son poids. Il bondit sur le sable et courut le long du rivage. Sa torche crépitante semait une pluie d'étincelles dans son sillage. Il se retourna en entendant un martèlement de pas. La foule envahissait la berge. Trois hommes, dont un soldat armé d'une lance et d'un bouclier, s'étaient rués derrière lui. Il aurait pu leur ordonner de partir, mais il s'en abstint. L'arme lui serait peut-être utile.

En arrivant près d'une flottille de nacelles tirées à sec pour la nuit, il plongea dans les hauts-fonds. L'eau rafraîchit ses jambes et trempa son pagne déjà humide de sueur. Devant lui, Nenou atteignit un groupe de rochers noirs et disparut dans l'ombre. Kasaya ralentit, conscient que son adversaire avait toujours son arc, et finit par s'accroupir derrière un rocher trop étroit pour le protéger entièrement. Sur la rive, le flot humain s'arrêta à bonne distance, mais encore assez près pour ne rien perdre du spectacle. L'animation retomba, sapée par l'inaction et par l'incertitude. Quelqu'un lança un pari sur l'issue de la chasse, et bien vite d'autres voix bruyantes annoncèrent des mises, mues par la passion du jeu.

Une tache blanche attira le regard de Bak — un pagne. Nenou, courbé en deux pour passer inaperçu, se glissait derrière un autre rocher. Bak ne lui laissa pas le temps d'armer son arc ; il fonça à sa poursuite et s'abrita derrière le premier rocher. Kasaya bondit à son tour, et escalada un affleurement de pierre qui dominait l'archer. Le trio qui suivait Bak ne bougea pas, mais la foule se précipita derrière le jeune Medjai, le déchaînement des uns se nourrissant de celui des autres. Bak sentit son sang se glacer.

Nenou n'avait d'autre choix que d'entrer dans le fleuve. Se promettant de l'attraper avant qu'il ne disparaisse comme dans l'île aux inscriptions, Bak jeta la torche dans le sable. Il regrettait de se passer de lumière, mais dans l'eau elle ne pouvait que l'encombrer. Il tâta l'étui à sa ceinture pour s'assurer qu'il n'avait pas perdu sa dague dans la foule, puis il agita le bras afin d'attirer le regard de Kasaya et lui fit signe de demeurer sur la berge.

Il se glissa dans le fleuve. Presque sans un bruit, il nagea à contre-courant vers la cachette de Nenou. Chaque mouvement imposait une torture à son épaule meurtrie. Il implora Amon afin que la poursuite s'achève très vite.

Il réduisait la distance et ne se trouvait plus qu'à quinze pas, puis dix, puis cinq, quand dans la foule quelqu'un l'aperçut, cria pour l'encourager et le montra du doigt, si bien que tout le monde le vit — y compris Nenou. Celui-ci décocha deux flèches à la suite, qui passèrent à une bonne coudée de Bak. Les spectateurs le huèrent ou applaudirent suivant ce qu'ils avaient parié, le désir de gagner l'emportant sur la raison.

Bak respira à fond, puis plongea vers celui qu'il traquait. Lorsqu'il émergea, Nenou, réfugié dans le creux d'un rocher à moins de cinq pas de lui, le regardait dans les yeux. Avec un rire dur, il jeta son arc et son carquois puis sauta sur lui dans une pluie d'éclaboussures. Bak voulut l'empoigner à bras-le-corps, mais, à nouveau, son épaule douloureuse l'en empêcha.

Le garde profita de cette faiblesse inattendue pour saisir Bak par le cou et lui enfoncer la tête sous l'eau. Se sentant couler, le lieutenant bloqua les jambes de Nenou entre ses cuisses et l'entraîna avec lui. Leur poids combiné les fit sombrer jusqu'au fond ; le courant les traîna sur le lit rocailleux, puis sur le limon. Les tempes de Bak se mirent à palpiter, ses poumons étaient sur le point d'éclater. Il s'efforça d'écarter les doigts qui l'étouffaient, mais Nenou resserra encore sa prise autour de son cou.

Ils continuèrent à livrer une bataille silencieuse et désespérée dans les profondeurs ténébreuses du fleuve, sans que l'un ou l'autre puisse prendre le dessus. Bak se sentait faiblir. Il lui fallait se libérer très vite, ou sinon, il mourrait.

Il ne sut jamais si Amon avait chuchoté l'idée à son oreille, toujours est-il que, subitement, il se rappela sa dague. Il dégaina et pressa la pointe contre le flanc de Nenou. Malgré sa détresse, il hésita. S'il le tuait, une multitude de questions demeureraient à jamais sans réponse.

Il lâcha les jambes de Nenou, et ensemble ils remontèrent lentement en un voyage interminable. Ils brisèrent la surface. Haletant, le garde repoussa la tête de Bak sous l'eau sans atténuer un instant la pression sur son cou. Alors le policier ne se soucia plus de rien. Il effleura de sa lame le poignet gauche de son ennemi, et le sang jaillit. Nenou jura, mais continua à l'enserrer de sa main droite en enfonçant cruellement les doigts dans sa chair. Bak leva sa dague vers son cou sans plus de scrupules, et frappa. Nenou se rejeta en arrière, les yeux écarquillés. Il libéra Bak pour toucher sa blessure, puis fixa sa main ensanglantée d'un air épouvanté.

Bak respira à pleins poumons, essaya de déglutir. Il prit conscience de cris à la sonorité étrangement caverneuse dans ses oreilles bouchées. Dans sa lutte acharnée, il avait oublié la foule ! Il empoigna le bras de Nenou, qui n'opposa pas de résistance, croyant apparemment sa dernière heure venue. Bak, en revanche, n'éprouvait aucune crainte ; la coupure qu'il avait infligée n'avait entaillé que la peau. Sans trahir la moindre faiblesse, il contraignit le jeune homme à nager vers la berge où la foule manifestait sa joie. Au bord de l'eau, à côté d'une douzaine de lanciers, Kasaya l'observait avec anxiété.

Le grand Medjai s'avança à leur rencontre, enfin soulagé. Bak tenait à peine sur ses jambes ; sans le vouloir, il poussa Nenou vers les hauts-fonds. Celui-ci trébucha et se retint au bras du policier, qui chancela à son tour et faillit tomber. C'est alors qu'un soldat s'élança et plongea sa lance dans la poitrine du prisonnier. Nenou s'effondra. La foule étouffa des exclamations d'horreur.

— Non ! s'écria Bak d'une voix rauque.

Il fit signe à Kasaya d'immobiliser le soldat et s'agenouilla près du jeune garde. Il parla vite, conscient qu'il ne restait à celui-ci que quelques instants à vivre.

— As-tu assassiné les cinq membres de la résidence ?

Sa gorge lui faisait mal ; sa voix était cassée.

— Non, murmura Nenou.

— Est-ce toi qui déposais les présents chez moi ? Le poisson, la poupée, les scorpions ?

Nenou tenta de lever une main. Bak l'aida à la poser sur sa poitrine et le garde la referma sur la hampe de la lance.

— Des... scorpions ?

L'incompréhension qui s'était peinte sur son visage conforta Bak dans son opinion : les cadeaux empoisonnés avaient une autre origine.

— M'as-tu frappé à l'aide d'une fronde, devant le puits de mesure ?

Nenou s'humecta les lèvres comme pour répondre, mais il n'en avait plus la force. Il se contenta de secouer la tête.

— Pourquoi as-tu tenté de me tuer ?

Mais il sentit qu'on ne pouvait exiger une explication aussi complexe d'un homme à l'agonie.

— Qui t'a ordonné de me tuer ?

— Je ne...

Nenou fronça les sourcils dans un effort pour réfléchir, ou peut-être simplement pour articuler.

— Le gouverneur... Djehouti. Il disait...

Il fut pris d'une quinte de toux. Des bulles de sang apparurent sur ses lèvres, sa tête retomba sur le côté et son corps devint inerte. Son *ka*, force de vie éternelle, l'avait quitté.

— Est-ce possible ? s'étonna Psouro. Le gouverneur aurait ordonné la mort de celui qui tente de le sauver ?

— Qui sait ? Il devient plus déraisonnable de jour en jour. Et il pue la peur.

Bak inclina le miroir de bronze et leva le menton pour examiner son cou marbré de traces sombres, laissées par les doigts du défunt. Kasaya engloutit une bouchée de pain généreusement tartinée de miel, et remarqua :

— J'aurais peur, moi aussi, si je devais mourir dans deux jours.

Le singe perché sur son genou léchait ses doigts poisseux. Le chien noir, blotti contre la cuisse de Psouro, flairait un quignon de pain que l'autre animal avait jeté. Une douce brise passait sur le toit, apportant l'odeur du fleuve. Dans une rue voisine, une femme fredonnait doucement une chanson d'amour.

Bak posa le miroir, rompit le pain plat et en trempa un bout dans le ragoût de poisson de la veille, dont les morceaux étaient bien tendres, faciles à avaler.

— Non, ce n'est pas ça, dit-il d'un air pensif. Si insensé qu'il soit, Djehouti ne désire pas me tuer parce que j'essaie de le sauver. Plus vraisemblablement, il veut que je m'en aille avant d'avoir pénétré son secret.

— Qu'est-ce qui pourrait être assez grave, et assez abject, pour qu'il préfère tuer plutôt que de le révéler ? demanda Psouro en plongeant du pain dans le pot.

— Quitte à risquer sa propre vie ! ajouta Kasaya.

— Aucun officier ne voudrait être accusé d'incompétence, surtout si des hommes ont péri sous ses ordres, souligna Psouro, qui réfléchissait tout haut, le front plissé. Or, par sa stupidité, Djehouti a causé la mort de plus d'une centaine de lanciers. Mais ça, nous le savons déjà.

— Aucun officier, ni d'ailleurs aucun soldat n'aimerait passer pour un lâche, dit Kasaya. Pourtant, d'après les rumeurs, Djehouti a complètement flanché pendant la tempête.

— Et regardez-le maintenant ! railla Psouro. Caché sous ses draps comme un bébé qui a peur du noir !

— S'il a tué Min de ses propres mains, reprit Bak, voilà une révélation qui non seulement ferait scandale, mais pourrait bien lui coûter la vie. Je doute que même son ami le vizir ferme les yeux sur un tel crime.

— Nous n'avons pas de témoin, objecta Psouro. Et tant qu'il n'avoue pas, il sait que nous ne pouvons rien contre lui.

Bak avala une nouvelle bouchée et la sentit glisser dans sa gorge, fraîche et apaisante. Il exposa l'idée qui l'avait tenu éveillé jusqu'à une heure avancée de la nuit :

— Un secret terrible, que ce soit le meurtre de Min ou un autre forfait, serait à coup sûr une abomination aux yeux des dieux. Ne devrait-il pas, alors, tenter tout ce qui est en son pouvoir afin de rester vivant, le temps de réparer, pour entrer dans le monde souterrain en paix avec sa conscience ? Ne voudrait-il pas que, dans la salle du Jugement, son cœur ne révèle ni tromperie ni mensonge lorsqu'il sera mis en balance avec la plume de vérité ?

Psouro et Kasaya le fixèrent, réduits au silence par le souvenir que l'enjeu s'étendait bien au-delà de la vie matérielle. Si Djehouti avait ordonné à Nenou d'assassiner Bak, le seul capable de le sauver, il acceptait un risque redoutable — passer l'éternité tel un non-justifié, incapable de pénétrer dans le Champ des Joncs.

— Il doit y avoir autre chose, conclut Bak. Une autre raison à ce comportement insensé, que je n'ai pas encore su discerner.

Bak trouva Khaouet alors qu'elle sortait de la salle

d'audience privée, tenant un récipient en poterie dont le contenu sentait le vomi.

— Mon père est très malade, lieutenant, lui dit-elle. Je ne peux t'autoriser à le déranger.

— Je dois absolument lui parler, insista Bak avec une véhémence qui lui cassa la voix. Si tu veux que je le sauve, laisse-moi entrer.

— Non. Tu ne comprends donc pas ? Il souffre trop pour recevoir qui que ce soit.

Elle avait les traits tirés. Bak répugnait à lui imposer cette tension supplémentaire, mais il n'avait pas le choix.

— Mon père, qui est médecin, croit que la parole peut délivrer un homme de l'inquiétude.

— Si tu as un message susceptible de chasser l'anxiété de son cœur, je le lui transmcttrai. Mais si tu n'as que d'interminables questions, je ne peux t'aider, ajouta-t-elle d'un ton glacial.

Bak lança un regard appuyé vers la salle d'audience déserte, aussi propre et nette que si le gouverneur n'avait jamais mis les pieds à l'intérieur.

— Où est Amonhotep ? Djehouti ne lui a-t-il pas ordonné de rester en permanence à ses côtés ?

— Il me manquait des plantes médicinales. Aussitôt que mon père s'est endormi, j'ai demandé à Amonhotep de se rendre au marché pour moi. Il voulait envoyer un serviteur, mais j'ai insisté. Il a terriblement besoin d'un répit. Mais lui non plus ne te permettra pas d'entrer, précisa-t-elle, la bouche pincée. On ne dérange pas un homme aussi malade.

Bak ravala une réplique acerbe. Parfois, Khaouet se montrait aussi insupportablement obstinée que Djehouti.

— Tu as sans doute appris que Nenou, l'un des gardes de la résidence, a tenté de me tuer la nuit dernière, et qu'il a perdu la vie ?

— Oui. Qu'est-ce que cette histoire a à voir avec mon père ?

— Nenou m'a avoué dans son dernier souffle qu'il avait agi sur l'ordre de Djehouti.

Elle redressa la tête, stupéfaite.

— Impossible. Ce garde a menti.

— Peut-être...

Malgré la difficulté à contrôler sa voix, il avait trouvé l'intonation juste : neutre, avec une nuance de doute presque imperceptible.

— Pourquoi voudrait-il ta mort ? interrogea-t-elle, sur la défensive. Si ta théorie est exacte et si tu es sa dernière chance de salut, cela n'a aucun sens.

— Maintenant, tu comprends pourquoi je dois lui parler.

Elle hésita, baissa les yeux vers le récipient et se rembrunit.

— Je vais lui préparer une tisane qui devrait soulager son estomac. Quand il sera à même de te voir, je te ferai appeler.

Bak s'éloigna d'un pas vif, maudissant le jour où le vizir avait suggéré qu'il vienne à Abou.

— Il s'est mis dans un tel état qu'il ne supporte plus de nourriture. Je ne voulais pas le quitter, mais comment aurais-je pu dire non à Khaouet ? Alors, je suis allé au marché pour elle.

Bak avait intercepté le jeune homme près du portail, derrière la propriété du gouverneur. Amonhotep lui montra un panier d'où dépassaient plusieurs bouquets d'herbes séchées. Au-dessous étaient rangés des sachets de lin renfermant des remèdes à base de plantes pilées.

— Elle m'a dit qu'il était très malade.

— Certes, mais parce qu'il se ronge intérieurement.

— En ce cas, une tisane ne le guérira pas et je ne pourrai lui parler.

— Mais si, je veillerai à ce que tu aies cette entrevue, promit le secrétaire d'un ton ferme.

— Pourquoi a-t-il demandé à Nenou de se débarrasser de moi ? Aurais-tu la moindre idée là-dessus ?

— Absolument pas. J'ai été surpris qu'il s'attache le

garde qui était posté à la résidence de Nebmosé. Jusqu'alors, j'ignorais qu'il le connaissait.

— Nenou admirait le sergent Senmout. Et ce dernier était un intime de Djehouti.

Amonhotep hocha la tête, comprenant le lien qui les unissait.

— Et qu'en est-il du soldat qui a tué Nenou ?

— Nous l'avons conduit à la garnison. Il a cru que Nenou m'attaquait afin de s'échapper. Une erreur commise en toute bonne foi, à ceci près qu'il a utilisé son arme sans réfléchir. L'affaire est du ressort d'Antef.

— Je m'attends à le voir bientôt dans la salle d'audience, à condition que Djehouti parvienne à s'extraire de son lit. Et qu'il survive aux deux prochains jours.

« Il survivra, pensa Bak avec une sombre détermination. Même si je dois rester à son chevet et le garder moi-même. »

— Quand pourrai-je lui parler ?

— Cet après-midi, répondit le conseiller avec un sourire désabusé. Mieux vaut ne pas l'avertir de ta visite, toutefois il me faudra du temps pour convaincre Khaouet.

16

Bak était assis sur le banc derrière la demeure de Nebmosé. Accoudé sur ses genoux, il avait enfoui sa tête entre ses mains. Il se sentait las et découragé ; il ne savait plus vers où se tourner. Vivant, Nenou aurait pu lui révéler l'un des chemins de la vérité, mais sa mort soulevait de nouvelles difficultés.

Avait-il pu se méprendre sur les paroles du mourant ? Non, il était impossible de les interpréter autrement. Le gouverneur avait juré sa perte. Si le passé permettait d'augurer l'avenir, il n'en révélerait jamais la raison. Jusqu'alors, Bak n'avait pas réussi à lui arracher d'aveu. Pourquoi une nouvelle entrevue serait-elle moins stérile ?

Eh bien, il tenterait sa chance tant qu'il le faudrait, mais en attendant, il devait chercher ailleurs.

Il étira ses jambes et s'adossa contre le mur, laissant l'inaction guérir son corps malmené et la brise apaiser son esprit troublé. Il se remémora tout ce qu'il avait appris sur les cinq meurtres. Nakht, Montou, Senmout, Dedi et Hatnofer... A l'exception de Dedi, victime d'un cheval rendu fou furieux par un moyen inconnu, chacun d'eux avait été tué de près, pendant qu'il se trouvait en face de l'assassin. Ce qui signifiait que tous le connaissaient et lui accordaient leur confiance. Était-ce Djehouti ? Non, sa terreur était sincère et l'innocentait mieux que n'importe quel témoin. Qui d'autre, alors ? Tous ceux qui occupaient une position élevée à la résidence auraient inspiré confiance. Amonhotep, Simout et Antef se trouvaient au loin pendant au moins l'un des crimes, mais les faits et gestes des autres lui étaient inconnus. Il avait manqué de rigueur à cet égard ; il s'était laissé distraire, quand il aurait dû aller jusqu'au bout. Il se promit d'y remédier sans délai.

Le lien entre les victimes était la tempête fatale qui avait éclaté cinq ans plus tôt. Hormis Amonhotep, qui avait erré seul dans les sables brûlants, tous les rescapés s'étaient conduits de manière méprisable — du moins, ceux qui s'étaient réfugiés dans la caverne avec Ouser. Djehouti et Min se trouvaient ailleurs, nul ne savait où ni ce qu'ils avaient fait pour survivre. Là résidait la clef du mystère.

Le sergent Min avait disparu, les lèvres à jamais scellées. Peut-être s'était-il confié à son ami Senmout ou, plus probablement, à Hatnofer, sa maîtresse. Eux aussi étaient morts. Seul Djehouti pouvait jeter la lumière sur cette affaire, or il refusait de parler.

Une tentation leva sa tête hideuse, si indigne de lui qu'il l'écrasa tel un insecte : celle qu'il eût fait meilleur vivre dans la province la plus au sud de Kemet, si seulement son gouverneur actuel était mort.

Frustré, il se leva et se dirigea vers les écuries. Un chat roux se chauffait sur le seuil en lissant ses moustaches. Bak l'enjamba et pénétra à l'intérieur. L'édifice était aussi désert que la dernière fois, seuls quelques brins de paille et une vague odeur de crottin rappelant sa destination première. Il envia Nebmosé sans le connaître et comprit fort bien la rancœur d'Inenii, qui n'avait pas lc droit d'y élever de chevaux. La décision de Djehouti de réserver la demeure à des hôtes illustres semblait étrange. Pourquoi n'avait-il pas donné cette propriété à son fils adoptif, qui avait de surcroît épousé sa fille ?

Poussé par la curiosité, Bak entra dans la maison. Il dépassa les pièces utilisées comme entrepôts, traversa l'entrée au plafond haut, peinte de couleurs vives, puis emprunta le couloir qui conduisait aux appartements du maître. Ses pas résonnaient dans le silence. Il parcourut des yeux la salle d'audience privée, ornée de meubles élégants, de somptueuses tapisseries et d'un jeu de senet préparé pour une nouvelle partie. Il regarda brièvement les deux petites chambres à coucher, remarqua les nattes pliées soigneusement, et fit le tour de la chambre principale, avec sa salle de bains attenante où Hatnofer avait été assassinée. Le lit était prêt, les articles de toilette disposés avec goût. Une coupe de fleurs séchées décorait une commode de bois. Pas un grain de poussière ne déparait la moindre surface. Sans le silence, il aurait pu croire ces pièces habitées. En toute légitimité, Khaouet et Inenii auraient dû les occuper, les remplir de rires et d'enfants.

Il s'approcha de la porte dans l'intention de sortir, mais il ralentit le pas et s'arrêta sur le seuil. Troublé et hésitant, il se tourna vers la pièce pour l'examiner. Elle était pratiquement telle qu'il l'avait vue la première fois — une chambre d'invité, prête pour les hôtes de passage. Oui, mais voilà : lui, à qui elle était destinée, avait refusé d'y loger et l'on n'attendait pas d'autre visiteur. Pourquoi les draps étaient-ils encore en place, alors qu'ils auraient dû être rangés à l'abri de la poussière, des insectes, des oiseaux et des petits rongeurs ? Khaouet les avait sans doute oubliés. Elle avait démontré ses qualités de maîtresse de maison. On pouvait bien lui pardonner cette légère défaillance.

Une nouvelle idée le frappa, qu'il écarta telle une absurdité. Une autre possibilité lui paraissait plus prometteuse. Il quitta la chambre et se promena à travers la maison vide en imaginant le foyer confortable qu'elle avait été jadis.

Quel motif avait poussé Djehouti à la vouer à l'abandon ? Avait-il aimé Nebmosé comme un frère, ou l'avait-il haï ? Qui était ce Nebmosé, en réalité ? Bak ne savait rien de lui, sinon qu'il descendait d'une ancienne et noble famille. Et qu'il avait laissé une propriété splendide, outre des terres cultivées au nord de l'île, qui représentaient probablement un prix encore plus considérable que cette demeure.

Bak jeta un coup d'œil à l'intérieur des coffres en jonc tressé, ouvrit les tiroirs des commodes, examina les rares objets conservés dans un cabinet des appartements du maître, pour l'essentiel du linge de lit et des articles de toilette. Il ne trouva aucun document, rien qui puisse éclairer la personnalité de l'ancien propriétaire. Une rapide inspection du reste de la maison s'avéra tout aussi infructueuse. Bak ne pouvait distinguer les biens du noble défunt de ceux du gouverneur.

Il ôta la barre qui protégeait la porte principale et sortit sous le porche. A mi-chemin du sentier menant vers le portail, l'autel familial était entouré par des arbres bien taillés et des parterres de fleurs aux couleurs vibrantes. De même que la maison, le petit édifice et le jardin paraissaient être le fruit de soins constants et aimants.

Il gravit les quatre marches vers l'entrée à colonnade. A l'intérieur, le buste de l'ancêtre trônait sur son piédestal en grès. Comme le plus souvent, l'inscription ne comportait aucun nom. Devant le buste, des lotus bleus flottaient dans une large coupelle en bronze, et leur senteur suave se mêlait par intermittence à la douceur de la brise.

Amonhotep avait appris au policier que Nebmosé s'était éteint sans laisser d'héritier, et que Djehouti avait confisqué le domaine au nom de la reine. S'il ne restait personne, qui s'occupait de cet autel avec tant de dévotion ? Une concubine, un amour oublié ? Ou simplement un serviteur fidèle ?

Si un parent existait, il pouvait éprouver un ressentiment légitime que Djehouti se soit approprié ses biens. Le domaine sis à Abou l'industrieuse était un héritage qui valait bien qu'on se batte pour lui, tout comme les champs au nord de la cité. L'intendant Amethou saurait à quoi s'en tenir, puisqu'il était responsable de toutes les transactions conclues par le gouverneur. Résidant de longue date sur l'île, il aurait sans doute connu Nebmosé et sa famille.

Mais une soudaine objection abattit l'enthousiasme

qu'inspirait à Bak sa théorie. Un parent de Nebmosé avait pu tenter de supprimer Djehouti pour recouvrer son bien, mais aurait-il assassiné cinq innocents ? Et quelles étaient les probabilités que ces cinq victimes soient liées par une tempête de sable mortelle ?

Il jura entre ses dents. Rien ne semblait jamais se mettre parfaitement en place. Comme il l'avait dit à Psouro et Kasaya le matin même, il manquait quelque chose, un élément crucial qu'il lui restait à découvrir.

Il contempla le buste, regrettant qu'il ne soit pas doué de parole. L'effigie semblait fixer sur lui son regard énigmatique. Le lieutenant ne put s'empêcher de sourire. Quels que soient ses secrets, elle les conserverait pour elle.

Amethou s'était rendu au temple de Khnoum. Bak le découvrit dans la cour à péristyle, agenouillé devant une haute statue de pierre. Celle-ci représentait un noble assis, le papyrus déroulé sur les genoux attestant pour la postérité sa science de la lecture et de l'écriture. Bak supposa qu'il s'agissait d'un fonctionnaire d'Abou, mort depuis longtemps ; l'un de ceux, nombreux, dont les statues occupaient la cour, dans l'espoir que le souvenir du défunt serait honoré à jamais. Des mets délicieux offerts à Khnoum étaient disposés ensuite devant ces subalternes, avant que les prêtres n'en prennent possession pour leur propre usage.

Certain que la prière de l'intendant serait brève et mû par un sentiment de discrétion, Bak quitta le temple pour attendre à l'ombre des saules, devant la porte du pylône.

Amethou l'avait sans doute remarqué dans la cour, car il ne tarda pas à surgir, cherchant à droite et à gauche.

— Ah ! Te voilà.

En parvenant sous les ombrages, il considéra le torse et le bras bandés du policier, son cou marqué d'ecchymoses.

— Je dois dire, lieutenant, que tu ne sembles pas au mieux de ta forme.

— Il paraît, répondit Bak en esquissant un sourire.

— Celui contre qui tu te battais est mort ?

— Malheureusement oui.

— Et si nous bavardions là-bas ? proposa l'intendant, en lui montrant un banc sous les branches tombantes. Je ne supporte pas de retourner si tôt à la résidence. Nous avons terminé l'inventaire, Khnoum en soit loué, mais l'atmosphère à l'intérieur de ces murs est irrespirable.

— L'intimité et le calme me conviennent.

Amethou débarrassa le banc des feuilles éparses, remonta son long pagne et se laissa choir en soupirant :

— Ah !... Du bon air frais, qui n'est pas vicié par cette peur ambiante.

Bak s'assit près de lui.

— Je ressens beaucoup de compassion pour le lieutenant Amonhotep et dame Khaouet, mais le personnel qui est banni des appartements privés du gouverneur paraît mener une vie plutôt normale.

— Tu as déclaré sans ambages que Djehouti serait la cible de ce dément, et, à l'évidence, il partage cet avis. Les gardes montrent une nervosité fort naturelle. Les servantes, quoiqu'elles perdent un temps fou à papoter, se comportent de manière très satisfaisante, tout bien considéré. Les domestiques seraient plus rassurés si tes hommes et toi étiez dans la maison, mais ils connaissent l'interdiction de Khaouet.

— Interdiction ou pas, déclara Bak d'un ton tranchant, nous serons là le dixième jour. Je ne laisserai pas Djehouti mourir pour satisfaire les caprices d'une femme au tempérament despotique.

Amethou pouffa de rire.

— Ne l'accuse surtout pas de tyrannie quand tu seras en sa présence, lieutenant ! Elle met un point d'honneur à se montrer pleine de bonté et de déférence.

— Ne te méprends pas. Je comprends qu'il lui arrive de perdre son calme. Mais parfois, elle semble aussi déraisonnable que son père... et aussi têtue.

— Je ne l'ai jamais vue irascible à ce point, convint

l'intendant, chassant une mouche de son crâne chauve. Je l'ai exhortée à laisser une servante veiller sur Djehouti. Elle s'y refuse, sous prétexte que personne d'autre ne saura le contenter. J'ai trouvé une femme sérieuse et efficace, qui pourrait remplacer Hatnofer au poste de gouvernante. A nouveau Khaouet a refusé.

Bak lui adressa un sourire compréhensif.

— Lorsque j'aurai mis la main sur le criminel, peut-être ton fardeau et le sien seront-ils plus légers.

— Je prie pour que tu aies raison. Le filet se resserre-t-il sur lui ?

— Tantôt je le sens tout proche, tantôt je doute de mettre un jour la main sur lui.

— En d'autres termes, tu ne sais absolument pas qui c'est.

Piqué par cette remarque franche et carrée, Bak ne répliqua pas. Il tourna la tête vers le fleuve, au pied de l'esplanade. Trois petites barques filaient sur le courant, leur voile gonflée par la brise matinale.

— Quatre des cinq meurtres sont antérieurs à mon arrivée, fit-il observer, revenant à son enquête. Te rappelles-tu où tu étais au moment où ils ont eu lieu ?

— Cette insinuation me blesse, lieutenant ! répondit vivement l'intendant.

Bak forma le sourire le plus aimable dont il était capable.

— Je t'ai avoué que je suis dans l'impasse. Tu vas bien me montrer un peu d'indulgence, non ?

— Hum ! fit Amethou, qui dévisagea Bak et comprit qu'il était déterminé à obtenir ce qu'il voulait. Oh, très bien ! J'étais à la résidence, comme tous les jours. Je n'ai pas de souvenir précis de ce que je faisais ni de mes compagnons, excepté... Eh bien, excepté la fois où le lieutenant Dedi a été tué.

— Si, comme je le crois, tous les meurtres ont bien été commis par le même homme, cela suffira à t'innocenter.

L'intendant détourna les yeux et façonna un pli dans son pagne, puis d'autres à côté, avec un soin méticuleux.

— Ce n'est pas des plus facile à raconter. Vois-tu, en un sens, je suis responsable de la mort de ce jeune officier.

— Toi ? s'étonna Bak.

— Ce matin-là, j'ai convoqué le serviteur qui s'occupe des bêtes. Ses comptes étaient incohérents — ses connaissances en mathématiques sont quasi nulles — et nous avons passé plusieurs heures à tout reprendre. En regagnant les écuries, il a trouvé le corps de Dedi. Si je l'avais retenu moins longtemps... Alors, tu imagines ce que j'ai ressenti, et que je ressens encore.

— Le lieutenant Dedi devait mourir, Amethou. Si le meurtrier n'avait pas eu le champ libre, il aurait procédé d'une autre manière.

— C'est ce que je me dis.

Bak n'insista pas, certain que les mots seuls ne pouvaient guérir cette plaie douloureuse. Si, comme il le pensait, Amethou était un homme de bon sens, le temps et la raison apaiseraient sa conscience.

— Que peux-tu me dire à propos de Nebmosé, l'homme qui habitait la propriété voisine ?

— Nebmosé ? répéta Amethou, surpris, en relevant la tête. C'est aller chercher un peu loin, non ?

— J'ai parcouru la demeure et les jardins, ce matin, et j'ai été frappé par leur valeur. Nebmosé ne pourrait-il avoir un parent éloigné que nul ne connaît à Abou, et qui serait furieux que les biens censés lui échoir aient été confisqués ?

— Non, non, non ! assura Amethou en secouant la tête avec véhémence. Nebmosé n'avait plus de famille, je le sais pertinemment.

— Comment en es-tu aussi sûr ? J'ai couché avec des femmes dont je n'ai parlé à personne. Cela n'a-t-il pu arriver à son grand-père, à son père sinon à lui-même ? Car, en ce cas, il n'est pas exclu que des enfants aient été engendrés.

— Tu ne comprends pas.

L'intendant se tourna sur le banc et regarda Bak bien en face, pour s'assurer d'être entendu.

— Nebmosé était le fils unique de son père, et son père le fils unique de son propre père. Il en était ainsi depuis au moins six générations. Une malédiction pesait sur eux. Dans un lointain passé, les dieux avaient décidé que chacun des hommes de cette famille n'aurait qu'un seul enfant — un garçon. Aucune fille ne naquit jamais, aucun fils cadet.

Voyant l'air sceptique du policier, Amethou s'impatienta :

— Je connaissais bien le père de Nebmosé, lieutenant. Nous avions étudié ensemble à l'école des scribes de la résidence. Et mon père connaissait le sien, pour avoir étudié avec lui une génération plus tôt.

— Je ne puis croire qu'aucun de leurs ancêtres n'ait eu de concubine.

— Ces unions furent stériles. Néanmoins, nuança Amethou après une hésitation, j'ai entendu certaines histoires... Ma foi, qui sait quelle part de vérité elles renferment ? Elles circulent dans les quartiers des serviteurs et pénètrent chez des hommes et des femmes respectables par la porte de l'office. On dit que, dans les générations passées, sur la propriété de Nebmosé, de jeunes et jolies servantes enfantèrent des bébés difformes, de pauvres petits êtres qui par bonheur moururent à l'instant où ils virent le jour.

Bak trouva l'histoire difficile à croire et fut tenté de regarder cette prétendue malédiction comme une superstition ridicule. Toutefois, l'intendant n'aurait jamais transmis une information dénuée de fondement. « Si seulement mon père était à Abou ! pensa Bak. Lui qui est médecin, il saurait si pareille chose est possible. »

Cependant, un détail l'avait frappé.

— Tu as atteint l'âge d'homme en même temps que le père de Nebmosé ?

— Mais oui. C'était un homme bon, dont l'amitié m'était précieuse. Tous ceux qui le connaissaient le respectaient et l'aimaient. Ses servantes à lui n'eurent jamais à craindre de bébés difformes, je te le garantis ! Son fils unique, Nebmosé, était un jeune homme aussi remarquable à tous égards.

Bak se leva et marcha jusqu'à la limite de l'ombre, se donnant le temps d'assimiler cet élément. Tout au long de son séjour à Abou, il avait supposé que Nebmosé était aussi âgé que Djehouti... Retournant vers le banc, il s'enquit :

— Quel âge avait Nebmosé, à sa mort ?

— Il venait de célébrer son vingtième anniversaire.

— Quand est-ce arrivé ?

Amethou le considéra avec surprise.

— Comment, personne ne te l'a dit ? C'était il y a cinq ans. Il était lieutenant à la garnison. L'un des nombreux jeunes gens valeureux qui périrent dans cette terrible tempête de sable, à laquelle tu t'intéresses tant.

— Par la barbe d'Amon !

Bak était sidéré. Pendant huit longs jours, il avait regardé cette demeure, marché dans ces jardins sans se douter de rien. Se pouvait-il qu'il soit tombé sur la bonne piste, enfin ?

— Quelqu'un à la résidence était-il apparenté à Nebmosé, même de la manière la plus éloignée ?

Amethou répondit comme s'il avait peine à croire que Bak puisse l'ignorer :

— Simout était son oncle.

Bak fixa l'intendant sans comprendre. Ce nom-là était bien le dernier auquel il s'attendait, puisqu'il savait sans l'ombre d'un doute que Simout ne pouvait être le meurtrier.

— Tu viens pourtant d'affirmer que Nebmosé ne laissait aucun parent !

— Simout n'avait avec lui aucun lien de sang et ne peut hériter à aucun titre. La sœur de son épouse était mariée avec le père de Nebmosé, et mourut longtemps avant lui. Simout ne t'en a pas parlé ? Cela m'étonne. Il considérait ce jeune homme comme son propre fils.

Bak se souvint que le scribe en chef avait évoqué un neveu disparu lors de la tempête, qu'il aimait tel un fils. Cela pouvait expliquer la présence de fleurs fraîches sur l'autel familial de Nebmosé. Mais cela justifiait-il le soin singulier avec lequel on entretenait toute la propriété ? La possibilité qui s'était présentée à l'esprit de Bak, et qu'il avait rejetée sans bien la soupeser, lui revint avec plus de force. Si elle se révélait fondée, alors il savait qui déposait ces offrandes.

Simout demeurait à Abou, dans un groupe de maisons peu éloignées de la résidence. Son logis était similaire à des dizaines d'autres que Bak avait vus dans les cités populeuses de Kemet, et ne révélait rien du poste éminent qu'il occupait dans la province. C'était une modeste habitation sans étage, composée de cinq pièces disposées en carré. A l'arrière, une cuisine à ciel ouvert contenait un foyer, un four et un petit grenier conique.

Le scribe en chef s'entretint avec Bak dans la salle de réception, plus spacieuse que les autres chambres. Une colonne en bois peinte en rouge soutenait le plafond haut. Bès et Thouéris, les divinités du foyer, ainsi que le buste d'un ancêtre occupaient des niches le long d'un mur.

Simout était vêtu d'un pagne court et n'arborait aucun bijou, comptant passer la journée dans le confort de sa maison.

— Maintenant que ce maudit inventaire est terminé, expliqua-t-il, je souhaite échapper pour quelques heures aux soucis de ma tâche quotidienne.

Son épouse, comme lui petite et ronde et aussi gaie qu'un pinson, apporta bien vite des cruches de bière et un panier de petits gâteaux croustillants, parsemés de raisins secs et de morceaux de dattes. Elle les posa entre les tabourets des deux hommes, sur un petit coffre en jonc tressé. Puis elle leur donna des gobelets, et se hâta de partir.

Simout, tout en prenant un gâteau, examina les bandages et les contusions de son hôte avec une curiosité manifeste.

— D'après ce que j'ai entendu, lieutenant, cette nuit tu as offert un spectacle de choix. Le récit de tes exploits atteint presque les proportions d'un mythe.

— Il en faut peu pour amuser les gens de Souenet et d'Abou, répliqua Bak sans dissimuler son irritation. J'ai capturé mon homme, mais je n'ai pu le garder vivant.

— Mon épouse revient à peine du marché, dit le scribe en tendant une cruche au policier. On prétend que Nenou est l'auteur des meurtres qui ont frappé la résidence, et que la nuit dernière, il a tenté de te tuer, non pour la première fois. Franchement, j'éprouve une certaine réticence à lui imputer tant de crimes odieux. Par ailleurs, il ne me semblait pas avoir l'intelligence suffisante pour élaborer un plan aussi complexe.

— Il n'était qu'un instrument entre les mains du gouverneur.

— Quoi ? se récria Simout. Tu accuses Djehouti de tous ces meurtres ?

— Non. Seulement d'avoir ordonné à Nenou de m'éliminer.

— Oh, allons, lieutenant ! Pourquoi voudrait-il la mort de celui qui...

Simout remarqua l'assurance de Bak et secoua la tête avec perplexité. Tout en versant de la bière dans son gobelet, le policier répondit :

— Je soupçonne qu'il voulait m'empêcher de lui arracher son secret.

— Ce secret qui, selon toi, serait né dans la tragique tempête de sable d'il y a cinq ans... Navré, lieutenant. J'aurais voulu t'aider, mais je t'ai déjà exposé le peu que je savais à ce propos.

— Ou peut-être pas tant que ça, répliqua Bak avec une pointe de cynisme.

— Que veux-tu insinuer, lieutenant ?

Bak se leva et se dirigea vers la porte. Brusquement, il fit volte-face.

— Tu m'as parlé d'un neveu mort durant la tempête, un jeune homme que tu aimais comme un fils. Tu as omis d'indiquer qu'il s'agissait de Nebmosé, l'ancien propriétaire du domaine voisin, que Djehouti s'est arrogé au nom de la Couronne.

Le scribe cligna des yeux, décontenancé par ce ton accusateur.

— Je... Je supposais que tu le savais.

— Tu prétends ne plus nourrir de rancœur envers Djehouti qui, lui, revint sain et sauf du désert. Qu'en est-il de la magnifique demeure de Nebmosé ? Et des terres situées au nord de la cité ? Des biens aptes à attirer nombre de convoitises !

Simout posa sur lui un regard douloureux.

— Je suis satisfait de mon lot, lieutenant.

Bak s'approcha de la niche abritant le buste de l'ancêtre. Une coupelle pour brûler de l'encens y était posée. Quelqu'un avait jeté une aiguille cassée dans le petit tas de cendres froides, avec une irrévérence que n'aurait jamais montrée la personne qui s'occupait de l'autel.

— Pardonne mes mauvaises manières, Simout. Le temps passe vite et je me bats tant bien que mal contre lui.

Le scribe accepta ces excuses avec un sourire crispé.

— Si Nebmosé avait vécu, il se serait marié et il aurait un fils de sa propre chair. Toutefois, il n'a pas laissé de descendance et n'a indiqué dans aucun document légal à qui il destinait ses biens. Djehouti n'avait pas plus le droit que moi d'y prétendre, mais au moins, à présent, ils reviendront à Khaouet et non à un étranger.

Bak le regarda fixement, osant à peine respirer. La conviction indubitable du scribe que Khaouet était l'héritière légitime de Nebmosé corroborait ses soupçons grandissants. Il avait eu beau les repousser, désormais il lui fallait les prendre en compte.

Comme le jeune homme de la propriété voisine, Khaouet devait être âgée d'une vingtaine d'années à l'époque de la tempête. Proches par l'âge, par le lieu où ils vivaient et leur noble ascendance, ils avaient noué des liens très forts. Un mariage aurait été logique, pour réunir les deux domaines.

Bien que certain de connaître la réponse, Bak demanda :

— Qui fleurit l'autel familial de Nebmosé ?

— Khaouet.

— Elle s'occupe aussi de la maison et des jardins ?

— Oui, elle a toujours surveillé de près les serviteurs employés là-bas.

Le lieutenant poussa un long soupir et se laissa tomber sur son siège.

— Qu'Amon me pardonne, comme j'ai été obtus !

Simout le regarda sans comprendre.

— Je savais qu'elle avait épousé Inenii à l'âge de vingt ans, expliqua Bak. Tardivement, donc ; néanmoins, j'imputais cela au caractère possessif de Djehouti. J'aurais dû comprendre, à la manière dont elle traite son époux, que celui-ci n'était qu'un pis-aller. Un autre passait en premier dans son cœur. Inenii lui-même me l'avait confié, mais je n'ai pas mesuré la portée de ses paroles. Nebmosé et elle étaient-ils mariés, lorsqu'il est mort ?

— Il restait à lire et à cacheter le contrat de mariage devant témoins.

— Pourquoi avoir attendu si longtemps, alors qu'ils habitaient tout près l'un de l'autre ?

Simout perçut l'animation croissante du policier et répondit avec vivacité :

— Quand Nebmosé approcha de l'âge d'homme, son père l'envoya à la maison royale de Ouaset afin de côtoyer ses pairs. Khaouet accompagnait de temps à autre Djehouti à la capitale et là, les deux jeunes gens consommèrent leur amour. Il entra au service d'un ambassadeur envoyé dans le lointain pays de Naharin [1], et elle fit vœu d'attendre son retour. Moi, je priais Amon

1. Naharin (ou Mitanni) : empire qui dominait la haute Mésopotamie et la Syrie du Nord. (*N.d.T.*)

afin qu'il ne revînt pas accompagné d'une épouse, mais il lui resta fidèle, comme elle à lui.

« Les négociations avaient été conclues et le contrat préparé quand le père de Nebmosé s'éteignit. Ils attendirent la fin de la période de deuil pour se marier. Mais avant qu'elle ne s'achève, Djehouti rassembla ses troupes et mena son expédition punitive contre Ouahtrest. Cette fois, Nebmosé ne revint pas et Khaouet épousa Inenii.

— Sur l'insistance de Djehouti ? demanda Bak d'un air sombre.

— Inenii respectait son amour pour Nebmosé et préférait attendre. Djehouti lui posa un ultimatum.

Les deux hommes s'entre-regardèrent. La vérité se faisait jour dans l'esprit du scribe et Bak ne conservait plus aucun doute. Maintes réponses qu'il cherchait depuis si longtemps trouvaient enfin leur place, même la volonté du gouverneur de le supprimer. Djehouti craignait que, à cause de lui, Khaouet ne découvre son secret. Peut-être la mort de Nebmosé n'était-elle pas seulement la conséquence indirecte d'une erreur de commandement. Quoi qu'il en soit, Khaouet l'avait déjà deviné ou appris, probablement par l'entremise d'Hatnofer. Elle avait décidé de chercher vengeance. Et Djehouti, malgré son aveuglement obstiné, avait fini par soupçonner sa fille de souhaiter sa mort.

Il en était malade.

— Par la barbe d'Amon ! répéta Bak en se levant d'un bond. Elle est avec son père en ce moment ! Elle lui fait boire une tisane pour soulager son estomac !

— Nous ne sommes que le neuvième jour, objecta Simout sans conviction. Elle ne dévierait pas de la ligne qu'elle s'est fixée... N'est-ce pas ?

— Fais chercher un médecin. Vite !

Dès qu'il fut monté en courant au premier étage de la résidence, Bak aperçut Amonhotep assis dans la salle d'audience privée, la tête basse et les mains serrées entre ses genoux. Les traits tirés par l'inquiétude et la fatigue, il semblait l'image même de l'accablement.

— Où est Khaouet ? demanda Bak.

Amonhotep, trop exténué pour avoir les idées claires, ne remarqua pas l'urgence de sa voix.

— Il y a quelques instants, Amethou est venu prendre des nouvelles de Djehouti. Ils ont parlé brièvement ensemble. De toi, je crois, et aussi de Nebmosé.

Bak étouffa un cri de dépit. Quand il s'était entretenu avec l'intendant, il n'avait vu aucune raison de lui recommander la discrétion. Désormais il était trop tard.

— Et ensuite ?

— Après le départ d'Amethou, elle m'a prié de sortir un brasero sur la terrasse. J'ai allumé le feu, puis elle a pris les plantes que j'ai apportées du marché, en a ajouté d'autres qu'elle possédait déjà et elle a préparé une tisane. Elle en a donné un peu à son père, et il s'est endormi. Ensuite elle est repartie vaquer à ses occupations.

Bak maudit la candeur du secrétaire et sa propre lenteur à pressentir la vérité.

— Je dois voir Djehouti.

— Il dort encore.

— Allons le réveiller.

— D'après Khaouet, le sommeil est le meilleur des remèdes.

— Lieutenant ! dit Bak d'une voix forte pour obtenir l'attention entière du jeune officier. Dame Khaouet est la meurtrière.

— Mais... Mais c'est la fille de Djehouti !

— Vas-tu rester assis dans cette pièce, terrassé par l'incrédulité, pendant qu'il agonise juste à côté ?

Malgré ses doutes, Amonhotep le conduisit sans plus tarder à la chambre du gouverneur. Elle était sombre, car la plupart des fenêtres étaient masquées par des nattes de jonc. L'odeur de sueur et de vomi était insoutenable.

Bak arracha les nattes pour faire entrer la lumière et se précipita vers le lit. Djehouti était allongé sur le dos, couvert jusqu'à la taille. Son épaule et sa joue droites baignaient dans les vomissures. La sueur perlait sur son front, son corps blême brûlait de fièvre et le drap moite collait sur sa peau. Son souffle était rauque, la pulsation vitale irrégulière dans son poignet.

Amonhotep retint un cri d'horreur.

— Puisse Khnoum me pardonner d'être aussi crédule !

— Il a rejeté beaucoup de tisane. Il vivra peut-être.

— J'appelle un médecin ! décida le secrétaire.

— Inutile, dit Bak en le retenant par le bras. Simout s'en occupe.

Amonhotep contempla le malade qui gisait sur le lit.

— Pourquoi ? Pourquoi tuerait-elle son propre père ?

Bak, lui aussi, contemplait Djehouti, un des hommes les plus vils qu'il ait connus. Néanmoins, il tomba à genoux et adressa une fervente prière à Amon pour que sa vie soit épargnée.

17

— Où dame Khaouet est-elle allée ? interrogea Bak.

— Je l'ignore, mon lieutenant.

Le garde Kamès, raide comme un piquet, se sentait ballotté par le vent des circonstances. D'abord Nenou, et maintenant la fille de Djehouti ! On ne pouvait plus se fier à personne.

— Elle ne me l'a pas dit, gémit-il. Je ne suis qu'un simple garde, mon lieutenant, je fais partie du décor. Un peu comme un montant de porte armé d'une lance.

Bak oscillait entre l'envie de rire et la colère.

— Ne me blâme pas pour la mort du gouverneur, mon lieutenant. Pouvais-je savoir, moi, que c'était elle la meurtrière ?

— Kamès ! Le gouverneur n'est pas encore mort !

La voix de Bak, sèche et impérieuse, résonna entre les murs blancs et le plafond haut de la salle d'audience déserte. Le garde ferma les yeux comme s'il craignait de recevoir un coup.

— A-t-elle dit quoi que ce soit en partant ? reprit Bak.

— Pas que je me souvienne.

— Peux-tu au moins m'indiquer quelle direction elle a prise ?

— Lieutenant ! intervint une petite servante potelée qui entrait, près de l'estrade. Je sais que dame Khaouet a parlé à la cuisinière, puis je l'ai vue descendre à l'embarcadère et partir vers le nord dans l'esquif de son époux.

— Elle m'a dit qu'elle aspirait à rester seule, pour une fois.

La cuisinière, bien en chair et les cheveux grisonnants, nettoya ses mains blanches de farine dans une grande cuvette d'eau, puis les secoua.

— Pourquoi une femme de son âge a-t-elle besoin de solitude, je me le demande. Qu'est-ce que ça serait, si elle avait des enfants !

Un vieil homme leva les yeux du foyer en brique où il enduisait d'huile un quartier de bœuf à demi cuit, suspendu au-dessus des braises ardentes.

— Si tu étais obligée de t'occuper sans cesse du vieux sans-cœur, tu aurais besoin de t'évader, toi aussi.

— Elle a des servantes, non ? Et puis, tu ferais mieux de tenir ta langue. Va savoir si quelqu'un n'ira pas lui répéter que tu le traites de sans-cœur ! C'est qu'il ordonne souvent le fouet...

— Si l'assassin frappe demain, comme le croit le lieutenant, il ne pourra plus me punir, moi ni personne.

— Tu n'as aucun respect, voilà ton problème.

Bak ne leur révéla pas l'état de santé de Djehouti, ni pourquoi il voulait retrouver Khaouet. Ils l'apprendraient toujours assez tôt.

— Se réfugie-t-elle dans un endroit particulier, quand elle désire être seule ?

— Le plus souvent, dans la demeure de Nebmosé, répondit la cuisinière. Quelquefois, parmi les tombeaux de ses ancêtres. Ces vieux sépulcres, là-haut, sur la rive gauche du fleuve.

— Prions pour qu'elle soit effectivement près des tombeaux, dit Bak, assis à la proue. Sinon, mieux vaudra pousser jusqu'à Noubt. Je doute qu'elle veuille ajouter la concubine et le fils d'Inenii à sa liste de victimes, mais il ne faut rien laisser au hasard.

Psouro rama vers des eaux profondes afin de trouver un courant plus rapide. Kasaya inventoriait les armes, au fond de la barque : leurs lances, leurs boucliers, l'arc et le carquois bien garni que Nenou avait abandonnés sur la rive. Bak doutait qu'elles leur soient utiles. Khaouet avait pris une avance considérable. Si elle se cachait parmi les anciens tombeaux, elle serait loin en haut de la colline ; une pente abrupte et sablonneuse se dresserait entre eux.

— Je sais qu'elle n'a que faire de moi et je ne l'aime pas beaucoup non plus, dit Kasaya, mais j'ai du mal à croire qu'elle ait tué cinq innocents.

— C'est bien la dernière personne de la résidence que j'aurais soupçonnée, admit Psouro en ramenant les rames sur la barque. Tu es sûr de ne pas te tromper, chef ?

— J'ignore quel a été pour elle l'élément déclenchant et plusieurs questions demeurent sans réponse, mais je suis certain de sa culpabilité.

Remarquant qu'ils dérivaient vers les hauts-fonds, Psouro reprit les rames et souqua ferme. Grâce à ses efforts, la petite barque redoubla de vitesse et fila vers l'extrémité d'Abou. Un navire d'agrément glissait majestueusement vers une flotte de bateaux de pêche. Des cris furieux l'avertirent de la présence de filets. Une dizaine de pélicans, rares si loin au sud à cette période de l'année, volaient en rasant la surface, et guettaient l'instant où le filet remonterait pour fondre sur leurs proies.

— Avant de partir, Khaouet a pris soin de jeter le restant de tisane, remarqua Bak. Au moins, elle ne veut pas que d'autres meurent à Abou.

— Un peu tard pour s'en inquiéter, non ? souligna Kasaya avec un petit rire sec. Combien de cadavres a-t-elle semés sur sa route, jusqu'à présent ?

— N'oublions pas que, dans son cœur, elle croit avoir fait justice. Une justice odieuse, à mon avis, mais équitable à ses yeux.

— Parce que c'était juste, d'après elle, de tuer le petit Nakht ? protesta Psouro que cette idée mettait hors de lui. Non, elle doit être folle.

Bak ne pouvait le contester.

— Voilà l'esquif !

Kasaya, qui s'était juché sur la proue alors qu'ils contournaient la pointe nord de l'île, désigna un petit bateau tiré sur la rive, sous un bosquet de tamaris. Une étroite oasis suivait la courbe du fleuve au pied d'une grande colline escarpée, couverte d'un manteau de sable et couronnée de rochers. Deux terre-pleins la ceignaient à mi-hauteur, jalonnés de rectangles noirs qui marquaient l'entrée d'antiques demeures d'éternité taillées dans le roc. Trois escaliers vertigineux, presque ensevelis sous le sable, reliaient l'oasis aux tombeaux. On ne voyait pas signe de vie, mais d'autres parties des terre-pleins étaient masquées derrière des monticules de débris rocheux, jadis excavés par des perceurs de tunnel.

Kasaya hocha la tête et dit avec étonnement :

— Drôle d'endroit pour une femme !

— C'est parfait pour qui veut être seul, répondit Psouro.

Au gouvernail, Bak faufila la barque à travers un champ d'écueils qui gardait la pointe de l'île. Il se demandait pourquoi Khaouet avait choisi cette destination. Après avoir parlé avec Amethou, elle se doutait bien que les policiers étaient sur sa piste. Pourtant, au lieu de fuir vers la liberté, elle avait cherché refuge parmi les sépultures de ses ancêtres, un lieu difficile à atteindre, certes, mais néanmoins accessible pour eux aussi.

Bak coupa en diagonale à travers le courant, les yeux rivés sur la déclivité. L'esquif abandonné se trouvait à mi-chemin entre la rangée de tombeaux visibles. Khaouet avait pu emprunter n'importe lequel d'entre ces escaliers.

Le fleuve murmurait sous la coque rapide. Les rames fendaient sans une éclaboussure la houle légère, qui scintillait au soleil, reflétant le ciel d'un bleu limpide. La colline dorée approchait ; sa pente leur parut plus abrupte, sa hauteur plus imposante. Un faucon planait loin au-dessus d'eux. Le dieu Horus à l'œil perçant les attendait.

A proximité du rivage, Kasaya s'abrita les yeux d'une main afin de mieux distinguer l'esquif.

— C'est bien celui d'Inenii. Vous voyez cette large éraflure sur la coque ? Je l'avais déjà remarquée.

Leur proue heurta le fond, jetant le jeune Medjai à genoux, et l'élan les emporta sur la rive limoneuse. Ils halèrent la barque à côté de celle d'Inenii. Bak distribua les armes. Il confia l'arc et le carquois à Psouro, qui était meilleur archer que Kasaya et lui. Un sentier les invitait à pénétrer sous les arbres. De l'autre côté du bosquet, une mosaïque de cultures longeait le pied de la colline. Chaque lopin de terre était séparé des autres par des conduits d'irrigation qu'ombrageaient des palmiers, des tamaris et des acacias. Un beuglement attira leur regard vers un champ lointain, où un bœuf conduit par un petit garçon tirait un soc, guidé par le père. Un autre enfant marchait derrière, semant à la volée. Rien d'autre ne bougeait, ni homme ni bête, ce qui était normal à cette heure du jour.

Ils avancèrent rapidement sur les étroits rebords des conduits pour rejoindre l'un des escaliers et virent que la pente était lisse, les marches tapissées d'un sable que nul n'avait foulé. Du fleuve, ils en avaient aperçu deux autres qui montaient jusqu'à la partie sud du lieu de sépulture. Ils se hâtèrent dans cette direction, marchant tantôt sur le sable, tantôt sur la terre cultivée. Des insectes et des reptiles, effrayés par leur passage, filaient sous les rochers éboulés à la lisière des champs, pareils à des géants déchus qui avaient trouvé le repos.

Kasaya courut en avant jusqu'à l'escalier le plus proche et cria :

— Quelqu'un a grimpé par là.

Bak et Psouro s'empressèrent de le rejoindre. Les empreintes de pas montaient le long de marches raides, qui disparaissaient presque toutes sous le sable. On devinait deux volées de marches parallèles, séparées par une rampe basse qui avait permis de hisser les lourds cercueils, bien des générations plus tôt. Un muret à hauteur de genoux séparait l'escalier de la colline.

Les trois hommes levèrent la tête, impressionnés par

la détermination qui avait poussé Khaouet à l'escalader jusqu'au sommet. Si les empreintes étaient bien les siennes.

Psouro s'accroupit pour les examiner.

— La brise n'a pas estompé les contours. A mon avis, elles sont récentes.

Bak scruta les terre-pleins au-dessus d'eux. Il n'aimait pas ce silence, cette absence de toute vie. Khaouet s'était-elle postée hors de vue, déterminée à repousser quiconque s'approcherait d'elle ? Ou avait-elle emporté une fiole de poison afin de mettre fin à ses jours ? Il se tourna pour inspecter l'oasis et entrevit une autre possibilité.

— Psouro, regagne vite le fleuve et remorque le bateau de Khaouet derrière le nôtre. Surveille constamment le rivage. Je n'aimerais pas être bloqué ici pendant qu'elle s'enfuit.

— Mais, chef ! Tu risques d'avoir besoin de moi là-haut, protesta le Medjai, malheureux de ce qu'il considérait comme une mission de moindre importance.

— Tu me seras plus utile là-bas. Va !

— Oui, chef.

Psouro se tourna trop vite pour qu'on puisse voir son expression et s'éloigna. Bak s'adressa ensuite au jeune Medjai avec un air dur qui ne souffrait pas de réplique.

— Toi, Kasaya, tu resteras ici pendant que je grimperai jusqu'aux terre-pleins pour chercher Khaouet. Si elle tente de s'enfuir, je veux que tu sois là pour lui couper la route.

Kasaya serra les dents, mais il hocha la tête et se soumit.

Bak fut tenté de se munir uniquement de sa dague. Le poids du bouclier avivait sa douleur à l'épaule ; l'objet l'encombrerait durant l'ascension, de même que la lance dont il ne pourrait se servir qu'une fois en haut. Mais il avait sous-estimé Khaouet par le passé, et il était trop avisé pour commettre à nouveau cette erreur. Il adressa un bref signe du menton à Kasaya, puis emprunta les marches à droite de la rampe centrale.

Il était accoutumé aux longs escaliers raides et ardus, pour en avoir gravi bon nombre dans les forteresses de Ouaouat. Pensant que celui-ci ne lui coûterait pas plus d'effort, il commença d'un pas rapide et assuré. Il suivait les traces de celle qui l'avait précédé, les yeux fixés sur le but plus souvent que sur le sol. Une négligence qui aurait pu être lourde de conséquences, comme il l'apprit à ses dépens dès la sixième marche. Soudain, son pied ne rencontra que du vide car la pierre s'était brisée, et Bak tomba sur un genou.

— Ça va, chef ? cria Kasaya.

— Parfaitement bien.

Il épousseta le sable sur l'écorchure et continua à monter, mais plus lentement, en regardant mieux où il mettait les pieds.

L'escalier était dangereux, avec des marches inégales ou cassées. Elles étaient dissimulées dans le sable et Bak se cognait les orteils, trébuchait sur des parties branlantes et se tordait la cheville dans des crevasses. Le sable déposé par le vent s'écoulait au moindre contact et risquait de l'entraîner. Sans plus se fier aux empreintes précédentes, il sonda les marches du bout de sa lance pour repérer les irrégularités.

Plus il grimpait, plus il prenait conscience du précipice derrière lui. Avec ce sable aussi glissant que de la boue, cette pente rapide et cette colline dépourvue de toute végétation susceptible de le ralentir, Bak s'imaginait roulant tête la première pour s'arrêter aux pieds de Kasaya. Il risquait de se rompre les os.

Chassant cette pensée, il poursuivit son escalade avec détermination. Le sol brûlait sous le soleil. Des filets de sueur coulaient sur son front et sur sa poitrine. Il dépassa la marque indiquant qu'il était parvenu à mi-hauteur et approchait de celle annonçant le dernier quart lorsque, tout à coup, un grondement résonna au-dessus de lui.

Un lourd rocher, en équilibre au sommet de l'escalier,

bascula en avant, atterrit un peu plus bas, rebondit, heurta une autre marche et rebondit à nouveau. La prochaine fois, il serait sur lui.

Poussé par l'instinct, Bak sauta par-dessus le muret de pierre et roula dans le sable qui se déroba sous son poids. La lance lui échappa des doigts, et il tomba sur la hanche. Ainsi, Khaouet voulait qu'il meure ! Il fut pris d'une colère froide, d'une détermination farouche à ne pas lui accorder ce plaisir.

Il fit passer son bouclier dans sa main droite, le maintint fermement contre son flanc et se jeta vers le muret. Il commença aussitôt à glisser le long de la pente. Il enfonça ses talons dans le sable pour freiner sa chute et, plus vite qu'il n'osait l'espérer, parvint à s'arrêter.

Le souffle court, il releva la tête. Khaouet l'observait au sommet des marches. D'un geste lent et délibéré, elle leva une fronde et lança une pierre. Bak brandit son bouclier et fit dévier le projectile. Lorsqu'il regarda à nouveau, la jeune femme avait disparu.

Il se redressa et regarda hâtivement autour de lui pour évaluer sa position. Il se trouvait environ à mi-hauteur de l'escalier, sans aucun abri en vue, alors qu'en haut, son ennemie le guettait. L'énorme rocher s'était logé entre deux blocs de pierre à la lisière d'un champ de melons encore verts. Sa lance gisait au pied des marches, la pointe étincelant au soleil.

— Tu n'as rien, chef ? cria Kasaya en montant aussi vite qu'il le pouvait les marches branlantes.

— Je vais tout à fait bien. Et maintenant, va-t'en de cet escalier ! Si Khaouet descend par un autre côté, je veux qu'elle te trouve sur son chemin.

Le Medjai baissa la tête et redescendit d'un air maussade.

Préférant pouvoir se servir de sa dague, en cas de besoin, le lieutenant refit passer son bouclier dans sa main gauche. Il enjamba le petit mur et, tout en adressant quelques mots de prière à Amon, se remit à gravir l'escalier avec un surcroît de prudence.

Il dépassa les marches où il était arrivé juste avant de tomber. Comme si elle surveillait sa progression, Khaouet réapparut, sa fronde à la main, un petit sac de pierres sur l'épaule. Bak se demanda si elle avait fixé là l'endroit qu'il ne devrait pas franchir.

Elle se tenait à découvert, narquoise, profitant de son impuissance. Elle balança un nouveau projectile, qui percuta son bouclier en imprimant une violente secousse à son bras. Il grimaça de douleur, l'épaule en feu. L'idée lui vint de ramasser la pierre pour la renvoyer, mais elle avait roulé plus bas. Khaouet le toucha à nouveau, puis encore et encore. Elle lançait ses pierres le plus vite possible, avec une précision remarquable et une force peu commune chez une femme.

Incapable de riposter, refusant dc reculer, il se remit à monter en se protégeant sous son bouclier. La fronde pouvait être une arme mortelle entre des mains expertes comme celles de la jeune femme.

Soudain, elle tourna les talons et s'enfuit vers le nord sur le terre-plein. Bak s'aperçut à sa grande surprise qu'il était tout près du sommet, dont seules le séparaient sept ou huit marches. Khaouet avait sans doute épuisé sa provision de pierres. Il résista à la tentation de courir pour ne pas risquer une nouvelle chute, et resta sur le qui-vive, de peur qu'elle ne revienne munie d'une arme plus dangereuse. Mais le lieutenant ne vit ni n'entendit rien d'alarmant et parvint sur le replat. Il découvrit le levier qu'elle avait utilisé pour faire basculer le roc. Hormis cela, il ne restait aucune trace de sa présence.

La pente de l'escarpement avait été découpée afin de ménager une paroi verticale, où les façades d'une longue rangée de tombeaux étaient taillées au cœur de la pierre. Une large promenade, bordée d'un parapet, épousait la courbe de la colline et offrait un accès facile à ces demeures d'éternité. Bak examina la série d'entrées en se demandant laquelle abritait Khaouet. Certainement pas les deux plus proches de l'escalier sud, car il l'avait vue passer devant. Non sans contrariété, il contempla les ouvertures béantes, annonciatrices de ténèbres insondables. Comment pourrait-il la retrouver sans même une torche ?

Il avança sur le terre-plein écrasé par le soleil, scruta l'intérieur de tombeaux dont la porte avait disparu depuis longtemps, et qui avaient été profanés. Il en dépassa d'autres dont l'entrée était murée par de la pierre ou de la brique et qui paraissaient intacts, mais avaient probablement été mis à sac eux aussi. Sur des monticules de débris provenant des excavations, il vit des fragments d'os, de lin et de bois, vestiges d'anciens pillages. Ces hypogées-là dataient d'un temps où Abou marquait le seuil de la frontière ; Ouaouat était un lieu à explorer et à conquérir, alors, et pas encore une colonie.

Bak ne savait quelle était l'intention de Khaouet en venant dans ce lieu de sépulture, mais si sa longue lignée d'ancêtres lui importait autant qu'à Djehouti, elle irait dans celui qui était le plus cher à son cœur.

Au-delà d'une entrée à demi ensablée, il arriva devant trois tunnels. Un léger parfum d'encens flotta fugitivement à ses narines. Tous ses sens en éveil, il se glissa dans le plus proche, court et étroit. Un rai de lumière, vague et indistinct, montait des profondeurs pour se mêler à la faible clarté qui parvenait du dehors. Ici, l'odeur d'encens était plus forte.

Bak tira sa dague, respira plusieurs fois calmement, puis longea le tunnel en gardant le dos contre le mur. Au bout, il découvrit une chambre rectangulaire, au plafond soutenu par six colonnes carrées. Quelques pas silencieux le conduisirent près d'un bel autel en granit, chargé d'un pigeon rôti, d'oignons, de concombres et de dattes, ainsi que d'un bouquet de lis blancs et d'une coupe d'encens. Les volutes de fumée exhalaient un parfum pénétrant, qui couvrait l'odeur délicate des fleurs et l'arôme appétissant de la volaille.

Dans la lumière incertaine, Bak monta une petite volée de marches au fond de la chambre et s'engagea dans un couloir où six niches de part et d'autre encadraient les statues peintes des défunts, représentés sous l'aspect d'Osiris. Dans la pénombre, les silhouettes enveloppées de linceul, aux ombres inquiétantes, semblaient garder l'entrée du royaume des Morts. Bak avança furtivement, glacé à cette idée.

A l'extrémité du tunnel, la lumière brillait plus clair. Dans la chambre au-delà, il entendit le faible crépitement d'une torche et perçut une présence. Khaouet était là. Sa dague au poing, il plaça son bouclier devant lui et entra avec prudence. Il se retrouva dans une pièce trop exiguë pour ses quatre colonnes carrées, dont toutes les surfaces s'ornaient de dessins illuminés par une flamme dansante. Khaouet s'avança tout au fond et s'offrit ainsi à sa vue. Elle tenait la lumière bien haut, le dos tourné à des bas-reliefs peints représentant un homme et sa famille — ses ancêtres, supposa Bak.

— Reste où tu es, lieutenant. Je ne te laisserai pas poser la main sur moi.

La longue torche, semblable à celles que portait la patrouille de nuit, brûlait près du plafond. L'angle de la lumière accusait les méplats du visage de Khaouet, les rendant aussi durs que sa voix.

— Tu ne pourras pas t'enfuir, dame Khaouet.

— Qu'ai-je donc fait de condamnable ? Je ne suis que l'instrument de la déesse Maât : je rétablis l'équilibre des plateaux de la justice. Comme toi, souligna-t-elle avec un sourire suffisant.

— Je n'ai pas passé ces derniers jours à te traquer pour te laisser glisser entre mes doigts.

— Tu mérites une récompense, je te le concède. Mais pas à mes dépens.

Bak s'avança entre les deux premières colonnes. Elle abaissa la torche en tendant la flamme vers l'allée centrale, pour le tenir à distance. Il devait la maîtriser, mais comment ? La chambre était si petite et les colonnes si larges qu'il n'y avait guère de place pour manœuvrer. Même sa lance aurait été inutilisable.

— Toi non plus tu n'atteindras pas ton but, répliqua-t-il pour la provoquer. Ton père vit encore.

« Peut-être... » ajouta-t-il en son for intérieur.

Elle battit des paupières, décontenancée, mais pas pour longtemps.

— Je lui ai administré le double de la dose mortelle. Il ne survivra pas un autre jour.

Il tenta prudemment d'avancer. Elle brandit aussitôt la flamme vers lui, le forçant à reculer.

— De quoi s'est-il rendu coupable pour que tu le haïsses à ce point ? demanda-t-il. Et pourquoi avoir assassiné les autres ?

— Allons, lieutenant ! Tu as passé toute la matinée à questionner Amethou et Simout. Ne feins pas d'ignorer que Nebmosé était mon bien-aimé, mon fiancé. Celui qui m'a touchée comme aucun autre ne le pourra.

La torche, aussi longue que le bras, ne devait pas être facile à maintenir en avant. Khaouet était vigoureuse, mais combien de temps y parviendrait-elle ?

— Je connais tes sentiments à son égard, en effet. Et je sais qu'il fut de ceux qui disparurent dans cette mortelle tempête de sable, il y a cinq ans.

— Sais-tu aussi que certains survécurent au détriment des autres ? Ils découvrirent un refuge et repoussèrent tous ceux qui les suppliaient de les sauver.

— J'ai entendu une rumeur à ce sujet, admit Bak avec prudence.

Il ne voulait pas révéler qu'un de ces hommes vivait encore. Khaouet avait appliqué son plan à la lettre, jusqu'à ce jour. Il refusait de sacrifier Ouser si d'aventure elle s'échappait, et poursuivait le seul qui ait échappé à sa vengeance.

— Ils ne laissèrent pas entrer Nebmosé et l'abandonnèrent à la tourmente, dit-elle d'un ton amer.

Bak s'avança une fois de plus. Comme auparavant, elle le contraignit à reculer en le menaçant de la torche enflammée, qu'il ne pouvait lui arracher des mains.

— De quelle manière l'as-tu appris ? interrogea-t-il.

Le sergent Senmout l'a-t-il raconté au sergent Min, qui l'a confié à Hatnofer ?

Elle inclina la tête pour confirmer sa supposition.

— Senmout n'était qu'un vantard et Min n'avait pas de secret pour Hatnofer.

— Ton père ne s'était pas abrité avec Senmout et les autres, objecta le policier.

— Non, il était avec Min. Ils trouvèrent un âne chargé d'eau et de vivres. Assez pour alimenter trois hommes en abondance.

— Nebmosé les rencontra, devina Bak. Le repoussèrent-ils eux aussi ?

— Leur abri était petit. C'était une sorte d'alcôve formée au-dessus par un rocher en saillie et devant par une dune de sable. Min refusa de mettre l'âne dehors, il refusa de faire de la place pour Nebmosé. D'après Hatnofer, il riait et disait qu'un âne bâté valait mieux qu'un lieutenant. Ils se battirent. Min, de loin le plus fort, terrassa Nebmosé et... Et mon père lui enfonça un poignard dans le dos.

Bak ne fut pas surpris par la gravité du crime de Djehouti, seulement par son caractère gratuit. Un homme qui par peur de mourir en poignardait un autre déjà à terre. Ce geste le révélait pour ce qu'il était : un lâche et un meurtrier, indigne d'occuper le siège du pouvoir. Il méritait d'être traîné devant le vizir et châtié pour son crime — peut-être même en avait-il commis d'autres.

Il avait fermé la propriété de Nebmosé, sauf aux hôtes de passage, puis avait ordonné à Inenii de transférer les chevaux à Noubt, car la maison et les bêtes étaient un rappel incessant de sa faiblesse, de son comportement méprisable. Il avait transformé l'une en un lieu sans vie, et voulu se débarrasser des autres quand Bak avait commencé à poser des questions.

— La disparition de Min remonte à cinq ans, remarqua-t-il. Cinq ans durant lesquels Hatnofer savait ce que ton père et lui avaient fait. Pourquoi as-tu attendu jusqu'à maintenant pour chercher vengeance ?

— Elle avait juré de ne pas en dire un mot, et elle tint parole. Même quand elle eut le cœur brisé que Min ne lui écrive pas pour lui dire de le rejoindre. Oui, elle garda le secret... Jusqu'à il y a environ deux mois.

Un sourire triste effleura ses lèvres et se mua en petit rire cynique.

— Mon père et elle se querellèrent. Il lui lança la vérité en plein visage. Goguenard, il admit qu'il s'était disputé avec Min et que le sergent était tombé dans le puits de mesure, où il s'était fracassé le crâne.

— Que se passa-t-il, en réalité ? Min exigea-t-il une récompense pour prix de son silence, et Djehouti craignit-il de tomber sous sa coupe ?

— Hatnofer en était convaincue. Elle pensait qu'il avait voulu se débarrasser de Min une fois pour toutes, et elle était trop furieuse pour continuer à se taire. C'est ainsi qu'elle vint me relater toute l'histoire. J'aurais été capable de tuer mon père sur-le-champ, mais je tenais plus encore à lui infliger une lente souffrance. Alors je conçus le plan que tu fus si prompt à discerner.

Khaouet leva la lourde torche, soulagée de plier le coude. Bak remarqua ce signe de fatigue et en profita pour s'avancer, la forçant à tendre de nouveau la torche vers lui. Comme elle s'y attendait, il recula, mais seulement de quelques pas.

— Et si Djehouti n'avait pas compris ton manège ?

— Mon père n'est pas stupide, lieutenant. Il comprenait fort bien, même s'il feignait le contraire.

— Pourquoi t'en es-tu prise à Hatnofer ? Elle était ton alliée !

— Allais-je me placer entre ses mains, comme mon père entre celles de Min ? Non. Mais, au début, je n'avais pas l'intention de la tuer. Elle avait servi ma famille avec fidélité et je l'aimais plutôt bien. Toutefois, elle devina ce que je tramais et devait donc disparaître. Par bonheur, sa mort trouvait sa place dans mon plan.

Bak progressa presque imperceptiblement.

— Si tu ne l'avais pas tuée, qui aurait péri à sa place ? Le lieutenant Amonhotep ?

— Il n'a commis aucun mal, répondit-elle comme si elle pouvait à peine croire qu'il envisage une pareille absurdité. Lui aussi serait mort dans la tempête s'il avait suivi les pas de Nebmosé. Non, ma victime suivante aurait été mon père.

— Le jour de mon arrivée ?

— Pourquoi pas ? Tu étais nouveau à Abou. Un simple policier de la frontière, que le vizir encensait parce qu'il avait pu démanteler une opération de contrebande. Un homme à l'imagination et à l'habileté limitées. Du moins, rectifia-t-elle avec un rire ironique, je le pensais.

— C'est pourquoi tu déposais ces présents peu agréables à ma porte ?

— A ce moment-là, je ne te sous-estimais plus. Je n'étais pas sûre de pouvoir t'effrayer au point de partir, mais je m'y efforçais. De plus, j'avais envie de me confronter à ton intelligence.

Il crut voir son bras trembler légèrement et fit un autre pas dans sa direction.

— Tu as dû être déçue quand nous nous sommes installés à Souenet. Ou en avais-tu fini avec tes messages ?

— J'en envisageais un dernier après la mort de mon père. Son bâton de commandement, peut-être.

Sa voix devint glaciale, sans plus aucun humour.

— Tu m'as forcé la main un jour trop tôt.

— Pourquoi as-tu pris le temps de venir ici, alors que nous étions sur tes talons ?

— Je souhaitais porter une dernière offrande à Sarenpout, solliciter son aide, que je meure ou survive.

— Mais pourquoi prendre un si grand risque ? Je vois d'après ces inscriptions qu'il n'est pas l'ancêtre que ton père admire tant, mais qu'il vécut une génération plus tard.

— Sous le règne de Nebkaourê Amenemhat [1], répon-

1. Amménémès II. (*N.d.T.*)

dit-elle, hochant la tête. Cet homme et son épouse sont les ancêtres de Nebmosé autant que les miens. Mon fiancé et moi étions du même sang, vois-tu, destinés à être réunis pour l'éternité.

Bak comprit que peu lui importait de vivre ou de mourir. Elle saisirait la moindre occasion de conserver la liberté, mais la mort était également acceptable.

— Tu ne t'attends quand même pas à rejoindre ton bien-aimé dans le Champ des Joncs après avoir faussé aussi gravement le fléau de la justice !

— Laisse-moi en paix, lieutenant, répliqua-t-elle, les yeux brillants de colère. Je n'ai tué personne qui ne méritait de mourir. Quel dessein cela servira-t-il de me présenter devant... devant qui, au juste ? ironisa-t-elle. C'est mon père qui mesure la justice dans cette province, et il agonise.

Cette conviction de n'avoir commis aucun mal était une abomination que Bak ne pouvait plus supporter. Il répondit d'un ton écrasant de mépris :

— Le petit Nakht méritait-il la mort ? Et le lieutenant Dedi ? Aucun d'eux n'était responsable du sort infligé à Nebmosé. Sans doute en ignoraient-ils tout. Tu t'es attaquée à l'enfant parce qu'il était une proie facile, à l'officier parce que tu n'avais pas à te mesurer à lui. Le cheval l'a tué à ta place.

Exaspérée, elle projeta la torche vers le visage du policier. Il para le coup grâce à son bouclier et bondit vers elle. Elle l'esquiva en passant derrière une colonne et prit la fuite dans le couloir, semant des étincelles qui retombèrent telle une pluie d'étoiles sur les statues d'Osiris. Bak la poursuivit, sa dague à la main. Il ne s'était jamais servi d'une arme contre une femme et n'était pas sûr d'en trouver le courage, mais il n'avait aucune intention de laisser deviner cette faiblesse.

Il la rattrapa dans la grande chambre à colonnes. Alors qu'il allait s'emparer d'elle, Khaouet se retourna en traçant dans l'air un arc enflammé. Il recula de justesse et sentit la chaleur passer devant son visage. A nouveau, elle le tint à distance à l'aide de sa torche, le souffle précipité, un sourire dur aux lèvres. Bak demeurait assez près pour la menacer, assez loin pour l'éviter, bien protégé par son bouclier et l'arme au poing. Si seulement il avait eu sa lance ! Cela aurait fait toute la différence.

Ils se mesuraient du regard, haletants, chacun cherchant à prendre l'avantage sans pouvoir trouver de faille dans la défense adverse. Déterminé à en finir, Bak fit jouer la lumière sur sa lame et s'avança vers Khaouet. Elle approcha vers lui le brandon enflammé. Les dents serrées, il persévéra. Alors, feignant de viser sa tête, elle bondit sur le côté et abattit la torche sur sa main droite. Il esquiva trop tard. Ses doigts brûlés lâchèrent la dague, qui vola dans l'ombre.

Furieux de l'exultation qui s'était peinte sur les traits de Khaouet, Bak sauta sur elle, écarta le flambeau d'un coup de bouclier et la saisit par le bras pour la désarmer. La jeune femme s'agrippait à la torche comme si sa vie en dépendait — ce qui était vrai. Il lui tordit le poignet et la lui arracha des mains, puis tenta de lui bloquer le bras dans le dos entre les omoplates, mais elle se débattait de toutes ses forces. Elle parvint à se dégager et s'enfuit.

Il la poursuivit et ne se trouvait plus qu'à deux pas derrière elle lorsqu'elle franchit les derniers piliers. Elle s'engouffra dans le tunnel de l'entrée ; il tendit la main, sentit sa robe de lin sous ses doigts, en vain : Khaouet était trop loin. Elle déboucha sur le terre-plein ensoleillé. Dès qu'il parvint à son tour dans la lumière éblouissante, il jeta son bouclier et sauta sur elle pour l'empoigner à bras-le-corps. Il la ceintura, mais, dans son élan, les précipita en avant. Il vit quelque chose passer au-dessous d'eux : le muret du terre-plein. Khaouet hurla. Ils tombèrent la tête la première.

Bak lâcha prise afin qu'ils puissent se protéger de leur mieux, et retomba avec un choc sourd qui lui ébranla l'épaule. Le sol meuble l'entraîna dans une descente effrénée. Le visage en avant, la poitrine dans le sable, il glissait vers le pied de la colline. « Comme un traîneau, pensa-t-il. Un traîneau incontrôlable qui file dans un bruit de tonnerre. »

Il se rappela les rochers en bas, s'imagina y finissant sa course les os rompus, le corps en sang. La bouche et les yeux fermés, il battit des bras et des jambes pour tenter de ralentir et de se retourner. Le sable arracha les bandages de son torse et de son bras, la croûte à peine formée sur sa blessure au flanc. Sa peau brûlait. La poussière poudrait ses cheveux, s'accumulait sous son pagne. En un effort puissant, il roula sur le dos et propulsa ses pieds en avant. A peine s'était-il redressé qu'il vit un rocher à peu de distance. Il enfonça les coudes et les talons dans le sable, et commença à perdre de la vitesse.

Ses pieds percutèrent le roc. L'un de ses genoux remonta violemment sous son menton, lui donnant le vertige, et le monde devint noir.

— Lieutenant Bak ! Chef ! Est-ce que ça va ?

Il reprit connaissance, allongé sur le dos, les jambes pliées contre le rocher. Il ouvrit les yeux et regarda dans la direction de la voix. Kasaya descendait la pente vers lui, courant et glissant. Les traces qu'il laissait, provenant du milieu de l'escalier emprunté par Bak, montraient qu'il n'avait pu se résoudre à obéir aux ordres.

Bak revit en pensée le terre-plein, le plongeon pardessus le parapet, la prisonnière qu'il avait libérée. Khaouet ! Où était-elle ? Lentement, avec prudence, il étendit ses jambes l'une après l'autre pour vérifier qu'il n'avait rien de cassé. Quand il fut rassuré, il s'écarta du rocher et parvint à s'asseoir. A quelques pas sur sa droite, Khaouet gisait, inerte, le visage tourné. Sa chute avait dû être encore plus violente.

— Chef !

Sans même un regard pour la jeune femme, Kasaya laissa tomber son bouclier et ses armes dans le sable et s'agenouilla auprès de Bak. Il vit le bandage déroulé, la plaie rouverte qui saignait, la main brûlée, la peau à vif, et demanda avec tristesse :

— Crois-tu... que tu pourras tenir debout, chef ? Que tu pourras marcher ?

— Je suis moins mal en point qu'il n'y paraît, Kasaya. Aide-moi à me lever et allons secourir Khaouet.

Avec autant de douceur qu'envers un caneton nouveau-né, le grand Medjai soutint son supérieur et le hissa sur ses pieds. Bak resta immobile le temps de laisser passer un léger vertige, pendant que Kasaya ramassait le bouclier et deux lances.

Il en tendit une à Bak.

— Tiens, chef. C'est la tienne.

— C'est pour me rendre cette lance que tu es monté ? demanda Bak, sidéré.

Kasaya se dandina sur ses pieds en rougissant.

— Je sais, tu m'avais ordonné de ne pas aller là-haut, mais... Je me suis dit que tu en aurais peut-être besoin.

Bak contint son envie de rire. De toutes les remarques qu'il avait pu entendre, c'était bien la plus juste — ou la plus au-dessous de la vérité.

Ils s'approchèrent de la femme recroquevillée sur le sable et s'accroupirent à côté d'elle. Bak comprit à l'instant où il vit la pâleur de ses traits qu'elle était grièvement blessée. Il la retourna sur le dos en prenant soin de ne pas lui faire mal. Son corps était atone, sa tête pendait à un angle étrange. Il chercha son pouls en vain. Elle était morte, le cou rompu.

18

« Quel gâchis ! songeait Bak, les yeux sur le corps au fond de l'esquif, recouvert d'une pièce de lin brut donnée par un cultivateur en échange d'une lance. Qui est le plus à blâmer ? Djehouti, pour lui avoir volé ce qu'elle avait de plus cher au monde ? Ou Khaouet, qui n'a pas su se résigner et quitter la maison de son père pour commencer une nouvelle vie avec Inenii ? »

— Penses-tu que le gouverneur vive encore ? demanda Psouro.

— D'après le médecin, il était au seuil du monde souterrain. A présent, les dieux auront sûrement décidé de son sort.

A l'ouest, Rê s'accrochait au jour. Son globe d'or apparaissait encore au-dessus des collines drapées de sable fauve qui dominaicnt Abou, parmi lesquelles Khaouet était morte.

Kasaya ajusta la voile de sorte à ralentir leur approche vers le débarcadère, au bas de la résidence.

— Je n'aimerais pas rentrer chez nous à Bouhen en pensant que nous avons failli à notre mission. Mais s'il mourait, ne serait-ce pas plus facile que de l'escorter à Ouaset afin qu'il comparaisse devant le vizir ? De toute manière, il serait accusé de meurtre et condamné à mort.

— Tu lis dans mes pensées, Kasaya.

Bak aspirait à revoir son père, qui habitait un petit domaine sur la rive opposée à Ouaset, toutefois il préférait ne pas attirer l'attention sur lui si près de la maison royale. Leur souveraine l'avait exilé sur la frontière sud. Il espérait qu'elle l'avait oublié et ne comptait pas raviver ses souvenirs. Bouhen était désormais son foyer. Il était fier de marcher à la tête de ses Medjai et n'appréciait rien tant que de bavarder avec ses amis, en partageant une cruche de bière. Imsiba, Neboua et Noferi lui manquaient.

— Chef... Regarde !

Kasaya tendait le doigt vers l'amont. Une imposante nef de guerre manœuvrait autour de l'extrémité sud de l'île, passant avec des précautions extrêmes entre les îlots rocheux et les écueils. La voile était baissée et trois douzaines de rameurs contrôlaient la progression du vaisseau dans ces eaux périlleuses. Le pilote, un homme de la région, lançait des ordres depuis la proue où il était posté à côté du capitaine ; le nautonier tenait le gouvernail. Le tambour, silencieux à cet instant crucial, attendait devant son instrument.

Bak reconnut l'effigie sur la proue — Montou, dieu de la guerre — et les oriflammes colorées sur le mât. Ce vaisseau, le plus rapide entre Abou et Bouhen, réduisait de deux à trois jours un voyage d'une semaine.

— Le navire du vice-roi ! Que fait-il ici ?

Inebni, vice-roi de Ouaouat et de Kouch, l'homme le plus puissant au sud de Kemet, venait seulement derrière le vizir dans le protocole.

— Nous voilà bien, avec Khaouet morte et son père qui ne vaut guère mieux ! marmonna Psouro.

— Ils viennent de traverser les rapides ! observa Kasaya, trop animé pour remarquer leur contrariété. Je ne suis jamais monté sur le pont d'un navire aussi magnifique. Vous croyez qu'on me laissera aller à bord ?

— Djehouti aurait-il sollicité sa présence ? demanda Bak à Psouro. Il menaçait souvent de se plaindre pour obtenir notre renvoi.

Son compagnon répondit d'un ton lugubre :

— Espérons qu'il n'aura pas peint un tableau trop noir.

En dépit des nombreuses offenses de Khaouet envers Maât, Bak tint à transporter sa dépouille jusqu'à la résidence avec le respect qui lui était dû. Il envoya Psouro à la garnison pour annoncer sa mort au capitaine Antef, celui-ci étant le plus haut officier d'Abou, après quoi le Medjai devrait revenir avec une litière. Il ordonna à Kasaya de monter la garde près de l'esquif. Connaissant les sentiments d'Antef vis-à-vis de Khaouet, Bak regrettait de ne pas lui apprendre la nouvelle lui-même, mais l'arrivée du vice-roi le forçait à s'enquérir d'abord de la santé de Djehouti.

Bak considéra les bandages déchirés que Psouro avait replacés autour de son torse et de son bras. Il s'était baigné dans le fleuve pour nettoyer les blessures de son mieux avant de quitter la rive occidentale, mais il ressemblait toujours au rescapé d'un champ de bataille après la défaite. Il n'avait absolument aucune envie de se présenter devant le vice-roi — ou devant quiconque, d'ailleurs — dans cet état humiliant, mais on ne lui laissait pas le choix. Le fonctionnaire viendrait à la résidence, que Djehouti l'ait appelé ou non. Et il exigerait un rapport.

Espérant avoir le temps de changer ses bandages, Bak gravit rapidement les marches du débarcadère. Devant le portail, la sentinelle de faction se mit au garde-à-vous et le regarda bouche bée. Bak l'ignora. En se dirigeant vers la façade, il passa devant l'autel familial. S'il avait prêté attention à ce petit édifice, le récit qu'il s'apprêtait à relater au vice-roi aurait eu une conclusion différente. Mais au fond, était-ce bien sûr ? Peut-être les dieux avaient-ils décrété la mort de Khaouet bien avant qu'elle et lui ne se connaissent, ne fût-ce que de nom.

Bak pénétra dans la demeure et se hâta de traverser l'entrée. C'est alors que les doubles portes de la salle d'audience s'ouvrirent avant même qu'il les ait touchées et qu'Imsiba apparut, aussi stupéfait que lui de le voir.

Derrière l'épaule du sergent, Bak aperçut Thouti qui le regardait, un large sourire aux lèvres, devant l'estrade déserte.

— Mon commandant ! Imsiba ! Que faites-vous ici ?

— Mon ami ! répondit le Medjai, l'étreignant par les deux bras. Nous venons t'aider à capturer le meurtrier.

— Depuis combien de temps êtes-vous à Abou ? demanda Bak, qui riait aux larmes et tentait de dominer son émotion.

— Nous arrivons à peine.

Thouti parcourut des yeux la salle vide et fronça les sourcils avec irritation.

— Où sont-ils tous ? Je sais que le soir va bientôt tomber, mais le gouverneur ne poste-t-il pas de gardes ? N'a-t-il pas de scribes qui consignent les résultats de l'audience du jour ? Un secrétaire, pour veiller à ce que tout soit exécuté dans les règles ? Et, par Amon, que t'est-il arrivé ?

Bak se rappela brusquement la nef de guerre.

— Le vice-roi se trouve-t-il ici ?

— Pas encore. Il est resté sur son vaisseau pendant qu'on le guidait dans les rapides, comme il sied à un haut fonctionnaire. Nous, nous les avons descendus en barque, pour arriver plus vite. Pourquoi ? Qu'est-ce qui te préoccupe ?

— Djehouti a été empoisonné. La dernière fois que je l'ai vu, un médecin était à son chevet et s'efforçait de le sauver.

— Ainsi, le meurtrier a encore frappé ! Il s'en est pris au gouverneur lui-même ! tempêta Thouti en assenant son poing sur une colonne. Je redoutais qu'il fût trop tard.

— Non, le gouverneur Djehouti est vivant, dit une voix.

Le lieutenant Amonhotep, qui venait d'entrer près de l'estrade, avait surpris leur conversation. Sa pâleur, les cernes noirs sous ses paupières rougies trahissaient son extrême fatigue et la tension dont il avait souffert.

— Il dort, à présent. Le médecin pense qu'il guérira.

Bak adressa à Amon une prière de gratitude. Au moins, il avait accompli sa mission. Le conseiller, sans doute informé de la vérité par Amethou ou par Simout, ajouta en chuchotant, après une hésitation :

— Et Khaouet ? Il l'a réclamée.

Bak tapota l'épaule du jeune homme et le fit asseoir au bord de l'estrade. Il se laissa tomber près de lui et posa son front entre ses mains. Lui aussi se sentait las, accablé par le poids des circonstances. Conscient qu'atermoyer ne faciliterait rien, il leva la tête vers Thouti et Imsiba.

— Vous feriez mieux de vous installer, tous les deux. J'ai une histoire à vous raconter.

Le soleil avait disparu derrière les collines, mais illuminait encore le ciel de son halo. Bak était assis sur un tabouret derrière la maison de Nebmosé, où la lumière était meilleure qu'à l'intérieur. Le médecin, un grave personnage d'une bonne trentaine d'années qui cachait sa calvitie sous une coiffure de lin, occupait un second tabouret, bien en face de la blessure rouverte du policier. Sur le banc que partageaient Thouti et Imsiba, il avait disposé à portée de sa main une jarre d'huile, un onguent verdâtre à la forte odeur d'érigéron et un rouleau de lin.

— Maintenant, expliquez-moi ce qui vous a amenés ici, demanda Bak.

Thouti, contrarié d'être arrivé trop tard, renifla d'un air de dépit.

— Le lendemain de ton départ, le navire d'Inebni entra dans Bouhen. Il avait été convoqué à Ouaset pour rendre un rapport à notre souveraine concernant le commerce et les tributs qui transitent par Ouaouat. Il souhaitait avoir mon avis au préalable, puisque c'est moi qui contrôle tout le trafic à travers le Ventre de Pierres. Une fois la question réglée, nous en vînmes à ta mission. Je lui relatai ce qu'Amonhotep nous avait dit et Neboua répéta tout ce dont Noferi s'était souvenue au sujet du gouverneur.

Bak noua ses doigts au sommet de son crâne et garda les bras en l'air afin que le médecin place un nouvel emplâtre sur son thorax.

— Pas grand-chose, en somme, remarqua-t-il. Seulement que, dans sa jeunesse, il était obstiné et écervelé, comme nombre de jeunes gens nés dans de nobles familles.

Le médecin émit un petit claquement de langue. Quant à savoir si sa réprobation s'adressait à ce manque de respect pour la noblesse ou à l'agitation de Bak, c'était impossible.

— Troublé par ces révélations, il demanda à voir Noferi, et ils s'entretinrent ensemble. De fil en aiguille, ils se rappelèrent que Djehouti avait perdu une compagnie dans une tempête de sable.

— Noferi ne m'en avait rien dit, se plaignit Bak. Si j'avais eu connaissance de cette histoire, mon enquête aurait été plus simple.

Imsiba se hâta de prendre la défense de leur amie :

— Elle en avait entendu parler, comme toi, mais sans jamais apprendre le nom de l'officier commandant.

— Rien de ce que j'entendais sur Djehouti ne m'inspirait confiance. Il m'avait tout l'air d'être un véritable porc.

Thouti toisa sévèrement le médecin, le défiant de prétendre le contraire.

— Comme Inebni devait se rendre à Ouaset, j'eus l'idée de faire le voyage avec lui jusqu'à Abou, et de prendre Imsiba avec moi. Il me semblait, conclut-il avec un sourire en coin, que le poids de mon autorité ne serait pas superflu.

— Où est le lieutenant Amonhotep ? demanda Thouti en jetant un coup d'œil dans la salle d'audience privée du gouverneur.

— Le médecin lui a ordonné de dormir, dit Bak tandis qu'ils traversaient la salle mal éclairée vers la chambre à coucher de Djehouti. Je soupçonne qu'il lui a administré un sédatif, certain que seule une drogue pouvait le détourner de son devoir.

Le vice-roi Inebni, un homme mince et de taille moyenne qui se distinguait par un long nez et de grandes oreilles, remarqua en souriant :

— Ce conseiller m'a l'air d'un jeune homme bien scrupuleux !

Inenii surgit d'une porte devant eux. Sans un regard, sans même paraître conscient de leur présence, il les croisa rapidement et disparut dans l'escalier. Bak ne pouvait imaginer ce qui s'était dit entre le gouverneur et son fils adoptif, mais l'échange avait probablement été désagréable.

Bak entra le premier, les lèvres pincées et le front haut, prêt à tout — du moins, il le croyait.

La chambre à coucher avait complètement changé, depuis sa dernière visite. Les draps souillés étaient remplacés par une natte et du linge de lit qui sentaient bon le frais. Les lis fanés au lourd parfum sucré avaient disparu. A leur place, une coupe de fleurs séchées répandait une odeur plus subtile et plus agréable. La douce clarté matinale filtrait à travers des écrans de lin fin qu'un serviteur avait posés devant les hautes fenêtres.

— Khaouet, ma Khaouet ! dit Djehouti d'une voix faible. Quelle agréable enfant ! Où est-elle ?

Le vice-roi échangea un coup d'œil avec Thouti et s'avança. Après avoir écouté le récit de Bak, il avait décidé d'affronter le gouverneur, de lui révéler la mort de Khaouet avant de l'accuser de meurtre.

Le médecin l'arrêta d'un geste, puis secoua la tête, un doigt sur les lèvres. Djehouti, les épaules bien calées contre des oreillers immaculés, tapotait la natte près de sa cuisse.

— Où est-elle passée ? Je veux qu'elle vienne ici, à côté de moi.

Bak fixait le gouverneur, saisi par sa métamorphose. Ses yeux noirs et brillants étaient profondément enfoncés dans leurs orbites. D'une maigreur squelettique et le teint terreux, il avait vieilli de vingt ans. Bak comprenait la précipitation d'Inenii. Même s'il n'aimait pas son père, le choc avait dû être rude.

— Mais où est-elle ? répéta Djehouti en parcourant la pièce des yeux. Pourquoi n'est-elle jamais là quand j'ai besoin d'elle ?

Il semblait incapable de concentrer son regard longtemps. Le médecin prit sa main dans la sienne et tapota les longs doigts décharnés. Djehouti se dégagea vivement et le foudroya du regard, comme un enfant répugnant au contact physique.

— Est-elle sortie pour jouer ? demanda-t-il, hagard. Ou Hatnofer l'a-t-elle emmenée au marché ? J'espère qu'elle donne bien la main. Une petite fille ne devrait pas se promener toute seule. Ce n'est pas convenable.

Inebni étouffa un cri de stupeur. Thouti marmonna quelques mots inaudibles, peut-être une incantation contre le démon qui avait envahi le cœur du gouverneur. Comprenant encore mieux le désarroi d'Inenii, Bak se rapprocha du médecin et lui chuchota :

— Est-il toujours dans cet état ?

— Qu'est-ce que c'est ? interrogea Djehouti d'un ton acerbe. Qu'as-tu dit ? Ne marmonne pas devant moi, jeune homme. Cela ne me plaît pas.

— J'ai demandé si tu allais bien.

— J'ai faim, voilà tout. Je n'ai rien mangé depuis des...

Djehouti pencha la tête et dévisagea Bak.

— Qui es-tu ? Que fais-tu dans ma chambre ?

Bak en resta coi. Comment réagir, face à un adulte dont les pensées l'ont transporté à une autre époque ? Il interrogea le médecin d'un coup d'œil, obtint un haussement d'épaules pour tout conseil.

— Eh bien ! s'impatienta Djehouti. Réponds à ma question, jeune homme, ou mon père t'enverra dans les mines du désert ! Il est le gouverneur de cette province, tu sais.

— Je suis un serviteur, nouveau dans cette maison.

Moins il se donnait d'importance, et plus vite Djehouti l'accepterait ou, mieux encore, l'oublierait.

— Va-t'en, ordonna le malade, claquant des doigts en direction de la porte. Trouve-moi Khaouet. J'ai besoin d'elle. Immédiatement ! Et vous, dit-il au vice-roi et au commandant, vous sortez aussi. Tous les deux. Des serviteurs ? Bah ! Des bons à rien, tous autant qu'ils sont.

Il fixa le drap qui le couvrait, les sourcils froncés, et le tapota pour essayer d'aplanir les plis. Il ne parut même pas remarquer leur départ.

— Depuis combien de temps est-il ainsi ? s'enquit Bak.

— Quand il s'est éveillé du sommeil induit par le poison, j'ai eu espoir de le guérir, expliqua le médecin, se frottant les yeux avec lassitude. Mais... Eh bien, comme tu l'as constaté, ni les potions que je lui ai données, ni mes incantations pour chasser les démons, ni mes prières ne lui ont rendu la lucidité. En définitive, je ne suis arrivé à rien.

— Recouvrera-t-il un jour la raison ? demanda Inebni.

Le médecin hésita. Manifestement impressionné par l'auguste personnage, il aurait aimé lui dire ce qu'il souhaitait entendre, mais il devait s'en tenir à la vérité. Son regard se détourna du vice-roi, passa sur le commandant et s'arrêta sur Bak, d'un abord plus facile.

— J'ai déjà vu cela. Il y a longtemps, quand j'apprenais mon métier dans la Maison de Vie du temple d'Amon, à Ouaset, on nous amena un homme afin que nous l'examinions. Jadis, ce malheureux avait été jeté dans une fosse pleine de scorpions par un marchand du Retenou, pour s'être montré malhonnête. Dix ou quinze ans après ce terrible châtiment, il se comportait comme le gouverneur Djehouti. Enfant sans être enfant, il emmêlait le cours du temps. Était-ce dû au poison, à la douleur ou au choc... Je ne sais pas. Peut-être, dans le cas du gouverneur, à la révélation de la haine immense que lui vouait sa fille unique.

Le médecin regarda enfin le vice-roi en face et admit avec franchise :

— Quelle qu'en soit la cause, il a sombré dans la folie, sans doute à tout jamais.

— Tu es le fils de ton père, déclara Inebni. Sa famille, et par conséquent la tienne, se transmet le gouvernement de cette province depuis de longues générations.

Inenii se tenait très droit devant l'estrade, les yeux dans ceux du vice-roi.

— Excellence, je n'ai jamais nourri le désir d'être gouverneur et je ne le souhaite toujours pas. Je veux seulement retourner vivre sur les terres familiales de Noubt, si tu estimes que j'en ai le droit.

Inebni, assis dans le fauteuil de Djehouti, jeta un coup d'œil à Bak qui se tenait à proximité aux côtés d'Imsiba et de Thouti. Derrière eux, une multitude de gens venus d'Abou, de Souenet, et des villages à travers la province formait une foule dense dans la salle d'audience. Ces hommes et ces femmes de toutes conditions avaient appris que leur gouverneur était souffrant — au point de ne plus jamais pouvoir exercer son autorité. Ils étaient venus pour voir de leurs yeux le puissant fonctionnaire de Kemet, et s'assurer que le chaos serait évité, la justice et l'ordre préservés, et que la vie continuerait comme par le passé.

Durant les deux jours qui s'étaient écoulés depuis la mort de Khaouet, le vice-roi et les officiers de Bouhen avaient débattu en détail de tout ce que Bak avait appris durant son enquête. Désormais, Inebni devait décider comment utiliser ces informations au mieux, dans l'intérêt de la province et des individus. Il était à l'aise dans cette tâche, et ses choix seraient très probablement approuvés par le vizir.

— Djehouti t'ayant adopté, tu es son fils légitime. En tant qu'unique héritier, ses propriétés et le titre de gouverneur te reviennent de droit. Ses terres incluent comme tu le sais les deux domaines d'Abou et les champs au nord de l'île. Tu recevrais en outre une part sur les taxes provinciales, et sur les droits de passage acquittés par les marchands.

Le vice-roi portait un simple pagne blanc, une perruque courte et frisée, un collier large mêlant l'or, la cornaline et la turquoise. Des bracelets, des anneaux de chevilles et des bagues d'une élégance raffinée parachevaient sa tenue. Derrière lui, un serviteur kouchite à la musculature imposante agitait un magnifique éventail en plumes d'autruche. Les spectateurs étaient dûment impressionnés, Bak en était sûr.

Mais Inenii demeurait inébranlable.

— Je suis un cultivateur, Excellence. Je n'ai ni la patience ni les compétences requises pour monter sur cette estrade et prendre des décisions avisées. Pourquoi me confier une tâche que j'exécuterai mal, quand je préfère de loin celle dont je suis capable ?

Les lèvres d'Inebni frémirent comme s'il réprimait un sourire.

— Ton honnêteté à elle seule te recommande déjà pour ce poste.

— Mais, Excellence...

Le vice-roi lui imposa silence en levant la main.

— La province souffrira de ton abdication, mais je te souhaite une vie longue et heureuse sur le domaine de Noubt, et de nombreux enfants pour te succéder.

Immobile et silencieux, Inenii mit quelques instants à comprendre. Alors la surprise et le soulagement effacèrent son inquiétude.

— Merci, Excellence ! Merci !

Il adressa un sourire radieux à Bak et tourna les talons pour traverser la foule, dont le silence stupéfait se mua en clameur. Les hommes lui tapaient l'épaule, les femmes lui pressaient le poignet ou la main. Ils exprimaient leur déception devant l'abdication d'un homme dont ils servaient la famille depuis des générations, et en même temps leur joie que celui qu'ils appréciaient puisse mener la vie de son choix. Inebni regardait droit devant lui, imperturbable, mais sa satisfaction brillait dans ses yeux.

Pendant que le brouhaha s'apaisait, le scribe responsable du bon déroulement de l'audience appela le suivant sur la liste du vice-roi :

— Capitaine d'infanterie Antef !

L'officier, d'abord bouleversé en apprenant que Khaouet était la meurtrière et qu'elle avait péri, s'habituait lentement à l'idée qu'elle ne lui sourirait plus. Il se tenait aussi droit qu'Inenii avant lui, montrant son sang-froid habituel. Sans doute puisait-il quelque consolation dans la certitude que ses troupes n'exécuteraient plus de travaux dégradants.

Inebni observait l'homme debout devant lui avec intérêt.

— Capitaine d'infanterie, cette province a besoin d'un gouverneur. Est-ce une position qu'il t'est arrivé de convoiter ? Ou, comme Inenii, préfères-tu une tâche appropriée à tes talents et à ton expérience ?

Si Antef devina dans ces paroles une pointe d'ironie, il n'en laissa rien paraître.

— Excellence, aurais-je l'audace d'émettre une suggestion ?

— Je t'écoute, l'encouragea Inebni en se penchant vers lui.

— Le lieutenant Amonhotep est le bras droit du gouverneur depuis près de cinq ans. Il connaît bien mieux que... Pardonne-moi, mais je dois parler avec franchise.

Antef attendit que le vice-roi marque son approbation, puis continua :

— Il connaît les lois de notre pays mieux que Djehouti, mieux que moi-même ou que quiconque dans cette province. En outre, il possède la sagesse indispensable pour appliquer ces lois avec équité. C'est lui et non moi qui devrait être nommé gouverneur.

Cette recommandation réduisit l'assistance au silence et coupa le souffle à Bak. Lui aussi avait affirmé à Inebni que le secrétaire ferait un excellent gouverneur. Mais venant d'un officier de haut grade comme Antef, ces paroles séduisaient par leur fraîcheur et leur simplicité.

— Il est bien jeune pour un poste si difficile, objecta Inebni, ainsi qu'il l'avait fait remarquer à Bak.

— Je ferais tout mon possible pour aplanir son chemin, de même, je crois, que le grand intendant et le scribe en chef.

Amethou et Simout, qui se tenaient à droite de l'estrade, l'approuvèrent avec enthousiasme.

— Un autre élément important en sa faveur est que la population de cette province l'estime et le respecte.

Un murmura parcourut la foule et s'enfla en un tumulte égal à celui qu'avait suscité Inenii.

— Et si nous trouvions un compromis ? proposa Inebni en adressant un petit sourire à Bak.

Se méfiant des intentions du dignitaire, Antef tarda à répondre.

— Oui, Excellence ?

— Capitaine d'infanterie Antef ! En addition à ta position actuelle de commandant de cette garnison, je te nomme gouverneur de province en titre. Le lieutenant Amonhotep sera ton bras droit. Si tu décides qu'il te remplace lorsque tu es retenu à la garnison, libre à toi.

Tous ceux qui écoutaient comprirent. Le vice-roi était déterminé à désigner Amonhotep au poste de gouverneur et ferait part de sa conviction au vizir de Ouaset. Dans l'intervalle, il convenait qu'un homme mûr et expérimenté prenne place sur l'estrade, et guide le plus jeune le temps que sa nomination soit approuvée dans la capitale. Les spectateurs poussèrent des cris de joie, non seulement pour eux et Amonhotep, mais aussi en l'honneur du vice-roi.

Bak était fort satisfait des décisions d'Inebni, mais nourrissait des réserves quant au sort que les dieux avaient réservé à Khaouet et Djehouti. Le châtiment ne semblait pas à la mesure de leurs crimes. Khaouet avait tué cinq personnes, pourtant sa vie avait été emportée en un instant. Djehouti n'avait pas seulement assassiné Min et Nebmosé mais, par ses ordres insensés, il avait mené à la mort plus de cent soldats. Or il était revenu au temps de son enfance et passerait le restant de ses jours dans le confort et l'oisiveté.

La nef d'Inebni oscillait doucement sur l'onde. Son mât et ses espars étaient dépouillés de leurs voiles, entreposées dans la cale en vue du long voyage vers le nord. Des ceintures de défense accrochées le long de la coque protégeaient le bois du frottement contre le ponton de pierre. Le gréement grinçait, les oriflammes ondoyaient sous la brise glacée de l'aube. Un léopard en cage, présent du vice-roi à la reine, montrait les dents. En haut de la passerelle, le capitaine comptait les rameurs qui montaient à bord. A la proue, le nautonier s'était accroupi pour vérifier les courroies qui maintenaient le gouvernail et la barre en place.

Le vice-roi, sur le point d'embarquer, adressa à Bak un sourire chaleureux.

— Beau travail, lieutenant ! L'issue n'est pas tout à fait telle que je l'espérais, mais tu n'es pas responsable du caprice des humains et des divinités. Tu mérites depuis longtemps l'or de la vaillance. Je veillerai à ce que mes recommandations en ce sens parviennent à qui de droit.

Bak adressa un clin d'œil furtif à Imsiba. Par trois fois, il avait mérité la mouche d'or tant convoitée pour avoir redressé les plateaux de la justice de Maât. Jamais il n'avait reçu cette récompense. En ce qui le concernait, se surpasser dans l'accomplissement de son devoir ne suffisait pas. Il lui faudrait un jour apaiser une souveraine qu'il avait irritée par inadvertance. Une femme qui oubliait vite, mais pardonnait rarement.

Le vice-roi leva son bâton de commandement, salua Thouti, sourit à Bak et à Imsiba, puis gravit la passerelle d'un pas digne. Un matelot remonta la rambarde, d'autres libérèrent les cordages noués autour des pieux et bondirent sur le pont. Le tambour se mit à battre la cadence et les rameurs éloignèrent la nef du ponton.

Bak tourna la tête vers le navire de Djehouti, amarré à faible distance en amont — celui-là même sur lequel il avait fait le voyage jusqu'à Abou.

— Et maintenant, chef, on rentre à la maison ?

— Pourquoi se presser, lieutenant ? répondit Thouti, qui scrutait les maisons serrées les unes contre les autres, par-delà le fleuve. Je n'ai pas mis les pieds dans un endroit civilisé depuis près d'un an. Ne disais-tu pas que le marchand Pahared avait ouvert un établissement prospère à Souenet ? Une maison de plaisir, je crois...

Si vous désirez être régulièrement tenu au courant de nos publications, merci de bien vouloir remplir ce questionnaire et nous le retourner :

Éditions 10/18
c/o 10 Mailing
29, rue Claude Decaen
75012 Paris

NOM : ....

PRENOM : ....

ADRESSE : ....

....

CODE POSTAL : ....

VILLE : ....

PAYS : ....

AGE : ....

PROFESSION : ....

TITRE de l'ouvrage dans lequel est insérée cette page.

Le ventre d'Apopis, n° 3450

....